Entre Lágrimas e uma Boneca

Entre Lágrimas e uma Boneca

LYA GALAVOTE

DIREÇÃO EDITORIAL
Lilian Vaccaro

REVISÃO
Renata Maggessi

PRODUÇÃO GRÁFICA
Giovanna Vaccaro

CAPA
Décio Gomes

PREPARAÇÃO
Margareth Brusarosco
Kaio Rodrigues

DIAGRAMAÇÃO
Michael Vasconcelos

(Câmara Brasileira do Livro, SP, Brasil)

DADOS INTERNACIONAIS DE CATALOGAÇÃO NA PUBLICAÇÃO (CIP)

Galavote, Lya, 1973-
Entre lágrimas e uma boneca / Lya Galavote. -- 1. ed., reimpr. -- São Paulo : Livros Prontos, 2020.

ISBN: 978-85-5327-230-3

1. Ficção brasileira I. Título.

21-69145 CDD-B869.3

Índices para catálogo sistemático:
1. Ficção : Literatura brasileira B869.3
Aline Graziele Benitez - Bibliotecária - CRB-1/3129

São Paulo
Avenida Paulista, 326,
cj 84 - Bela Vista
São Paulo | SP – 01.310-902
www.editoracoerencia.com.br

Para todos aqueles que acreditaram em mim.
O apoio de vocês foi fundamental.

Prólogo

DEZEMBRO DE 1973

O cabelo da boneca já não era mais o mesmo. Diante da constatação, tentei não chorar. Os fios negros haviam se transformado em um nó. Quando mudamos, sabia que ela não aguentaria a viagem no caminhão, enfiada dentro da desconfortável sacola de papel, mas não esperava que isso pudesse me deixar tão triste.

Talvez eu devesse cortar o nó dos fios e acabar logo com aquela agonia. Mas e se a boneca perdesse o encanto? Eu a ganhara do meu marido em nosso casamento. E se ela deixasse de ser tão linda como quando a recebi do meu Raul?

— Luíza? — Olhei para a porta e encostei a boneca em meu travesseiro. — Você está bem, querida?

Não queria que esse dia chegasse, mesmo porque mantinha a esperança de poder revê-la, de abraçá-la novamente, de trazê-la para morar conosco. De dar uma boneca para ela com todo o meu carinho. Era tudo o que eu mais queria na minha vida. Era tudo o que eu mais desejava desde a nossa triste separação. Eu pretendia vê-la mais uma vez. Precisava de um momento para mostrar a neta, assim ela saberia como ficamos felizes ao nos tornarmos pais. Agora, porém, só me restava rezar para que estivesse em um ótimo lugar.

Levantei-me da cama e segui até a porta. Não podia fingir que não vira Raul olhando para a boneca. Pensei que falaria algo, mas olhou para mim e sorriu.

— Vou dar um jeito no cabelo dela. Tenho certeza de que voltará a ser a mesma do dia em que você me deu.

— O que mais me preocupa é *você* estar bem — disse ele no quarto silencioso. — Podemos comprar outra, se preferir.

Foi até a boneca para ajeitar os cabelos dela como podia. Talvez fosse bom comprarmos outra, jogar aquela fora. Talvez...

Quando estava prestes a voltar com a boneca para a cama, Raul estacou. Olhou para a cômoda e a colocou ao lado do nosso porta-retratos que mostrava nós dois e nossa filha no dia em que nos mudamos para esta casa.

— Acho que fica melhor aqui. Não precisa mexer nela, se não quiser. — Acenei com a cabeça, sem conseguir dizer mais nada. — Vou dar o almoço para a nossa pequena.

Raul se aproximou de mim, deu um beijo em minha testa e empurrou o carrinho com a nossa bebê na direção da porta da sala.

— Claro.

Ainda encarei a boneca, decidindo se deveria guardá-la ou não. Talvez eu pudesse a deixar no cemitério, ao lado de seu túmulo, quando voltássemos lá. Por outro lado, jamais poderia me separar de um objeto tão importante, e não poderia simplesmente comprar uma nova boneca. Ela era muito mais importante do que um simples brinquedo. Simbolizava como a minha mãe fora repentinamente retirada da minha vida.

Ana
PARTE I

O nascimento de uma boneca

18 DE JUNHO DE 1947

O sol ainda batia na janela quando soltei um grito mais alto do que o anterior. Pela sexta vez entrei em trabalho de parto, não sabendo ao certo se aguentaria até o final. Suava em consequência da dor que sentia, mas era estimulada a continuar fazendo força; em momento algum soltei a mão de minha cunhada.

— Vamos, Ana, continue — pediu Mara. Enxugava minha testa e forçava um sorriso de pura aflição. — Está quase nascendo.

— Não estou aguentando mais! — gritei, fincando as unhas no lençol branco com mais força do que pretendia.

— Só mais um pouco. Você consegue.

Suas mãos em meu ombro me davam forças. As rugas de preocupação vincavam a testa no rosto pálido, e os olhos arregalados denunciavam a preocupação evidente. Nunca havia feito um parto tão demorado; a agonia se estendia havia mais de uma hora. A camisola de algodão, já ensopada de suor e de sangue, grudava em minha pele.

— Certo, minha querida. O bebê está chegando. Mais um pouquinho — Mara murmurou as palavras reconfortantes, um brilho de esperança no olhar.

— Estou com medo. E se...

— Não está, não. É mais corajosa do que imagina. — Tentava me manter atenta à sua voz, mas a verdade era que eu me exauria mais a cada instante. — Vamos, seja forte; o bebê já está vindo.

— Acho que vou desistir — sussurrei alto. Mara olhou para mim, então uma sensação esquisita revirou meu estômago. Eu amava minhas outras filhas, amava saber que as tinha comigo e que estavam ali no outro cômodo esperando. E no instante seguinte eu só consegui balançar a cabeça. — Não, não vou desistir. Minhas meninas precisam de mim.

O cheiro de sangue, suor e alguma outra coisa deixava o ar do quarto carregado. Foi quando a dor me cortou de maneira impiedosa. Soltei um grito, o maior de todos, e Mara empurrou, com vigor redobrado, minha barriga de cima para baixo, fazendo com que o bebê, enfim, nascesse.

O choro anunciou a chegada de mais uma criança àquela casa. Mara a acolheu nos braços e sorriu para mim.

— Parabéns, Ana. É uma menina. Uma linda menina!

Meus olhos se arregalaram enquanto eu tentava me acalmar. Respirei, arfante pelo cansaço prazeroso que somente o final de um trabalho de parto bem-sucedido poderia proporcionar. Olhei para Mara e recebi minha pequenina nos braços. Fiquei emocionada, sentindo as lágrimas em minha face. Abracei o bebê com muito amor e curti aquele momento de ternura que a envolvia em meu íntimo conforme Mara cortava o cordão umbilical. Limpei o excesso de sangue no rostinho miúdo. Ela ainda chorava quando a aconcheguei mais perto.

Vi Mara no fundo do quarto. Ela retirava os lençóis sujos de cima da cômoda e os colocava todos juntos. Sorriu. Então olhei para a porta, e soube que minha maior preocupação viria em seguida. Meu estômago revirou ao pensar no que eu teria de enfrentar quando ele descobrisse que nascera mais uma menina. Fiquei imóvel, apavorada de repente, e o sorriso no rosto de Mara sumiu aos poucos.

— Você está bem, Ana? — perguntou.

Assenti, e minha mente começou a clarear. Meu coração me dizia para manter a calma, mas minhas mãos já não obedeciam. Senti a tensão invadir meus sentidos ao me lembrar do que meu marido seria capaz de fazer se descobrisse que acabara de nascer a sexta menina daquela casa. Parei por um instante e disse a Mara, a voz trêmula:

— Diga ao Antônio para entrar.

Deslizei a mão sobre o lençol em torno da minha bebê, esperava que um milagre pudesse acontecer ali para que ele não perdesse a cabeça de novo.

— Não quer se lavar primeiro? — ela perguntou com a expressão mais preocupada do que antes.

Arrumei o cabelo com os dedos da melhor forma que poderia ser feito, enxuguei o suor da testa com uma das mãos e respirei fundo. Olhando para ela suplicantemente, apontei para a porta, que agora parecia mais desgastada do que costumava ser.

— Melhor que seja agora, e como Deus queira... — sussurrei baixinho, abraçando ainda mais minha filha; ela parecia mais calma, e não chorava.

Segundos depois, a porta se abriu, e um frio na espinha me envolveu. Vê-lo tão sério causou certo pânico. Principalmente no instante em que seus olhos castanhos encontraram os meus.

— E então? — indagou com ar inquisitivo.

— É um menino. — Foi tudo o que consegui dizer.

A verdade não dita

Estava feito. Mara me encarou, desconcertada, e só consegui balançar a cabeça, na certeza de que minha cunhada não me desmentiria. Antônio procurou ver o rosto do bebê, mas eu já o cobrira com o lençol.

— Não quero que minta para mim, Ana. — Seu tom de voz deixava claro que não era um homem que temia o inesperado. Talvez ele não fosse me bater dessa vez. Ou talvez aceitasse que deveria amar nossas filhas.

Meus olhos se arregalaram de entusiasmo quando seu semblante por um instante desanuviou, então me senti triste. Triste de verdade. Eu sabia que aquela calmaria era só uma pequena fachada. Que logo um turbilhão de emoções passaria por mim, assim que ele começasse a gritar.

— Não estou mentindo. Sabe disso.

Enfrentei seu olhar, paralisada pelo terror.

— Deixe-me ver se é um menino mesmo.

A reação dele me surpreendeu. Em um puxão, Antônio arrancou a bebê de meus braços, desembrulhou-o do lençol e foi conferir na mesma hora.

Estiquei os braços e gritei:

— O que está fazendo?

Ao certificar-se do sexo do bebê, ele me olhou insano e no segundo seguinte senti meu rosto arder com um tapa.

— Está louca? É outra menina — gritou. — Mulheres só servirão para me trazer despesas e dores de cabeça, sua imprestável.

Antônio jogou o bebê com brutalidade em meus braços. Lágrimas rolaram de meus olhos logo que ele foi embora.

Não tinha certeza se já havia me sentido tão só quanto naqueles poucos segundos. O medo me apertava a garganta, e o destino de minha família pesava sobre mim. Abracei com força a minha filha, que soluçava após a estupidez do pai; choramos juntas. A neném demorou a se acalmar. Se eu soubesse como satisfazer a necessidade do meu marido em ter um filho homem, faria a qualquer custo.

— Sinto muito, Ana — minha cunhada sussurrou. — Meu irmão só está nervoso... — Seus olhos se apertaram; respirou fundo e sorriu. — Bem, vamos limpar essa bagunça.

Mara segurou a sobrinha enquanto eu me levantei, tirei a camisola sebenta e coloquei um vestido de algodão. Com muito esforço, puxei os lençóis sujos de sangue e os coloquei junto com os outros no canto do quarto, perto da janela. Acomodei-me na cama já arrumada e peguei minha filha em meus braços. Olhei para seu rosto doce e delicado e sorri.

— Você vai se chamar Luíza. Minha bonequinha Luíza. — Passei a mão em seu rostinho, sentindo a maciez de sua pele em meus dedos. — Vai ser forte e valente como uma guerreira.

Em questão de minutos, Mara buscou as meninas, que se distraíam com bonecas de palha de milho, no quarto ao lado.

— Vamos conhecer sua irmãzinha?

— Sim, tia Mara. — As três correram alvoroçadas, parando na porta, surpresas.

Isabel sorria timidamente, e eu conseguia ver muito de Antônio nela, principalmente seu jeito desconfiado de olhar. Já Alice e Rita herdaram a minha pele mais bronzeada, os cabelos escuros e os olhos grandes e expressivos.

— Entrem, minhas meninas. — Encostei-me no travesseiro, dobrando a perna para que elas pudessem se sentar na ponta da cama.

Isabel veio na frente e me encarou. Assim que colocou Alice empoleirada em seu quadril, chamou Rita, para verem a recém-nascida em meus braços.

— É uma menininha, como vocês. — Ajeitei o lençol em torno do rosto de Luíza e notei que Isabel ainda ria, encantada com a pequenina. Deixei que ela se aproximasse, puxando-a para perto. Acariciei suas costas com a minha mão livre.

— Parece uma bonequinha de porcelana — ela disse, colocando Alice sentada na beirinha da cama.

— Essa é a bonequinha de vocês — eu falei, respirando fundo. — E precisa de muito amor.

— Suas mãos são tão minúsculas que dá medo até de encostar nos dedinhos. — Rita achou engraçado o bebê se mexer. — Nossa! É tão pequena. É de verdade, mãe?

— Sim, filha, e quando crescer vai gostar muito de brincar com vocês.

— Ah! Então ela vai crescer? — Alice perguntou, tirando uma mecha de cabelo do rosto. — Pensei que fosse ficar assim, pequenininha para sempre.

— Você também era como a Luíza. Todo bebê nasce pequeno e cresce até ficar grandão, como a mamãe.

— E amanhã eu já posso brincar com ela? — Agora foi Rita quem perguntou.

Novamente sorri.

— Vai demorar só mais um pouquinho.

Pareciam felizes com a presença de Luíza. Ainda assim, me sentia triste ao pensar que as duas meninas mais velhas que eu tive não resistiram aos primeiros meses de vida. Minha primeira bebê morreu aos cinco meses devido a uma febre alta, e a segunda chegou a completar nove meses, mas não resistiu a uma gripe forte. Afastei esse pensamento quando vi o brilho nos olhos de minhas filhas ao observarem a pequena Luíza em meus braços.

O clima foi interrompido, e todas nós nos assustamos com o barulho avassalador vindo da porta. Antônio adentrou de supetão.

— Estou com fome — gritou. Seus braços estavam firmes na cintura, enquanto os olhos percorriam o quarto. Assimilava tudo, inclusive eu. Era como se para ele tudo ali fosse novidade. – Não vai ter janta nesta casa hoje?

– Já vou – balbuciei.

Deu um passo hesitante para dentro do cômodo, mas depois voltou, como se tivesse se arrependido de algo, virando as costas para todas nós. Assim que saiu do quarto, suspirei, olhando para Isabel, que já me encarava assustada. Ele não iria me agredir diante de nossas filhas. No entanto, parecia precisar ficar sozinho comigo, provavelmente por causa da mentira que lhe contara. Pensar no que estava por vir me dava calafrios.

– Vai ficar tudo bem, minha filha – disse para Isabel, apenas mexendo os lábios, sem emitir som nenhum.

– Mas ele parece bravo, mãe – resmungou minha menina, sem tirar os olhos da porta. Afastou o cabelo despenteado do rosto sardento com a mão suja de tanto brincar.

Balancei a cabeça tentando me convencer de que realmente tudo ficaria bem. Mas, quando se tratava de Antônio, o tudo era imprevisível.

– Vou fazer a janta e volto logo.

Esforcei-me para me levantar da cama e suportar as dores causadas pelo parto. Mara ainda se apressou em dizer:

– Se você quiser, deixo tudo pronto...

– Não se preocupe, tem que ser eu. – Tentei não soltar uma arfada, mais alguns passos e seríamos a cozinha, ele e eu. – Não quero que Antônio fique ainda mais nervoso.

– Mas você tem de descansar.

Respirando fundo, inclinei e me apoiei na cabeceira da cama.

– Eu sei, mas não posso. Você conhece muito bem o seu irmão.

Coloquei Luíza sobre a cama e sorri para as meninas.

– Cuidem bem de sua irmã. Eu já volto.

O medo me persegue

Enquanto eu fazia o jantar, Antônio andava de um lado para o outro. Observar meu marido pelo canto do olho era normal. Tentava antecipar o que ele estava pensando, na tentativa de evitar uma discussão por qualquer coisa.

— Da próxima vez que mentir para mim, eu te mato! — Nem sei quando chegou perto de mim tão rápido. Não me mexi quando me puxou pelo cabelo, mas minha respiração denunciava meu medo. Um novo puxão e ele voltou a se sentar.

Senti vontade de correr, gritar, fazer qualquer coisa para me libertar daquela situação. Em meus pés, sentia o frio da garrafa guardada sob a pia. Beber seria o melhor remédio, mas eu precisava cuidar de minhas filhas.

Queria fazer alguma coisa para que meu marido parasse de me agredir, no entanto fiquei imóvel diante do medo que me dominava. Não que eu tivesse medo de morrer; aliás, para viver naquelas condições, preferia que Deus me levasse para outro lugar. Então, pensava em minhas meninas. O que me segurava àquela vida ingrata, infeliz e dolorida eram elas. Nada e nem ninguém me tiraria isso. Nem mesmo Antônio.

Em questão de minutos, servi arroz, feijão, dois ovos cozidos e salada de alface a ele. Via meu marido comer e hesitava em dizer qualquer coisa.

Mara veio até a cozinha e despediu-se na porta.

— Não quer comer nada? — indaguei.

— Não se preocupe, Ana, vou avisar lá em casa que a bebê é linda — argumentou, falando alto. — Amanhã estaremos aqui para a visita.

— Muito obrigada, e que Deus te acompanhe.

Antes de fechar a porta, Mara ainda olhou bem séria para o irmão, como que desaprovando todas as suas atitudes grosseiras contra mim.

— Cuide bem delas, Antônio.

Ele revirou os olhos e bufou.

Chamei as meninas para jantar e, enquanto colocava apenas arroz com caldo de feijão no prato, observava meu marido comer como um camelo faminto.

As três se acomodaram nas cadeiras, esperando que eu colocasse seus pratos sobre a mesa.

— A neném já dormiu — disse Isabel, dando um sorrisinho. Mas o mesmo sorriso sumiu de seu rosto ao ver o pai olhar para ela.

— Obrigada, filha — falei com calma, para que Isabel não ficasse mais nervosa ainda. Mesmo de longe, pude sentir seu desalento.

Quando Antônio acabou de comer, levantou-se e foi se sentar na varanda, como sempre fazia antes de se deitar.

Fiquei feliz ao ver o ovo cozido deixado no prato dele, assim as meninas teriam mistura. Dividi em três partes, e elas se deliciaram com aquele minúsculo pedaço de ovo. Para Antônio, o importante era arroz e feijão, e isso independia de nossa boa situação financeira, na verdade muito boa. Mas, para ele, mistura era para quem trabalhava. E, no nosso caso, a mistura era só dele.

Após terminar de arrumar a cozinha, coloquei as meninas para dormir e fui ao banheiro. Ao lavar o rosto para me deitar, olhei no espelho e notei os traços vincados, causados pelo sofrimento de tantos anos.

Ajeitei para trás os cabelos longos e sem brilho, desalinhados, cujos fios grudavam na pele. Minha feição cansada e desgastada, com olheiras salientes que se destacavam na pele pálida, e os lábios brancos e sem vida, traziam o passado sofrido à tona, como se nada de minha vida fizesse sentido.

Sentia dores, fraqueza, o sangue que insistia em escorrer. Mas não podia parar ali. Minhas meninas precisavam de mim. Tudo o que eu conseguia visualizar no rosto era o passado e o que me fizera chegar até ali.

Sinais de esperança – 1928

Eu era a décima filha do meu pai. Quando minha mãe faleceu, ele teve que distribuir seus onze filhos pelo mundo. Era um homem bom, mas não tinha condições de criar sozinho todos os filhos, ainda mais sem a ajuda de sua companheira. Precisaria trabalhar muito para sustentá-los e, como colono, ganhava muito pouco. Com a intenção de melhorar o futuro de seus filhos, pensou nas adoções.

Aos quatro anos, meu pai queria deixar eu e minha irmã, Maria, de dois anos, juntas com a mesma família para facilitar quando fosse nos visitar. Conseguiu uma proposta de adoção com um sitiante que morava a alguns quilômetros de Juquiratiba. Ficou muito feliz em saber que o rapaz era criador de porcos e tinha pelo menos condições de nos alimentar.

No dia combinado, caminhamos sob o escaldante sol das onze horas até chegarmos ao sítio. Meu pai retirou o chapéu e enxugou a testa na manga da camisa puída antes de bater na porta.

Quando o homem abriu, meu pai encostou o chapéu no peito.

— Bom dia, seu Joaquim. Trouxe as meninas pro senhor.

O homem, de aparência bem séria, olhou para nós de cima até embaixo e então para a esposa atrás dele. Ela mantinha uma expressão carrancuda, autoritária e fria, que me deu até calafrios. A mulher balançou negativamente a cabeça, e o homem não precisou de muitas palavras para que meu pai entendesse a mensagem.

— Só posso ficar com uma. Já tenho três filhos, e as coisas estão muito difíceis.

Senti meu pai estremecer.

— Mas, seu Joaquim, eu disse que eram duas meninas. Já conversamos sobre isso.

— Eu sei, Cardoso, mas... Não posso alimentar tantas bocas.

Meus olhos se encheram de lágrimas enquanto apertava a mão de meu pai, como que implorando para não me separar de minha irmã.

Meu pai parecia ter dificuldade de respirar, talvez por estar envolto pela culpa. Todos vimos os olhos da mulher do seu Joaquim, e com certeza ele hesitou em dizer algo que a irritasse, ou que a fizesse desistir da ideia de pegar pelo menos uma de nós duas, deixando a situação muito pior. Eu olhava para meu pai, ao lado da minha irmã, apertando cada vez mais a mão dele. Diante da dura decisão que teria que tomar, ele transpirava, e eu sabia que não era só culpa do sol.

Ele se abaixou, ficando da minha altura. Olhou bem nos meus olhos e deu um longo suspiro, que fez meu coração bater ainda mais rápido.

— Não fica triste, Ana. Vamos encontrar um lugar ótimo pra você também.

As lágrimas começaram a rolar em meu rosto, e tudo o que eu sentia era uma dor profunda no peito.

— Mas, pai, eu quero ficar com a Maria.

Ele me abraçou, impotente diante de tantos problemas. Tocou meu cabelo levemente.

— Não fica assim, minha fia, logo vamos ficar todos juntos novamente.

Meu pai deu uns passos até a minha irmã e abraçou a pequena.

— Maria, seja uma boa menina.

Virou-se para mim de repente, como se estivesse tentando segurar o choro. Eu sabia que a situação era difícil, e mais difícil ainda era ver meu pai com aquela cara.

— Vamos, fia, que a viagem é longa.

Notei quando a esposa do homem deu de ombros e ficou ali de pé, olhando para mim. Eu me virei para Maria, abraçando seu corpo trêmulo, miúdo, enquanto as lágrimas escorriam pela minha face.

— Fica com Deus, Mariazinha. Logo a gente tá junto de novo.

Maria continuou chorosa, e a mulher do Sr. Joaquim se ajoelhou ao lado dela, abraçando seu corpinho e a levantando do chão.

Com os braços de Maria ao redor de seu pescoço, ela carregou minha irmã para dentro da casa, enquanto meu pai se despediu do Sr. Joaquim com um ligeiro aperto de mão. O homem entrou e fechou a porta, não esperando que nos afastássemos dali.

Ao olhar para meu pai, notei seu rosto pálido, os olhos arregalados. Seu punho fechado estava dentro da boca, e eu podia ver que tremia. Senti sua mão fria ao pegar na minha, caminhando ao meu lado pela estrada. Sabia que ele tinha apenas uma preocupação: o que fazer comigo?

•

Ao caminharmos pela estrada de terra, muito empoeirada naquela época do ano, dava para ouvir o barulho do trem alguns quilômetros antes de o ver. O som agudo do freio, a fumaça que saía da chaminé e pintava o céu, o tinido do sino avisando a chegada dele na estação. Para mim, era encantador ver aquela máquina de ferro deslizar sobre os trilhos com tanta leveza. Nos arredores da cidade de Juquiratiba, eu conseguia sentir o gosto da poeira em minha garganta, com uma sensação de exaustão que me deixava cada vez mais lenta. Eu sabia que meu pai havia percebido, pois ele parara no único bar, próximo da estação ferroviária, para tomar um refresco. O dia quente de verão exigia uma bebida já que ainda estávamos na metade do caminho.

— Melhor descansar um pouco para continuar a caminhada, ou talvez não conseguiremos ir tão longe, fia.

O lugar, bem pequeno, contava apenas com duas mesas de madeira e quatro cadeiras também de madeira com assento e encosto de palha. Havia um pequeno balcão laminado e algumas prateleiras com vários tipos de bebidas encobertas de poeira e teias de aranha. O cheiro de álcool misturado com cana-de-açúcar preenchia todo o ambiente. Separado da residência dos donos por uma pequena passagem no fundo, atrás do balcão, e fechada com uma cortina de renda, o bar mantinha na parede a imagem de Nossa Senhora de Fátima, ao lado da bandeira de Portugal. Por ali os clientes bebiam e conversavam sem muito entusiasmo.

Meu pai me ajudou a subir na cadeira, indo até o balcão, não encontrando ninguém para atendê-lo. Esperamos em silêncio. Observava os movimentos dos pássaros em uma gaiola dependurada no teto, quando a cortina de renda se abriu, de onde surgiu uma mulher branca, alta, com os olhos grandes atrás dos óculos com lentes que mais pareciam dois fundos de garrafas. Usava um lenço colorido amarrado na cabeça, como se fosse uma cigana. Aliás, sua saia comprida lembrava também a de uma cigana. Sem avançar à frente do balcão, encarou meu pai.

— O que vão beber?

— Uma Tubaína e dois copos, por favor — pediu ele.

A mulher sorridente nos observava com muita curiosidade enquanto abria a garrafa. Pegou dois copos na prateleira e os depositou sobre o balcão. Deu a volta e arrumou os copos e a garrafa sobre a nossa mesa.

— Vocês não são daqui, né? — Olhou do meu pai para mim.

— Não, senhora.

— E estão passeando? — A mulher cruzou os braços na frente do corpo robusto, deixando-a ainda mais imponente.

Ele tomou um longo gole do refrigerante, olhou para seu copo e respondeu:

— Estamos de passagem. Vim trazer minha fia mais nova pra morar em um sítio aqui próximo.

— Por quê? — perguntou a mulher, arqueando a sobrancelha.

— Fiquei viúvo faz pouco tempo e não tenho condições de criar meus filhos sozinho. — Meu pai apertou a nuca para se livrar da tensão. Depois bebeu mais um gole de sua Tubaína sem olhar para a mulher.

— Hum... E essa menina? O que vai fazer com ela?

— Como assim? — Meu pai estranhou a pergunta, diminuindo a distância entre nós. Achei que talvez fosse medo de que aquela mulher pudesse me roubar dele.

— Bem. — Ela colocou o indicador na bochecha e deu dois toques em sua pele, como se raciocinasse de certa forma. — Se o senhor entregou uma, é porque não pode criar. Então, o que vai fazer com essa menina linda?

Ele não reagiu à pergunta. Apenas me olhou com complacência.

— Ainda não sei. — Suspirou meu pai profundamente.

A mulher arrastou a cadeira e se sentou perto de nós dois, me observando com total encantamento.

— Que menina linda! — Ela alisou meu cabelo, o que me causou um pouco mais de medo. — Como você se chama?

— Ana. — Assustada, segurei na mão de meu pai e escondi o rosto em seu braço.

— Não tenha medo de mim, garotinha, não vou te fazer mal. — Mais uma vez ela alisou meus cabelos, mas agora parecia que seu toque iria me arrancar do meu pai.

Não queria ficar com essa mulher. Não queria me separar dele.

— A senhora quer ficar com ela? — Meu pai logo percebeu o interesse da robusta senhora.

Imaginei que, nesse momento, estivesse sentindo um frio na espinha, como eu sentia. Ou um pânico incontrolável. Ou, ainda, um medo de que nunca mais nos encontrássemos. Olhou para mim e ficou me encarando. Parecia mais velho, indefeso e completamente perdido. Nunca tinha visto meu pai daquele jeito. Ficou pensando por um minuto inteiro, então virou-se para a mulher, ainda tremendo, como se fosse partir em mil pedaços.

— Seria uma alegria enorme poder ficar com ela! — Seus olhos brilhavam ao olhar para mim com muito gosto. Seu maxilar se contorceu, tamanha a ansiedade.

Pensei nisso por um instante. Que eu não conhecia aquela mulher, quem convivia com ela, muito menos o que ela poderia fazer comigo. Assim que meu pai fosse embora, eu seria a pessoa mais solitária do mundo, diante de uma mulher estranha que não parava de me olhar como se eu fosse algo precioso.

— Não sou um pai ruim, viu? — Ele agora parecia mais nervoso ainda. — Só estou pensando em dar uma oportunidade aos meus filhos. A senhora é dona do bar, ganha melhor que eu, saberá como a criar da maneira certa.

Nunca tinha sentido pena de meu pai antes, até aquele momento.

— Claro! — A mulher balançou a cabeça, mais feliz do que nunca. — Será um prazer. Não precisa nem se desculpar, entendo a sua dificuldade. Qual é a sua graça?

— É Cardoso. E a da senhora?

— Mercedes.

Meu pai respirou fundo, virou-se para mim e olhou bem em meus olhos, dizendo:

— Vai dar tudo certo, Ana. — Naquele instante, vi seus olhos mais brilhantes do que nunca. — Não tenha medo, minha fia, essa mulher é boa e vai cuidar de você muito bem. Logo venho te ver.

A chegada ao Brasil – 1925

Mercedes era uma portuguesa muito alegre. Robusta, branca, tinha os cabelos longos e grisalhos presos com um lenço português. Usava óculos com lentes bem grossas e andava sempre descalça e sem calcinha. Alcoólatra desde muito nova, bebia tanto que fazia coisas incomuns e depois não se lembrava de absolutamente nada.

Quando saiu de Portugal, em 1925, Antônio ainda era seu único filho. No meio da viagem, Mercedes se empolgou e tomou todas as doses possíveis com os marinheiros a bordo. Cambaleando, levou o menino de cinco anos até a parte mais alta do navio e pediu que ele se atirasse ao mar. O menino ficou assustado com a quantidade de água que via e não obedeceu.

— Pula, Antônio, vai ser engraçado!

Mercedes ria muito e entoava canções portuguesas, pausando a música nas estrofes para pedir ao filho para pular. Quando o menino estava quase se jogando, seu marido gritou a tempo de interromper a insanidade da esposa.

— Mercedes?

Ela olhou para o marido, confusa, e demorou alguns segundos para o reconhecer.

— Ah, é você... Oi, Alfredo — Mercedes disse com a fala mole, naquela voz grossa. — Vem cá ver Antônio nadar no mar...

— Antônio, venha aqui com seu pai! — ele falou alto, com o tom de voz firme e autoritário.

O menino obedeceu ao comando, pulando no convés e correndo ao seu encontro.

— O que você está fazendo, meu filho?

— A mãe me mandou pular. — Antônio deu de ombros. — Estava com um pouco de medo... É tanta água, pai...

Ele passou as mãos pelos cabelos negros na tentativa inútil de se acalmar.

— Espere aqui, que eu já volto.

O marido se virou na direção de Mercedes e lhe aplicou um tapa tão forte no rosto que a derrubou no chão.

— Você está louca, pinguça! — vociferou, chamando a atenção de várias pessoas que estavam naquela área do navio. — Queria jogar nosso filho ao mar?

Do mesmo jeito que caiu ao chão do convés, Mercedes dormiu até o dia seguinte, acordando com náuseas e uma forte dor de cabeça. Não entendeu o rosto dolorido ou os lábios cortados. O Sr. Alfredo, além de Antônio, trazia Edmundo, Mara e Josué, frutos do primeiro casamento. Após ficar viúvo, casou-se com Mercedes, tornando-se pai novamente. Foi sugestão dela que vendesse todos os seus bens para tentar uma vida nova no Brasil. Ideia esta que foi prontamente acatada para satisfazer a vontade da esposa.

Quando chegaram ao Brasil, seguiram de trem para a cidade de Juquiratiba, por indicação de um amigo. Ele dizia que aquela cidade em processo de crescimento tinha terras com preços bem acessíveis para quem quisesse começar a vida. Tinha apenas seiscentos moradores e, com os novos imigrantes, somaria aproximadamente seiscentos e cinquenta. O português, ao acompanhar o amigo, propôs à família uma vida nova em um lugar totalmente diferente.

Juquiratiba tinha apenas uma rua, paralela à linha do trem. O Sr. Alfredo construíra uma casa bem grande com um bar na frente, onde vendia de tudo, desde pinga até mantimentos e roupas. Como era comerciante em Portugal, resolvera continuar a fazer o que já sabia. Fora um dos pioneiros no comércio da cidade.

Mercedes ajudava o marido no bar, o que o preocupava, ciente de que ela bebia muito. Assim, o português exigia sempre que um de seus filhos a fiscalizasse no trabalho, para não ter prejuízo nas vendas, caso um de seus pileques a fizesse perder as contas. Ficava tão bêbada que se sentava na cadeira de perna aberta e sem calcinha, e os meninos da rua paravam de brincar para ficarem olhando e dando risada.

Mercedes me criara como se fosse sua própria filha. Ensinara-me a fazer bolo de fubá e galinha assada no forno a lenha. Deixava minhas pernas em carne viva quando me pegava nos trilhos do trem. Comprara meu primeiro corte de tecido para o vestido do Natal. Fazia parte da minha vida.

A casa de Mercedes era vistosa, decorada com todos os bibelôs vindos de Portugal, e ficava bem na curva do rio. Da varanda dos fundos dava para ver o rio chegando e descendo por quilômetros. Eu adorava me sentar ali e ver o reflexo do sol na água cristalina, me dando a sensação de ser o lugar mais lindo e confortável do mundo. E, eu como criança, não conseguia compreender por que Mercedes reclamava tanto de tudo aquilo, quando bebia.

Ela tinha os recursos de seu império no bar e a gratidão de todos os bêbados, o que despertara em mim a curiosidade por esse mundo não sóbrio. Era tão natural que, definitivamente, não tinha como eu saber o que era certo e errado. E, sem que ninguém percebesse, e nem mesmo eu me desse conta, passei a beber cada vez mais.

O reencontro – 1933

O sol ainda forte naquela tarde de verão esquentava todo o bar quando eu vi o homem entrar com o sapato empoeirado, chapéu escuro e calça social bem engomada. Eu varria a calçada ao perceber que ele sorria sem tirar os olhos de mim.

— Como minha menina cresceu! — exclamou, admirado.

Logo de início, não entendi por que o homem sorria tanto por trás do bigode. Segurando uma pequena valise, enxugava as lágrimas. Dei um passo para trás e observei seu rosto, assustada. Desconfiei que ele pudesse estar bêbado e me agarrasse no meio do bar, então segurei a vassoura com as duas mãos, atenta aos movimentos do desconhecido.

— Sou eu, minha filha, seu pai. Sei que já faz cinco anos que não apareço, mas agora estou aqui.

Olhei ressabiada para Mercedes, que se encontrava com os cotovelos apoiados no balcão.

— É o seu pai, sim, menina. Pode cumprimentar.

Olhei para ele assim que tirou o chapéu. Poderia ser meu pai, mas ele parecia bem mais velho com aquele bigode branco. Dei alguns passos tímidos em sua direção. Ao abraçá-lo, lembrei-me daquele cheiro de poeira misturado ao calor de um afeto saudável.

— Pai, é você mesmo?

— Ah! Ana...

Sentamos, o silêncio dominando o ambiente.

— Então — perguntou, sustentando o sorriso alegre em seu rosto —, como estão as coisas?

— Tudo ótimo! — murmurei, sem saber de fato o que eu poderia ou não lhe contar. — Ótimo, pai...

Ficamos ali por um bom tempo. Eu não sabia o que falar, ou pelo menos não tinha o que perguntar sobre sua vida. Ele era um estranho para mim, que me trazia apenas algumas lembranças do que vivemos juntos até meus quatro anos de idade.

— E o trabalho? — tentei quebrar o silêncio.

— Estou aqui perto — disse com um sorriso no rosto. — A gente vai se ver mais vezes.

Fiz que sim com a cabeça, cheia de esperança. Então comecei a contar sobre o que eu fazia para ajudar Mercedes e sobre as minhas brincadeiras com Mara, a irmã de Antônio.

— O senhor veio me buscar?

Mercedes olhou para mim através das lentes grossas de seus óculos. Mais do que pretendia, eu pensava sempre que minha tutora poderia se sentir ofendida caso a resposta de meu pai fosse positiva. Porém, vivia em um estado de negociação permanente com meus sentimentos. E o que mais desejava era voltar a morar com minha família, não me importando nem um pouco em ofender quem quer que fosse.

Meu pai, com os olhos mareados, respondeu:

— Ainda não, querida, mas logo isso vai acontecer. Como eu disse, estou trabalhando numa fazenda aqui pertinho. Vai ficar mais fácil vir te visitar.

Decepcionada, eu ainda tive forças para sorrir, sem demonstrar a mágoa. Fingia que meus sentimentos não ficaram divididos. Por um lado, queria implorar que me levasse embora, não me importando com as dificuldades que poderíamos passar. Mas sabia que as condições não eram favoráveis aos meus desejos e nada disso seria possível.

Antes de ir embora, reforçou o combinado:

— Vou voltar mais vezes para te ver, prometo.

Um abraço forte de despedida foi o que me restou mais uma vez, deixando-me com a incerteza, mas com uma ponta de esperança, o que me ajudou a seguir em frente por um bom tempo.

A menina virou mulher – 1937

— Ana!

Olhei por cima do balcão e deixei o copo sobre a pia. O bar vazio naquele horário me fez estranhar o comportamento de Antônio.

— Ana, pode me ajudar com isso?

Eu o teria notado mesmo se ele não estivesse gritando. Antônio se tornou um rapaz alto e corpulento, com o cabelo ondulado que lhe caía em volta das orelhas, destoando do corte rente da maioria dos homens que entravam no bar. Sua feição era forte e séria, do tipo que Mercedes classificava como inteligente. Antônio parecia uma mistura de soldado com um professor, e eu notava melhor isso agora que já tinha quinze anos.

Enquanto me aproximava, apontou para a sacola na calçada, mas com outras nas mãos, e não tirou os olhos de mim. Na verdade, eles me fitaram tão demoradamente que olhei para trás, com medo de que Mercedes pudesse ter notado o que passara entre nós. Desde que eu vim morar naquela casa, ele nunca havia me olhado de forma diferente. Mas agora estava acontecendo.

— Preciso que me ajude com as compras — disse, ainda me olhando daquela maneira diferente, estranha e que mexia comigo.

— Por quê? Não consegue carregar sozinho?

— Claro que consigo — respondeu sem titubear. — Mas estou com pressa. O trem vai chegar logo e preciso buscar a mercadoria que meu pai encomendou.

— Estou achando que é mentira. Você só quer terminar logo para ir nadar no rio.

Ele continuou me olhando de uma maneira estranha, o que me fez corar até as orelhas.

— Você me deu uma ótima ideia — disse, e acrescentou: — Mas quero que vá comigo.

— E por que deveria ir? Não posso largar sua mãe sozinha no bar, sabe muito bem disso.

Carreguei a sacola até a cozinha, minha pele ficando cada vez mais quente, e peguei os alimentos, ajeitando no armário um por um.

— O que você tem, Antônio? Está estranho hoje — eu falei, já guardando o último saco de arroz no armário.

— Só quero ir ao rio com você. Qual o problema? Sempre fazemos isso. Você é que está estranha. Parece que mudou o cabelo, ou coisa parecida.

Na verdade, eu havia passado batom. Sabia que Mercedes não gostava que eu me arrumasse para não chamar a atenção dos homens que frequentavam o bar. Mas quis saber como ficaria com os lábios vermelhos. Antônio me observou por tanto tempo que todo o chão da cozinha pareceu desaparecer.

— Está... bonita! — exclamou, pegando a sacola vazia da minha mão. — Devia aceitar meu convite. Meu pai vai chegar logo, e poderemos aproveitar a tarde quente no rio.

Ele sorriu, e me peguei rindo também. Talvez fosse apenas o alívio por ele ter parado de me olhar daquele jeito.

— Não sei se eu... — Estava enrolando o avental na mão, então baixei a cabeça enquanto Mercedes entrava na cozinha.

— Venho te buscar logo, e não tem como recusar — ele sussurrou no meu ouvido, e temi que Mercedes pudesse ter ouvido também.

Mas ela passou para o bar sem notar nossa presença ali. Claro que já estava bêbada.

Antônio, antes de seguir sua mãe, se virou e olhou para mim. Alisou o cabelo por três segundos, depois desapareceu na manhã quente de Juquiratiba.

•

Saímos de casa logo após o almoço. Entramos em uma trilha pequena, e Antônio caminhava orgulhoso por ter conseguido me convencer a ir com ele até o rio. Mercedes dormia e o Sr. Alfredo ficou tomando conta do bar, depois que prometemos não demorar muito.

Olhei ao redor e não vi nada além de mato e árvores. Havia algumas flores amarelas espalhadas pela paisagem, e a brisa quente batia em meu rosto, me mostrando que realmente iria valer a pena transpirar daquela maneira para me refrescar com vontade no rio.

Antônio continuou em silêncio o percurso todo, o que era incomum. Ele sempre conversava durante o trajeto, contando coisas sobre as suas viagens de trem com o pai ou sobre as músicas que ouvia no rádio.

Quando chegamos à beira do rio, Antônio tirou a camisa. Meus olhos percorreram seu corpo branco, que eu nunca havia reparado como era bonito.

— Faz tempo que não nadamos neste rio. Acho que já tem uns seis meses — tentei parecer calma, mas algo nele me deixava nervosa e eu não sabia o que era.

Ele se agachou para desamarrar os sapatos, olhou para mim e me surpreendi, ficando sem graça.

— Não vai tirar a roupa? — questionou enquanto desabotoava o cinto.

Tive que me esforçar para não ficar olhando. Nunca reparei em nada no Antônio.

— Acho que não vou nadar hoje...

Sentia-me estranha e um pouco envergonhada. Ele me intimidava

— E por que não? — Apontou para o rio. — A água está limpinha, e aposto que está morna também.

— Acho que a correnteza vai me levar. Estou sentindo ela um pouco forte. — Percebi que minhas palavras não ajudavam em nada a convencer Antônio. — Além disso, esqueci a toalha.

— E daí? Nunca trazemos toalha para cá. O sol está quente, Ana. Vai secar seu corpo rapidinho.

Ai, meu Deus!

Minha pele inteira esquentou só de pensar que eu ficaria praticamente sem roupa na frente dele e ao mesmo tempo me achei boba, fiz isso a vida toda. O que estaria fazendo comigo? Nunca tive esse tipo de pensamento antes.

— Me deixe, Antônio. — Sentei na grama macia. — Vou ficar só te olhando.

Ele fechou a cara e tirou a calça, ficando nu.

— Você está chata hoje — disse isso e pulou na água.

Observei os pássaros atravessarem o rio em bando e comecei a brincar com uma flor amarela entre meus dedos.

— A água está uma delícia, Ana! — ouvi Antônio gritar do rio. De onde eu estava, podia ver as gotas da água escorrerem pelo seu cabelo escuro. Ele sorria quando puxava os fios para trás e tirava o excesso de água dos olhos. — Molhe os pés, pelo menos. Está bem gostoso aqui, mas daqui a pouco temos que ir embora.

Molhar os pés não era uma má ideia. Levantei um pouco a barra do meu vestido e mergulhei os pés na água. Antônio estava certo, a água quentinha e limpa refrescava minha pele de uma maneira reconfortante. Mexi os dedos, lavei o rosto e sorri para ele.

— Vem, Ana. Entre comigo.

Fiz que não com a cabeça, e ele jogou água em mim. Olhei feio para ele. Mas Antônio me pegou desprevenida. Quando menos eu esperava, ele me agarrou pelas pernas e me puxou, quase me derrubando na água.

— Ai, Antônio! Molhou meu vestido todo. Como vou embora?

— Acho melhor tirar e deixar na grama. O sol está forte; até irmos embora, o vestido terá secado.

Só de pensar que teria que ficar só de calcinha na frente dele, me senti esquisita. Mas, se chegasse de vestido molhado em casa, talvez Mercedes me desse uma surra.

— Tudo bem, mas vire de costas para eu entrar na água.

— Por que isso agora? Nunca teve vergonha de mim.

— Só não quero que fique me olhando enquanto entro na água. Por favor, senão vou embora. — Tentei parecer ameaçadora, mas ele deu risada.

Em seguida, se virou para a outra margem, como pedi. Aproveitei para tirar meu vestido rapidamente e me aproximei da beirada. Antônio se virou antes de eu dizer que já podia, de forma apressada tapei meus pequenos seios. Percebi que ele arregalou os olhos e examinou meu corpo de cima a baixo, passou a mão no cabelo molhado e ficou todo vermelho.

— Hã... Entre na água — sugeriu; também parecia sem graça.

Fiz que sim com a cabeça e pulei. Senti a água morna produzindo uma sensação agradável contra minha pele quente, ficando de pé dentro do rio e de costas para Antônio. Perto da margem, a água nem chegava à altura de minha cintura.

— Venha. Vamos atravessar a margem. Quero ver se você ainda ganha de mim no nado.

Eu o ignorei, mas me mexi um pouquinho. Então Antônio pareceu que não ia mais sair do lugar, assim que me virei para ele.

— O que foi? — Abaixei para tentar me esconder dentro da água. Joguei água nele, para tentar quebrar o clima tenso entre nós.

— Está jogando água em mim? — Antônio deu risada, e fiz que sim com a cabeça, jogando mais um pouco. Ele estendeu seu braço comprido, mas, antes de conseguir me pegar, comecei a nadar até a outra beirada, chegando antes dele.

Assim que parei para tomar fôlego, Antônio enlaçou o braço em minha cintura e me puxou para baixo. Levei a mão para cima e, ao voltar à superfície, Antônio caiu na gargalhada, e acabei rindo junto.

Eu me movi na direção dele e tentei enfiar sua cabeça na água. Obviamente ele sempre foi mais forte que eu e não afundou, então começou a rir ainda mais, mostrando seus lindos dentes brancos.

— Aposto como eu ganho de você de novo — falei, já nadando na frente dele.

Mas fui pega de surpresa quando ele me agarrou pela cintura e me virou. A mesma eletricidade que apareceu entre nós naquela manhã, apareceu de novo, e mais forte do que nunca. O que eu sentia por Antônio era avassalador. Eu não conseguia tirar os olhos de sua boca.

— Ana...

Eu mal o ouvi. Aproximei mais meu rosto do seu, vendo o mundo evaporar à nossa volta. Senti nas palmas da mão a maciez de seu rosto, o calor do seu hálito em minha pele. Seus olhos estudavam os meus, com muita seriedade. Jurei que àquela hora era como se Antônio me visse pela primeira vez.

●

— Grávida? — Meu pai, desolado, deixou a cabeça cair nas mãos, e eu pude ver os tufos de cabelos grisalhos saindo entre os dedos. — O que vamos fazer agora?

Espalhados pelo balcão alguns copos e garrafas revelavam uma tarde bem agitada no bar.

— Eu sabia que não deveria ter deixado você tão solta — ele soou desconcertado. — Você só tem quinze anos, filha. O que vai ser de sua vida se dona Mercedes te expulsar daqui? Não posso ficar com você.

Balancei a cabeça.

— Sei que estou errada, pai. Mas gosto do Antônio, e vamos ficar juntos. Mercedes está empolgada com nosso casamento.

Levantei-me e comecei a arrumar a bancada, enquanto meu pai entornava o resto do refresco que havia no copo.

— Casamento? Um homão de 19 anos, cheio de mulher para conhecer... acha que ele vai ficar cuidando de esposa e filho?

— Vamos morar aqui, por enquanto. Mercedes está animadíssima com a notícia de ser avó, e Antônio vai continuar trabalhando com o Sr. Alfredo. Vamos ficar bem, pai.

Ele balançou a cabeça com certa melancolia, aparentemente esquecendo-se do dia em que me deixara com Mercedes quando era pequena e ela prometera cuidar de mim como se fosse sua própria filha. Eu achei que no dia em que minha mãe falecera meu pai se enchera de esperança de uma vida melhor para seus filhos com a ideia da adoção. Mas eu não ligava. Também tinha feito isso. Então, eu e meu pai vimos Mercedes de pé à porta.

— Oi, Cardoso. — Sorriu para meu pai, caminhando lentamente. — Tudo bem? — Ela se inclinou e apoiou os cotovelos no balcão quase que escorando ali os seios também.

— Tudo bem, dona Mercedes. Tudo bem.

Ela deu uma batidinha no balcão, mas seus olhos estavam grudados em meu pai.

— Ana te contou a novidade? — perguntou enquanto meu pai arrumava o chapéu sobre a mesa.

— Sim, senhora. Espero que não seja um problema para vocês — ele disse, cabisbaixo.

— Claro que não é problema algum — disse Mercedes. — Serei avó e espero que venha um menino para que Antônio se anime mais. Homens gostam de ter filhos homens, o senhor sabe...

— Bom. Já que aconteceu, então que venha um menino, do jeito que ele quer. — Meu pai acenou com a cabeça, seu rosto ficava mais vermelho a cada minuto que passava.

Mercedes ainda sorria com vontade. Eu não quis falar nada. Nunca tinha visto meu pai tão tenso, tão preocupado.

Então ele se levantou.

— É hora de ir. — Enquanto me abraçava com força, senti um nó na garganta e lágrimas ardendo em meus olhos.

Subitamente, percebi que meu pai sabia que esse casamento não começara nada bem. E, de certa maneira, ele estava certo. Antônio não queria se casar comigo. Nem quando sua mãe fizera a maior festa por eu estar grávida, ele se animara. Eu não via mais o rapaz que me levara ao rio e se mostrara apaixonado por mim. Ele poderia ter sido muitas coisas, mas desde que soubera da gravidez, Antônio deixara de ser calmo. Acho que nunca fora.

Agora era sério demais, irritado e muito sincero nas palavras para continuar assim. Mas eu não disse nada ao meu pai. Para que deixá-lo mais preocupado do que ficou ao saber que Antônio só se animaria se viesse um menino? E não havia nada a fazer quanto a isso.

Só mais um gole – 1947

Sem me importar que ainda não passava das dez da manhã, retirei uma garrafa de cachaça de baixo da cama e entornei o líquido com sofreguidão. Prendi o cabelo em um rabo de cavalo com uma fita preta e virei outro longo gole de pinga na boca da garrafa. Estava no fim.

Era a primeira garrafa desde que soubera que engravidara de Luíza. O líquido me trazia um alívio refrescante e uma sensação de liberdade. A bebida provocava uma euforia artificial que me ajudava a esquecer todos os problemas com Antônio. Como senti falta dessa sensação. Como consegui ficar tanto tempo sem beber? Não se tratava de sonhar e, sim, reduzir culpas, tranquilizar angústias, ao sentir o álcool como tranquilizante. A bebida ocupava um espaço ainda maior e mais importante em minha mente, e eu gostava daquilo.

Olhei no espelho e percebi como a pele pálida me deixava magra e as roupas largas mostravam alguém que nem parecia que tinha ganhado bebê havia quarenta dias. Muito menos alguém com seus 25 anos. Levantei-me, mas não cambaleei nem tropecei na cadeira. Apenas fiquei em silêncio, olhando Luíza dormir sobre a cama como uma boneca. A boneca que nunca tive na vida e tanto desejei. A minha boneca perfeita.

Foi quando percebi que precisava de outro gole, mas sabia que a cidade de Juquiratiba já não era mais a mesma. Progredira bastante. Ruas e casas se multiplicavam a cada tempo, e eu precisava comprar bebida em algum bar desconhecido, onde não precisasse me preocupar com a fiscalização da minha sogra.

– Isabel? – gritei sem tirar os olhos da porta.

A menina entrou no quarto logo em seguida.

– Sim, mãe.

– Preciso comprar açúcar. Fique de olho na Luíza para mim. Volto já.

Eu me virei e olhei severamente para a garrafa de pinga vazia sobre a penteadeira. Isabel apenas balançou a cabeça e ficou de prontidão ao lado da irmã.

– Prometo que não vou demorar.

E saí. Percebi que a bebida começava a fazer efeito e as calçadas pareciam moles e cheias de ondas. Eu tinha que andar mais rápido para não despertar em Antônio nenhuma suspeita de minha saída.

Até que um buraco me fez cair ralando os joelhos nos pedregulhos. Xinguei mentalmente enquanto vi que o sangue começava a escorrer em minha perna. Doía muito, mas ainda tinha que me manter em pé para buscar a garrafa no bar e voltar logo para casa. Porém, o pior aconteceu. Não conseguia mais ficar em pé. Olhei para a porta da loja de meu marido, temendo que ele me visse caída no chão da calçada em frente e fizesse o maior escândalo da cidade, como sempre fazia, desde que eu comecei a beber. Eu já não ligava mais para seus gritos, desde que a bebida me fizesse esquecer da morte de minhas duas filhas. As duas primeiras.

Tudo parecia rodar, e os joelhos já não ardiam tanto, quando ouvi alguém chamar Antônio para me buscar na calçada.

Diabos!

A imagem era turva, mas pude ver a silhueta do meu marido na porta de sua loja ao lado de outro homem.

– Você não vai pegá-la? – ouvi o homem perguntar. – Ela está sangrando.

Tentei me levantar de qualquer jeito, mas senti outra vertigem e caí novamente sentada.

– Eu não posso parar meu serviço toda vez que essa bêbada me der trabalho.

Estreitei os olhos ao ouvir as palavras amargas vindas do meu marido. Tinha que sair dali, mas não sabia como. Não conseguia nem ficar de pé para caminhar. Até que me agarrei ao cercado e com muito esforço fiquei apoiada, cambaleando sem conseguir andar. Então, vi que Antônio se aproximava com passadas rápidas.

– Sua vagabunda! O que está fazendo aqui? Por que não está cuidando de nossas filhas?

– Precisava comprar açúcar. – Eu me esforcei para não falar com a voz mansa, o que foi impossível com minha língua dormente.

– Mentirosa. – Seus olhos ficaram opacos, um mar congelado. Sua mandíbula enrijeceu e ele agarrou meu braço com tanta força que senti a carne arder. – Vamos para casa, agora.

Ele me arrastou com tanta brutalidade que eu não imaginava que fosse reagir com tamanha violência. Ao passarmos pelo portãozinho, Antônio me prendeu com as duas mãos e me jogou contra a parede do quintal de nossa casa. Senti o meu corpo se estirar, estalar e cair. Fechei os olhos enquanto ouvia o choro de Luíza vindo do quarto.

– É isso que você faz? – Ele apontou para a janela. – Deixa a minha filha chorando para beber em um boteco? – gritou Antônio, dando golpes e mais golpes, arrebentando e esmagando o meu corpo frágil. – Sabia que você não ia parar de beber. Sabia que era só ter uma nova oportunidade para voltar a ser a mesma pinguça que sempre foi. Você é igualzinha à minha mãe!

– Vou parar, Antônio – consegui dizer em um sussurro. – Prometo.

– Não minta para mim de novo! – gritou. – Você não para nunca. Sempre promete e não cumpre, sua bêbada inútil.

Senti os sapatos de Antônio chutarem minhas costelas, barriga, pernas. Tentei me proteger com as mãos como podia, até que um chute mais forte acertou meu braço e despedaçou a carne como uma faca. Ouvia a voz fina e doce de Isabel gritando que parasse, no meio de um choro desesperado. A menina, com seus oito anos de idade, não merecia presenciar uma cena tão brutal como aquela. Chorava, gritando para que o pai não me batesse. Mas ele não parava.

Então tudo escureceu.

•

Não parei de beber. Apenas diminuí para não cair na frente do meu marido e evitar que ele me batesse novamente, como havia feito naquele dia.

Enquanto eu enfrentava meus pileques, Isabel resolveu ficar o mais longe possível de nossa casa, para que as irmãs não presenciassem mais nenhuma briga. Elas ficavam na rua o dia inteiro. Brincavam de corda, mãe da mula, boneca de pano, pega-pega, esconde-esconde, bolinha de gude, perna de pau. Reuniam-se com as vizinhas e se esqueciam do mundo. Chegavam em casa antes do sol se pôr e iam direto para o banheiro tomar banho de bacia. No inverno, eu preferia que elas não tomassem banho, para não adoecerem. Então, voltavam da rua e iam direto para cama.

Às vezes, quando estavam cansadas de tanto brincar, todas as crianças se sentavam em roda e admiravam a habilidade de Alice. Minha filha de quatro anos parecia ser de mola. Contorcia-se toda, encostava a cabeça no calcanhar e, sentada no chão, colocava os pés na nuca. Dava a impressão de que não tinha osso no corpo. Após o espetáculo, as crianças batiam palmas e vibravam com a apresentação.

Nas tardes quentes de verão, enquanto eu lavava a roupa, todas nadavam despidas no rio. Tiravam a roupa para que Antônio não soubesse que estavam na água, temendo que ele batesse nelas. Sem nenhum pudor e receio de serem vistas por alguém, aproveitavam ao máximo o refrescar da água.

Um dia, depois de lavar as roupas na beirada do rio, sentei-me com cuidado na cadeira e dei um suspiro, como se fosse o dia mais longo de minha vida. Isabel, de pé com o cotovelo na mão, me observava com ansiedade. Talvez estivesse pensando que eu poderia querer beber para relaxar. Mas, naquela tarde, eu não sentia vontade nenhuma.

Luíza, sentada no chão, olhava para debaixo da mesa sorrindo.

– Vamos tomar café, mãe? – perguntou Isabel.

Concordei com um pequeno gesto de cabeça. Fiz que ia me levantar para ajudar na arrumação da mesa, mas Isabel pediu que eu ficasse ali mesmo e não me preocupasse com nada.

Luíza engatinhou para debaixo da cadeira, rindo de algo, mas eu estava tão cansada que não tinha nem forças para ver o que era.

– Mãe, acha que meu pai vai brigar se eu pedir para ir à casa de dona Iracema brincar com suas filhas? Elas ganharam uma boneca linda que mexe até os olhos. Queria muito ver.

– Bom, ele provavelmente vai estipular um horário e você terá que obedecer. Mas acho que não terá problema algum.

Minha filha sorriu como se tivesse entendido.

Assim que Isabel terminou de arrumar toda a mesa, abaixei para pegar Luíza.

– O que foi, minha bonequinha? Por que está rindo tanto aí...

Eu paralisei ao ver a cobra enrolada debaixo da mesa.

– Ai, meu Deus!

– O que foi, mãe? A senhora está pálida.

– Isabel, não se mexa. Tem uma cobra aqui embaixo.

Ela arregalou os olhos, abaixou lentamente e congelou ao ver o bicho peçonhento.

Nos afastamos da mesa devagar para que o animal não viesse atrás.

Ela correu para chamar Antônio, e coloquei as meninas para dentro, de olho para não perdermos o bicho de vista. Antônio correu em nossa direção.

Olhei para ele, depois para Isabel, e sinalizei para que ela levasse Luíza para a sala. Com certeza não iria querer ver o bicho morrer, não da maneira que seria feito.

Com uma virada brusca, Antônio pegou o facão sobre a pia e correu até a mesa. Com um golpe certeiro, matou a cobra.

Antônio sorriu como se tivesse se divertindo.

– Pode cozinhar, Ana. Vai dar um ensopado e tanto.

Fiquei olhando para o bicho, cheia de admiração. Queria saber se Antônio estava feliz por me ver sóbria e ter salvado nossas filhas do pior, ou pelo fato de ter comida para todas nós sem precisar gastar com nada.

Uma nova fase – 1952

— É um menino, Ana! E é moreno como você.

Limpei o suor da minha testa, arfando de tanto cansaço causado pelo parto. Era meu sétimo parto e, por sorte, não tinha sido tão demorado quanto o último. Comparar as duas situações me fez rir. Nunca em um milhão de anos achei que eu pudesse me sentir tão bem depois de um parto. Sem aquela sensação de que fiz a coisa errada. Pela primeira vez, me senti útil, e eu nem sabia o que de fato levava a me sentir assim.

— O que você disse? — perguntei, vendo Mara limpar o bebê para poder acomodá-lo em meus braços.

Empurrei o lençol sujo de sangue para o lado, alisando o cobertor em cima de mim.

— É um menino, minha querida. Um menino! — Mara respondeu, mostrando com orgulho o rostinho do bebê. — Ele se parece com você.

Fechei os olhos, desejando que fosse mesmo verdade o que acabei de ouvir. Eu não conseguia acreditar em minha cunhada. Não conseguia acreditar que agora as coisas realmente melhorariam. O menino que Antônio tanto desejou.

Lágrimas de alegria e satisfação jorravam de meus olhos enquanto eu pegava o bebê nos braços.

Eu sabia desde o começo que seria um menino, já que a gravidez inteira fora diferente das outras seis. Ainda assim, temia estar errada. Temia Antônio.

— Chama o Antônio, Mara. Rápido, por favor!

Meu peito doía.

Mal conseguia respirar.

Apertei o bebê em meus braços, mas rapidamente ajeitei os cabelos da melhor maneira possível, porque tinha medo de que, ao me ver ali, sobre aquela cama com o cansaço estampado em meu semblante, ele pudesse me magoar de alguma forma. E eu não queria que suas palavras me atingissem. Não ali, diante do nosso menino. Nosso primeiro filho homem.

Olhei fixamente para a porta e inspirei devagar.

Meu coração parou ao ver meu marido entrar, sério, com o olhar duro sobre mim. Mas abri um sorriso de felicidade, não me importando nem um pouco com a sua cara feia.

— Nem cobri o seu filho para você ver com os próprios olhos. É um menino!

Antônio pegou o bebê no colo, passou os olhos em seu corpinho miúdo e depois sorriu com vontade.

— Finalmente você fez alguma coisa que preste, Ana — ele disse, a voz seca. — Um menino!

— Pode dar o nome a ele, se quiser — eu disse, olhando para Mara, que recolhia os lençóis sujos, sem se importar com a presença do seu irmão ali.

— Mas é claro que farei isso. — Via um brilho de felicidade nos olhos castanhos dele. — Meninão, você vai se chamar Geraldo.

Olhei para o lado, determinada a manter a compostura, e balancei a cabeça.

— É um nome lindo.

Antes que eu pudesse me mexer, a porta do quarto se abriu e Luíza entrou.

— Mãe — sua voz parecia mais um sussurro.

— Entre, querida, e conte como foi seu dia com suas irmãs. Já se acostumou com seus cinco aninhos?

Ela balançou a cabeça e caminhou lentamente até a beirada da minha cama.

— Como hoje é seu aniversário, tenho um presente para você — sussurrei para ela.

Luíza abriu um sorriso, e eu pude ver o brilho em seu olhar.

— O que é, mãe? — Luíza perguntou casualmente, mas percebi o tom protetor em sua voz.

Apontei para Geraldo, agora enrolado em um lençol e nos braços de Antônio.

— É um bonequinho que você vai me ajudar a cuidar.

— É sério?

— É, sim — respondi com um sorriso bem grande. — Ele se chama Geraldo e vai precisar muito de você.

Tomando as mãos dela, beijei a ponta dos dedinhos e me obriguei a ajeitar o corpo na cama para ficar mais ereta.

— Posso levar o boneco para as minhas irmãs conhecerem? — Luíza perguntou.

— Chega, Ana — gritou Antônio, fazendo todas nós nos assustarmos. — Pare de enganar a menina.

Os olhos de Luíza se arregalaram, e eu soube que ela começaria a chorar logo. Não ousei falar mais nada, então Antônio continuou:

— Luíza, esse bebê é seu irmão. Ele não é um boneco. — Antônio me lançou um olhar rígido. — Ele vai crescer e aí sim vocês poderão brincar.

As lágrimas brotaram nos olhos de Luíza e seus lábios tremeram.

— Mas... Achei que teria um boneco no dia do meu aniversário. — Luíza soltou um soluço ao meu lado, mas apenas fiquei olhando confusa para Antônio. — Mamãe disse que ganharia um bonequinho, e achei que fosse ser só meu.

— Não pode cuidar do seu irmão como um boneco. — Antônio balançou a cabeça, revirando os olhos. — Ele não é um objeto, e nunca vai ser. É um menino de verdade.

Luíza balançou a cabeça, e observava em silêncio o bebê embrulhado no lençol nos braços de Antônio. Depois limpou as lágrimas com suas mãos miúdas e me surpreendeu com palavras desafiadoras:

– Será meu boneco, e vou cuidar dele, sim. – As lágrimas escorriam pelos seus cílios inferiores, e ela soluçava. – Vai ser meu. Só meu.

Eu temia que Antônio pudesse se zangar com Luíza e acabar batendo nela, pelo fato de o ter desafiado daquela maneira. Porém, para minha surpresa, ele apenas me entregou Geraldo em silêncio, e ficou ali, no canto do quarto sem dizer uma só palavra. Eu sabia que ele evitava discutir com a filha, já que seu estado emocional era de pura felicidade por ser pai de um menino.

Entretanto, eu não fazia ideia do que se passava em sua cabeça, diante da insistência de Luíza. Rezava para que ele não mudasse o humor e transformasse aquele momento em um verdadeiro inferno por causa de um sonho de criança.

– Não pode mentir assim. Dizer que Geraldo é um boneco... Que bobagem! – disse ele, colocando as mãos em seus bolsos da calça num ar natural, mas eu podia notar o tom furioso em sua voz.

– Vou levar meu sobrinho para as meninas conhecerem. – Mara pegou o bebê de meus braços e saiu do quarto às pressas levando também Luíza.

Não a impedi, e meu coração batia acelerado enquanto a observava fechar a porta. Eu me concentrei no chão para acalmar meus nervos. Quando olhei para cima, Antônio havia dado dois passos mais próximos a mim. Apertando a mandíbula.

– Precisa parar com essas asneiras.

Não conseguia imaginar que continuaria a viver dessa maneira pelo resto da minha vida. Não podia imaginar sentir esse rolo de espinhos para sempre em meu estômago. Respirei fundo e então me virei para Antônio e disse cautelosamente:

– Vou comprar uma boneca de verdade para elas brincarem.

Antônio expirou com força pelo nariz. Ele assentiu com a cabeça uma vez. Tirou as mãos dos bolsos e as apoiou na altura do quadril. Meus olhos fitaram os seus enquanto ele arqueava a sobrancelha direita.

— O quê? — ele perguntou, o som de sua voz profunda ribombando através do meu peito.

Por um segundo, quis engolir as minhas palavras imediatamente. Antônio lançou um olhar para a janela, depois de novo para mim. E logo vi que o furacão com garras, dentes e fúria estava prestes a me atingir da pior maneira possível.

— Com que dinheiro? — ele gritou. — Com o meu dinheiro é que não vai comprar nada! — Ele bateu a mão no peito com vontade, como se quisesse afirmar ainda mais aquilo que dizia. — Se eu souber que comprou uma boneca, vai se arrepender tanto que vai querer morrer!

Encarei seu rosto vermelho e furioso, seus olhos arregalados e maldosos, sua boca em uma linha fina macabra, e acreditei em cada palavra que me disse.

Até quando eu aguentaria?

Como um membro da família – 1954

Depois do nascimento de Geraldo, nunca mais brigamos. Nem mesmo quando Antônio percebia que eu havia bebido: não me questionava, nem ficava jogando palavras duras em mim. Eu me perguntava constantemente o que havia de errado, mas na verdade não tinha nada de errado. Ele simplesmente mudara.

Fazia um mês que Mercedes e Alfredo tinham se mudado para São Paulo. Josué, irmão de Antônio, montara um bar e pedira a ajuda do pai para aprender o administrar. Antes da partida, Sr. Alfredo acabara vendendo o bar para Antônio, tornando-o um dos homens mais ricos da cidade inteira. Agora tínhamos o bar e a loja.

Naquela tarde quente de verão, passava a vassoura no quintal observando as meninas brincarem de roda, quando Antônio chegou com uma caixa de sapatos e nos chamou para mostrar a grande surpresa.

— O que é isso, pai? — perguntou Alice, aproximando-se dele lentamente.

Queria que aquele sorriso pudesse me dar algum consolo mínimo, mas isso não aconteceu. Olhei para minhas filhas ao redor dele, o que de fato me fazia pensar no quanto Antônio poderia ser um bom pai, que poderia ser mais carinhoso, mais amável com todos nós, mais feliz. E então era claro que eu me sentia consumida mais uma vez pela culpa de não conseguir parar de beber.

— Acho que vão gostar — disse, um pouco mais hesitante. — É uma grande surpresa.

Quando abriu a caixa, uma porquinha rosa, pequena e bem gordinha saltou com agilidade. Correu pela casa toda, fazendo festa com as meninas, enquanto todas riam muito e gritavam surpreendidas. Isabel foi a única que conseguiu a segurar com as duas mãos e acalmar o animalzinho em seus braços.

— Que bonita, pai! — Alisou a cabeça da porquinha com carinho. — Ela tem quanto tempo?

— Não sei. — Ele se virou e apoiou as mãos nos quadris. — Acho que um mês. Já que vamos ficar com ela aqui em casa, terão que dar um nome à porca — sugeriu Antônio.

Isabel sorriu, mas não parecia acreditar nas palavras que saíram da boca de Antônio.

— Mas por quê?

Eu sabia o quanto se sentia nervosa, já que a atitude do seu pai era inédita. Ele nunca quis um animal de estimação, e aquilo nos surpreendeu muito.

— Porque vamos criá-la com muito carinho. — Naquele momento Antônio passou a mão na cabeça do animal, que se aconchegava ainda mais nos braços de Isabel. Ela sorriu e disse:

— O que você acha, mãe? — Minha filha parecia se sentir com medo só por ter me pedido para ajudá-la a encontrar um nome, mas não devia.

— Que tal Chiquinha? — Minha voz calma revelou toda a surpresa que eu sentia.

As meninas se entreolharam e sorriram.

— Acho que está ótimo e combina com ela. — Antônio sorriu, e foi o bastante para me deixar ainda mais feliz.

Chiquinha tornou-se praticamente um membro da família. Quando não brincava com as crianças, me acompanhava para lavar a roupa na beira do rio. Corria e eu corria atrás. Ao perceber que eu me aproximava, parava e esperava a minha passagem e, então, as ordens invertiam. Eu me divertia muito com a porquinha, que só faltava rir e falar. Parecia gente. As meninas davam banho, e, quando terminavam, Chiquinha corria e deitava na cama, tentando secar-se no lençol. Era uma gritaria e correria pela casa, pois ninguém queria sua cama molhada.

Colocavam laço de fita nas orelhas dela, que, na primeira sacudida da cabeça, voavam longe. Corria no quintal, rolava na terra e sujava toda a barriga. Isabel ficava muito brava, mas acabava rindo com as travessuras de Chiquinha diante de seus pés. Dormia no chão do quarto das meninas, mas um dia Antônio cismou de à noite colocá-la do lado de fora. Não teve sucesso. Chiquinha chorou feito uma criança e não deixou ninguém dormir, até que Antônio desistiu da ideia e a colocou para dentro novamente.

— Se comporta, senão o pai vai colocar você de castigo. Vê se dorme, hein! — Isabel sempre dava uma boa bronca nela. A porca obedecia e parecia entender tudo. Carinhosa com todos, adorava um cafuné e um carinho debaixo do queixo.

Eu não compreendia muito bem por que Antônio teria dado um animal para nossas filhas. Sempre ficava imaginando qual seria sua intenção por trás daquela calma toda. Talvez estivesse arrependido de não ter comprado a boneca que eu queria dar a Luíza em seu aniversário de cinco anos, e tentou substituir o animal pelo brinquedo. Eu sabia que ele era muito orgulhoso para voltar atrás. Mas também sabia que se não tomasse cuidado, poderia ser capaz de tirar tudo delas e as deixar novamente com os corações partidos.

Luiza

PARTE II

A partida de minha irmã

Abri os olhos para ver o sol se embrenhando pelas frestas da janela do pequeno quarto que dividia com minhas irmãs, que ainda dormiam ao meu lado. Apenas a cama de Isabel estava vazia.

Um grito de choro veio de fora do quarto. Estremeci. Pulei da cama e corri para a sala, bem a tempo de ver minha mãe abraçar Isabel com força. Quando olhei para o sofá, vi uma senhora bem-vestida, magra e com os cabelos castanhos penteados com muito capricho. Ao lado, um senhor com óculos de lentes grossas, cabelos grisalhos e a camisa tão branca que até reluzia.

— Luíza, lembra da tia Conceição e do tio Edmundo? — Meu pai apontou para cada um deles. — Não seja mal-educada, menina, venha os cumprimentar.

Tio Edmundo era o irmão mais velho do meu pai. Assim que chegaram ao Brasil, ele e Josué, o outro irmão deles, foram para a capital trabalhar e não voltaram mais para Juquiratiba. Edmundo se casou com Conceição, mas nunca tocavam no assunto com ninguém para explicar os verdadeiros motivos de não terem herdeiros. Não me lembrava de tê-los visto aqui nenhuma vez, mas eu sempre ouvia minha vó Mercedes mencionar o sucesso que eles faziam com os doces que vendiam em São Paulo.

— Oi, Luíza. — Tia Conceição respirou fundo, aparentemente arrebatada por me ver depois de um longo tempo. Aliás, nem me lembrava dela. — Como você cresceu!

A voz de minha tia viajou pela sala pequena, escura e familiar. Caminhei lentamente e a abracei com força. Seu perfume adocicado invadiu meu olfato.

— Oi, tia — disse, colocando um sorriso singelo no rosto.

Afastei e olhei para o rosto dela, que parecia mais jovem quando sorria. Usava os cabelos presos em um coque baixo, e o rosto com uma maquiagem suave e delicada.

— Na última vez que a vi, ainda era pequenina. E olhe para você agora. Por tudo o que é mais sagrado, não esperava que estivesse tão crescida.

Quando me virei para cumprimentar tio Edmundo, Chiquinha entrou correndo na sala, arrastando a corda cheia de terra para todos os lados. Dando uma roncada alta, a porquinha correu pelo sofá e se enroscou na perna do tio Edmundo.

— Ana! — berrou meu pai. — Leve essa porca lá para fora.

Minha mãe pegou Chiquinha pela corda e a arrastou sem cerimônias para o quintal dos fundos.

— Não sabia que estava criando porcos, Antônio — disse tio Edmundo, passando a mão na calça para tirar a terra que sujara o tecido fino de sua barra.

— Na verdade, só temos essa. — Meu pai soltou um olhar ameaçador ao irmão. Talvez estivesse ofendido com a maneira com que Edmundo soltara as palavras.

— Bom. — Tio Edmundo tentou sorrir, mas só conseguiu fazer uma careta. — Pelo menos a ceia de Natal já está garantida.

Olhei fixamente para o rosto de Isabel, com os olhos arregalados e espantados. Não poderíamos comer a Chiquinha. Ela era um membro da nossa família, e meu pai não seria capaz de fazer isso com o animal que criávamos com tanto carinho havia dois anos.

Uma lágrima rolou pelo rosto de Isabel, e percebi que algo estaria acontecendo além da visita inesperada de meus tios.

— Como vão os negócios, Edmundo? — Sorriu meu pai.

Vi que Isabel começou a chorar com vontade agora. Aproximei-me para saber o que de fato acontecia. Peguei na mão dela e fomos para o quarto. Alice e Rita já haviam colocado os vestidos, e vi o meu esticado sobre a cama já arrumada. Minha mãe andava para lá e para cá no pequeno quarto, rosnando ordens e checando uma mala.

– Alice, colocou meias para sua irmã? Ela não pode ir sem proteger os pés.

Abriu a porta do armário.

– Rita, prenda o cabelo, pelo amor de Deus. Parece que nem temos escova nesta casa.

Ajeitou uma blusa na mala.

– Isabel, cadê seus sapatos novos? Sei que tem um na mala, mas deve levar os novos para ir à missa.

Eu nunca tinha visto minha mãe nervosa daquele jeito. Isabel quieta ia até a mala, ajeitando as roupas e sapatos de couro.

– O que está acontecendo? – sussurrei, sentando-me na cama, ao lado de Alice.

– Isabel vai morar com tia Conceição em São Paulo.

Olhei para a minha irmã com uma dor dilacerante. Lancei um olhar de pânico, e Isabel se retraiu. Eu não sabia o que dizer. Rita largou a escova na cama e olhou para Alice. Congelei enquanto tentava entender o que estaria por vir.

– Isabel vai estudar e aprender bons costumes com tia Conceição. Tio Edmundo viaja muito para entregar os doces de sua fábrica em outras cidades, então a tia fica muito tempo sozinha. Eles sugeriram ao pai que levasse uma de nós para fazer companhia. Claro que ele aceitou sem contestar.

– Como sabe de tudo isso? – Rita perguntou, olhando diretamente para Alice.

Alice olhou como se fosse perguntar por que só ela sabia das coisas naquela casa, mas acabou apenas respondendo à pergunta:

– Tia Conceição escreveu uma carta e eu li.

– Leu escondida? – sussurrei.

Foi ali que eu senti como Alice, aos nove anos, era corajosa, como um adulto valente. Sua expressão era cautelosa, e sua respiração estava presa no peito como se ela estivesse se protegendo do que qualquer uma de nós pudesse dizer. Mas ninguém disse nada.

— Você é maluca de mexer nas coisas do pai — Rita disse com a voz baixa, porém firme. — Se ele descobre, você leva uma surra daquelas de tirar sangue.

— Ele só vai saber se alguém contar. — O rosto dela ficou branco. — Eu é que não vou viajar para a capital com ninguém. Se Isabel quiser voltar, não vou para São Paulo no lugar dela. Nem amarrada.

Eu e Rita ficamos olhando uma para a outra, sem conseguir entender como Alice conseguiria convencer nosso pai de não a mandar para São Paulo.

— Jamais vou me afastar de minha mãe. — Agora sua voz tinha ficado mais estridente. — Ela precisa de nós, e vocês sabem muito bem.

Rita começou lentamente a balançar a cabeça, mas então, baixando os ombros, avistou Isabel na porta com os olhos cheios de lágrimas.

Isabel deu um soco tão forte na porta que todas nós pulamos de uma só vez.

— Também não quero ir — gritou minha irmã, agora chorando desesperadamente.

Eu a olhei por cima dos ombros de Rita.

— Pensa que é fácil para mim, Alice, ter que largar a mãe sozinha com o pai?

Eu, Rita e Alice ficamos quietas. Os grandes olhos castanhos de Isabel estavam brilhando através das lágrimas, e parecia que ela tentava memorizar cada parte de nós três. Qualquer que fosse a verdade sobre o alcoolismo de nossa mãe, agora não poderia ser mencionado. Isabel precisava do apoio, ainda mais em um momento delicado como aquele. Eu sabia que, dentre seus treze anos de vida, aquela estaria sendo a situação mais difícil que vivenciara, e nós tínhamos que permanecer firmes, para não complicar ainda mais.

Minha mãe entrou no quarto, parou por um momento, olhando para as quatro filhas, de uma para a outra.

— Acho que esqueci a água do café fervendo no fogão — murmurou.

Sabia que minha mãe mentia. Todas nós sabíamos.

•

Aquele ano trouxe mudanças para todos nós. Comecei a 1ª série em fevereiro, logo que soube que minha mãe estava grávida e havia parado de beber novamente. Já na primeira semana de aula apresentei muitas dificuldades na escola, porém esforçava-me ao máximo para aprender. Sentia falta de Isabel, que nos escreveu a primeira carta para contar as novidades sobre São Paulo. Eu, mamãe e minhas irmãs sentamos em volta da mesa da cozinha e ouvimos Rita ler a carta.

Queridas irmãs e mãe,

Como estão todas?

Estou bem, apesar de sentir muita saudade de todas. Estudo em um colégio de freiras, e todas as meninas usam uniformes iguais. Temos aulas de prendas domésticas que eu gosto muito.

Tia Conceição está me ensinando a fazer muita coisa boa. Até bolo de laranja eu já aprendi e estou louca para voltar para casa e cozinhar para todas nós. Ela disse que tenho talento para cozinhar porque meu bolo saiu bem macio e fofinho.

Eu ganhei roupas novas e sapatos novos também, e tio Edmundo me deu uma caixa de lápis de cor que comprou em uma loja no centro da cidade. Tem várias cores, então na próxima carta. Vou enviar um desenho de um parque que iremos visitar semana que vem. Como está a mãe? E a barriga, já está aparecendo? Acho que quando eu voltar o bebê já terá nascido.

Me escreva logo, Rita, e conte todas as novidades.

Estou com saudades.

Com amor,

Isabel.

Quando Rita terminou de ler, vi minha mãe sorrir com uma lágrima escorrendo em seu rosto. Eu podia notar o medo, a saudade, a angústia e um milhão de sentimentos encher seus olhos, e aquilo cortou meu coração ao meio.

— Ai, que bom que minha menina está se dando bem em São Paulo — disse ela, limpando o rosto com a mão. — Teve essa oportunidade de aprender coisas que nunca soube ensinar.

— Mãe, a senhora é a melhor mãe do mundo para todas nós — disse, abraçando-a. — Isabel sabe muito bem disso, e jamais vai trocá-la por ninguém deste mundo.

O rosto dela radiava orgulho. Ela chorava, com um olhar cheio de arrependimento e pedidos de desculpas.

— Meu Deus, não, mãe — disse, alisando seu ombro com a minha mão. — Não quero que fique triste nunca. Gostamos da vida que temos.

Seus olhos se arregalaram, e um sorriso tímido apareceu ali, no canto de seus lábios.

— Obrigada, Luíza. Só quero que vocês sejam felizes. Nada mais.

●

Naquela época, eu não sabia por que a professora ficava tão brava quando um aluno não aprendia o que nos explicava. Sentia falta de Isabel, principalmente para me ajudar com as lições de casa, já que Rita e Alice não tinham paciência comigo. Até os gritos da professora não ajudavam em nada em meu aprendizado — apesar de saber que se não aprendesse por bem, teria que tentar entender de qualquer jeito. A professora não gostava de aluno burro, então me esforçava ao máximo para aprender, mas não havia nada que pudesse me ajudar com a bendita Matemática.

— O que aconteceu, Luíza?

Eu tentava pela quinta vez resolver uma conta de um problema que a professora havia nos ensinado naquela manhã. Minha mãe pa rou ao meu lado, olhando para a folha do meu caderno, como se ela pudesse entender o que de fato se passava comigo. Eu sabia que minha mãe não tinha noção nenhuma do que eu fazia ali, já que nunca frequentara uma escola. Não sabia nem ler, muito menos escrever, e, para não piorar ainda mais minha frustração e a dela, respondi da maneira mais vaga que podia:

– Nada, mãe. Só estou preocupada com uma lição da escola.

Minha mãe balançou a cabeça, e o medo encheu seus olhos. Ela não sabia se eu me sentia confusa ou furiosa, já que tinha um bom tempo que eu tentava solucionar aquele bendito problema ali.

– Não fica assim, filha – disse, alisando meus cabelos para trás. – É muito esperta e vai resolver tudinho. – Minha mãe me encarava com a mão na barriga saliente, anunciando seus últimos dias de gestação.

Por um instante, senti vontade de desabafar e dizer que não nasci para a escola, que nada do que a professora ensinava era capaz de aprender. No entanto, ao ver seus olhos fixos nos meus, cheios de esperança de que um dia eu seria uma pessoa melhor do que agora, decidi não a preocupar com meus assuntos inconvenientes.

Eu ficava a tarde inteira com Chiquinha, reclamando dos meus problemas de Matemática, mesmo sabendo que o animal não entendia uma só palavra do que eu dizia. Tentava me distrair levando a porquinha na beirada do rio, para pegar pedras e jogar na água, enquanto desabafava minha angústia com ela. Fiquei nessa rotina até julho, quando ganhei mais um irmão. Não via meu pai feliz assim, desde que trouxera Chiquinha para a nossa casa.

Paulo veio para alegrar a nossa vida. Foram cinco meses de paz. Mesmo com meus problemas na escola, com a professora quebrando a régua na minha cabeça quando eu não sabia fazer a conta, procurava não pensar na situação. Gostava daquele clima de harmonia na minha casa. Meu pai parecia outro homem, e minha mãe radiava alegria.

Até o dia em que ele resolveu fazer a ceia de Natal bem recheada.

– Vamos comer leitoa assada no Natal – disse todo sorridente.

Não!

Suas palavras fizeram meus joelhos amolecerem. Minha mãe notou meu desespero e me puxou para perto, segurando em minha mão.

Olhei para seu rosto aflito, esperando que ela impedisse meu pai de matar Chiquinha. Como iríamos comer um membro da família? Como eu iria comer a minha melhor amiga?

Meu pai estava a vários metros da porta da cozinha, aproximando-se de Chiquinha, que comia o resto do jantar no quintal. Ele a olhava atentamente, chegando cada vez mais perto como se arquitetasse cada centímetro de carne da porquinha. Baixei os olhos para o chão, porque seu rosto indicava uma coisa que me deixava apavorada. Ele se virou para nós, mas não se aproximou. Minha mãe segurou minha mão com mais força, e continuei olhando para o chão com tanto medo que nem consegui respirar.

— A Chiquinha não pode morrer, mãe… — sussurrei.

Ela deu de ombros. Eu sabia que não poderia impedir meu pai de saborear a carne suculenta da porquinha. Mesmo com todo o carinho que recebia, Chiquinha não era um membro da família como eu queria que fosse. Ele planejou tudo. Cada detalhe da nossa ceia de Natal. Cada dia em que cuidamos de Chiquinha paraengordar e preparar o animal para o abate.

Passei dois dias me despedindo de Chiquinha. Minha cabeça estava a mil, torcendo para que meu pai mudasse de ideia. A porquinha olhava para mim, com os olhos murchos, como se já soubesse o que a esperava.

— Sinto muito, Chiquinha — sussurrei. — Não vai ter jeito de mudar o seu destino. — E passei a mão em sua cabeça.

No dia do abate, eu, Alice e Rita tapamos os ouvidos para não escutar a porquinha gritar. Foram quase duas horas de extrema agonia e aflição. Quando meu pai finalmente acabou com a nossa tortura, eu soluçava descontrolada.

Minha mãe, mesmo a contragosto, fez o que meu pai mandou. Preparou a leitoa para a ceia, arrumou a mesa com capricho, mas, na hora de comer, somente ele se deliciou com a carne. Ficamos em silêncio até ele terminar.

Antes de dormir, eu, Rita e Alice fizemos uma oração para Chiquinha e, deitadas em nossas camas, choramos até adormecermos.

No dia seguinte, meu pai cortou o que sobrou da coitada da Chiquinha e vendeu os pedaços para os vizinhos.

Fiquei olhando para ele através da porta da loja. Seu sorriso de alegria por ter conseguido um ótimo lucro, me partia o coração. Não conseguia entender aquele homem, nem porque ele gostava mais de dinheiro do que de nós. A nossa sorte era que tínhamos umas às outras. Éramos eu, meus irmãos e minha mãe, o que nos ajudou a seguir em frente por um bom tempo.

O mundo é perverso

Apesar da dificuldade com a bendita Matemática, no ano seguinte fui para a 2ª série do primário. Ter outra professora para me ensinar não mudou em nada a minha dificuldade, mas pelo menos ela não batia com a régua na minha cabeça como a anterior. Os alunos, no geral, não tinham tanta dificuldade como eu, mas também não costumavam me ajudar com as lições. Os momentos mais agradáveis da escola eram as brincadeiras que fazíamos durante o recreio: amarelinha, corda e histórias de terror – cada detalhe contado de maneira excelente que me deixava de cabelo em pé. Quando mais de uma criança queria inventar uma história de terror, aquilo logo virava uma competição. O mais importante, porém, era que aquelas histórias animadas me permitiam estar junto de outras crianças sem ser cobrada por algo que não entendia.

Minha escola tinha um projeto de catequização junto à igreja da cidade. Já na primeira semana de aula, todas as crianças iam ao confessionário para conversarem com o padre, sozinhas. Quando chegou a minha vez, entrei e logo de cara não gostei do que vi. Era um quarto pequeno, pouca luz, com apenas duas cadeiras, sendo uma ocupada pelo padre. Na parede, uma estante com vários livros, próxima de uma mesa pequena no canto, sobre a qual havia uma bíblia aberta ao lado de uma vela acesa.

– Pode se sentar, menina. – Ele apontou para a cadeira vazia, sem ao menos olhar para mim.

Desconfiada, obedeci ao padre, após apertar as mãos contra a própria barriga, para conter o nervosismo. Ele encarava a folha de papel à sua frente. Fui até a cadeira e me sentei na beirada, me recusando a relaxar. Estar dentro daquele pequeno quarto escuro, na presença de um homem desconhecido, deixava minha mente confusa e meu peito apertado. Respirei fundo várias vezes, tentando acalmar o medo, muito parecido com o que eu sentia quando ouvia as histórias de terror dos amigos no recreio.

Usei o momento de silêncio para encontrar algo em suas feições que me trouxesse alguma segurança. O jeito como encarava o papel, talvez? Ele era bem alto e forte, e, quando olhou para mim, vi que seu olhar me causava medo. Foi quando ele suspirou e deu um meio sorriso, depois escreveu algo no caderno.

– Você vai ter que se confessar para mim, menina. – Ele me encarava de um modo estranho, que me causava calafrios.

O homem branco, alto, com os olhos azuis e cabelos castanhos, tinha um nariz desproporcional em relação aos lábios pequenos. Usava uma batina preta, com um grande crucifixo dourado pendurado no pescoço. Anotou o meu nome no caderno assim que lhe entreguei a ficha.

– Reza todas as noites antes de dormir? – começou ele.

Precisei me conter para não reagir fisicamente a tanto medo.

– Rezo, sim, senhor! – disse, finalmente, com a voz trêmula. Odiava estar com tanto medo. Parecia que ele me atacaria a qualquer momento.

– E pela manhã? – perguntou, irritado. Anotou algo no papel e eu agradeci por não olhar para mim direto, já que seu olhar me deixava apavorada.

– Também, senhor – concluí com a voz mais baixa agora.

Segurei meus joelhos na tentativa de não pular da cadeira e correr daquele quarto minúsculo antes de começar a gritar. O fato de que o medo agora era maior me fazia querer sair dali o mais rápido possível.

– Obedece à sua mãe e ao seu pai?

– Obedeço, sim, senhor.

Ele balançou a cabeça.

— Já roubou? — Mantinha os olhos fixos nos meus durante as perguntas, anotando minhas respostas rapidamente.

— Não, senhor. — Minha voz parecia devastada de tão baixa.

Ele demonstrava estar um pouco ansioso pelas minhas respostas, como se meu nervosismo pudesse atrapalhar algo. Então, veio a pergunta mais difícil para mim.

— Você é virgem?

Não sabia o que dizer. Ele me lançava olhares como se aguardasse a resposta um pouco mais enfurecido. Mesmo pequena, já conhecia muito bem algumas palavras referentes ao meu corpo.

Ficou me olhando por um instante, com expectativa no olhar..

— Responda, menina. Preciso saber. — Percebi que ficou inexpressivo. A insensibilidade em seus olhos deixava claro que não tinha nenhuma intenção de ser gentil comigo.

— Sim, senhor. — Fiquei com a respiração presa no peito.

— Então vou ter que ver.

O ar do ambiente ficou parado. Ele se levantou e veio em minha direção. Seus olhos estavam fixos em mim. Apoiei a cabeça nas mãos, sem saber o que fazer em seguida. Parecia tão errado o que ele pretendia comigo. Mas também tinha muito medo do que podia acontecer se eu recusasse. Tinha medo do quanto minha vida poderia mudar, de que ninguém acreditasse em mim, pois ele era um padre.

— Sou um padre bom, Luíza — murmurou, com um sorriso torto me deixando mais apavorada ainda. — É importante que colabore. Estou só cumprindo ordens.

Quando suas mãos alcançaram a parte mais alta de minha coxa, senti um frio na espinha e um pavor terrível. Arregalei os olhos assim que ele segurou no elástico da minha saia e quando ele a abaixou, o seu rosto corado a centímetros do meu tinha uma expressão de satisfação. Parei de respirar. Não sabia o que fazer. Mas os olhos dele não desgrudavam dos meus, e viu que eu sabia que não era certo o que fazia comigo. Com esforço, levantei-me bruscamente da cadeira, tirando o peso de sua mão de mim.

– Não vai mexer em mim! Você é um monstro, não um padre!

Só tive tempo de pegar a minha ficha da mesa, e fui para fora da sala. Tropecei e ralei os joelhos no corredor, ainda me esforçando para entender por que um padre faria algo daquele tipo com uma garotinha de oito anos como eu. Ouvi um estrondo tremendo do outro lado da porta. Olhei para trás. Então, corri escada abaixo a caminho da saída.

Corri por um bom tempo até chegar em casa.

Minha mãe apareceu na cozinha, veio até mim lentamente e me abraçou com vontade.

– O que foi, Luíza? O que aconteceu?

Entreguei o papel para ela. Enxuguei as lágrimas dos olhos e fixei o olhar nela mais uma vez, que me encarava silenciosamente. E, por mais que eu não quisesse, comecei a enxergar vislumbres do pavor que se instalava no semblante de minha mãe.

– O padre... – disse, com calma.

Percebi que ela sabia o tempo todo sobre o que eu tinha passado. Sabia que não deveria ter fugido e que minha atitude me pusera em perigo em relação ao meu pai.

– Eu sinto muito, mãe...

– Shh.

Quis dizer que entendia o grau do meu erro, e que meu desespero fora muito maior do que o medo de apanhar, mas não consegui pronunciar uma só palavra. Limitei-me a ficar ali, em seus braços quentes, me acalmando a cada instante.

O pior da vida

Em 1956, minha irmã Marli nasceu. Meu pai não gostou muito de saber que era uma menina, voltando aos velhos costumes de desprezar minha mãe.

Ela voltou a beber para suportar a fase difícil, levando Geraldo, com apenas quatro anos, em seu colo para os bares da cidade. O bar era o seu refúgio óbvio. Bebia para, de maneira instantânea, sentir-se bem, removendo e afastando uma ampla variedade de sentimentos desagradáveis. Eu me debatia num mal-estar crescente, ao perceber o quanto minha mãe se distanciava de nós.

Muitas vezes, só de chegar à porta do bar, eu percebia que algo estava errado. As pessoas voltavam os olhares para mim e sorriam. Ver Geraldo no bar do lado de fora do banheiro, sentado no chão, sozinho e abandonado, partia meu coração. Eu o pegava no colo, sem esperar minha mãe terminar o que quer que estivesse fazendo no banheiro. Abraçada ao meu irmão, retornava para casa chorando de medo de meu pai.

Minha mãe chegava em casa com um sorriso fixo no rosto, sem se lembrar de Geraldo, muito menos perguntar se alguém o trouxera para casa. Cambaleando, ficava tão embriagada que não distinguia o dia da noite. Ela bebia todos os dias de maneira caótica. Chegou a um ponto a ser expulsa dos bares, pois se tornara um incômodo para os outros clientes. Caía na rua e era trazida por estranhos para casa. Por sorte, meu pai nunca flagrara essas cenas, ou, o que eu acreditava que acontecia, ele fingia não ver.

Era engraçado como as coisas poderiam continuar as mesmas para sempre e, de repente, mudarem como num passe de mágica. E foi assim que aconteceu. Foi no dia em que Marli disparou a chorar e meu pai veio em casa para saber o que acontecia com minha irmã. Com um ano e meio, ela não sabia falar direito e chorava para expressar todo seu desconforto quando sentia.

– O que foi, Alice? – o tom firme na voz do meu pai me fez estremecer. Desviei o olhar, desconfortável com aquela pergunta. Com um forte suspiro, Alice finalmente respondeu:

– Nada não, pai – disse em meio a uma risada forçada. – Acho que Marli está com dor de barriga. Já estamos fazendo um chá de hortelã.

– Cadê sua mãe, Luíza? – ele perguntou.

A mesma dor do momento em que meu pai entrara no quarto ardeu, e lancei um olhar de pânico para minha irmã. Ela se retraiu. Eu não sabia o que dizer. Meu pai arqueou as sobrancelhas, esperando por uma resposta.

Suspirando, clareei a garganta e disse com tristeza:

– Saiu para pegar mais hortelã. Ela já vem. – Olhei para Alice sem saber qual o perigo de soltar aquela mentira.

Meu estômago se revirou. Aquele olhar do meu pai quase tinha o mesmo efeito de quando ele batia em minha mãe. Provocava em mim um pânico, um medo profundo, capaz de gelar todo o meu corpo e proporcionar um arrepio na espinha.

– Quero que me avisem quando ela chegar. Estou na loja.

Assim que saiu, chacoalhei ainda mais Marli nos braços.

– Calma, neném, vai passar. O que vamos fazer, Alice? A mãe não vem logo. Tenho medo de que o pai vá atrás dela...

– Nem me fale, Luíza, nem quero imaginar se ele for.

Alice olhou de volta pela janela para a porta da loja, e suas pequenas sobrancelhas se juntaram, traçando uma careta em seu rostinho bonito.

– Acho que a mãe chegou – ela comentou, a cara mais assustada do que nunca.

Ouvir os gritos que vinham da rua provocou um medo incondicional em mim.

— Vou lá. — Deixei Marli com Alice e corri para fora de casa. Meu estômago se contorceu.

A gritaria continuava. Abri o portão e logo a vi, caída na rua, toda encolhida, as mãos cobrindo a cabeça.

— Pare, Antônio! — gritava ela sem parar. — Pare, por favor!

Minha mãe se levantou, cambaleante, mas meu pai a empurrou com tanta força que ela caiu de costas no chão novamente, raspando o cotovelo em uma pedra. A carne, exposta, sangrava abundante. Bateu a cabeça na terra e começou a chorar.

Meu pai, de pé ao lado do corpo encolhido de minha mãe, segurava o seu cinto pela fivela, lançava o couro contra as suas costas com tanta força que doía em mim. Seu rosto avermelhado, seu cabelo castanho caindo na testa. Ele tremia de raiva enquanto dava as cintadas, com a boca entreaberta sem dizer nada.

Fiquei na calçada, paralisada ao ver a pior cena da minha vida. O cinto produzia um som agudo de dar calafrios ao atingir minha mãe.

O homem ao lado dele foi logo se desculpando, erguendo as mãos para o alto:

— Eu não fiz nada, seu Antônio. Só estava trazendo sua esposa para casa.

— Saia daqui antes que eu lhe bata também. Bando de pinguços e aproveitadores da mulher alheia!

O homem correu e nem olhou para trás.

Meu pai puxou o cabelo dela e disse, próximo de seu ouvido:

— O que eu faço com você, Ana? Não aguento mais essa bebedeira toda. Não aguento te ver bebendo tanto e abandonando nossas filhas como tem feito.

Minha mãe tinha parado de gritar e tinha se encolhido ainda mais, choramingando. Os cabelos escondiam seus olhos. A pele vermelha do rosto revelava o quanto ela não estava em sua sã consciência. Ele ergueu o cinto mais uma vez.

— Não faça nada comigo, Antônio. — Seu olhar era de súplica, e ver o quanto se sentia frágil fez meu coração partir aos poucos. — Eu estou grávida.

Suas palavras entraram como uma facada em mim. Eu me perguntei se ela não mentia só para que meu pai parasse de lhe bater. Meu coração disparou quando percebi que minha mãe estava encurralada naquele chão da rua com meu pai a fitando com uma fúria tremenda em seu olhar. E, quando dei um passo na direção deles, todo o sangue foi drenado de meu rosto, já que a verdade me caiu como um raio. Esse bebê poderia não ser dele. Poderia ser de qualquer homem que entrara no banheiro do bar com ela. Poderia ser um filho bastardo em nossa família.

E talvez o mesmo pensamento passara pelo meu pai, já que ele segurou no pescoço de minha mãe e apertou com tanta força que a cor do rosto dela ficou roxa.

– Pai, pare com isso. – Corri em sua direção e segurei o braço dele, com o desespero me consumindo. – Pare agora, por favor!

Ele não disse nada. Meus olhos estavam arregalados enquanto ele agora se concentrava em mim. Soltou minha mãe lentamente, levantou-se do chão, endireitou a postura e ficou ali parado em pé por um bom tempo, só olhando para ela com ódio, cerrando e abrindo os punhos. Eu achei que ele fosse bater em mim também, mas, então, virou-se de repente e seguiu para a loja sem dizer nada.

Ela tossiu para trazer o ar de volta aos pulmões e esfregou as mãos em seu pescoço. Vomitou ali mesmo. O vômito estava tingido por sangue. Toda suja de poeira, tentava levantar-se, mas não conseguia.

Os vizinhos olhavam para nós e, mesmo com ar compadecido, ninguém se aproximava para ajudar minha mãe. Eu fui a única que a ajudou a se levantar.

Depois desse dia, meu pai não falou mais com minha mãe, até ela ganhar o bebê.

Triste realidade

Os anos passaram silenciosos, com várias mudanças em nossa casa. Em 1958, quando completei 11 anos, minhas irmãs estavam de volta e agora seria a minha vez de morar em São Paulo. Rita havia ficado dois anos com Isabel na casa de tia Conceição e tio Edmundo, e as duas voltaram para casa no fim do ano.

Fizemos uma pequena festa para a recepção das minhas irmãs. Minha mãe até tentara fazer um bolo recheado, mas não tivera muito sucesso. Para remendar, ela misturara todo o recheio com o que sobrara do bolo. Não ficara nada bonito, mas todos comeram um pedaço com gosto.

Minha mãe ganhou o bebê no final de janeiro. Era outra menina.

– Vai se chamar Janete – determinou, já que meu pai mal olhava para ela e para a filha. E, por ser uma menina, ficou ainda mais difícil a relação entre eles.

Tia Conceição e tio Edmundo já estavam com a viagem de retorno a São Paulo marcada, sem chance nenhuma de adiamento. Eu andava apreensiva. Ao mesmo tempo que queria muito ir à capital estudar e ser alguém na vida, queria ficar com a minha mãe, meus irmãos, mesmo com todos os problemas presentes.

Rápida demais, foi a decisão da minha partida. E, num piscar de olhos, desatei num choro incontrolável. De um lado da casa para o outro tudo parecia velho. Nada ali poderia sugerir que aquela era a casa de um homem muito bem de vida. Os móveis escuros em todos os cômodos, as cortinas nas janelas com a tinta descascada, o assoalho em estilo colonial que era de quando meu pai construíra a casa, e precisava de uma boa limpeza para aparecer um pouco de brilho. Aquela casa abrigara a todos nós por anos, mas existia algo retrógrado em viver num lugar tão obcecado por paz; era como se todos ali tivessem desistido da ideia de ter um futuro melhor e que a esperança poderia ser retomada com minha partida para São Paulo.

Despedi-me de todos com tristeza e agonia. Minha mãe havia comprado um tamanco branco que me deu para calçar na viagem. Eu me perguntei onde conseguiu dinheiro para gastar comigo. Meu pai jamais lhe daria um centavo sequer para comprar qualquer coisa para suas filhas. Mas não queria que ela ficasse mais triste do que já estava, então decidi não perguntar nada.

– Coloque, minha filha. – Ela ajeitou o par de sapatos na minha frente. – Lá na cidade grande não vai poder ficar com os pés no chão como aqui.

Pela primeira vez em minha vida, calcei sapatos. Estranhei aquela sensação de aperto nos pés, mesmo assim, gostei muito. Virei e cambaleei um pouco ao tentar andar, mas logo firmei os pés no chão. Pude ver pelo espelho seus olhos brilharem. Um doce sorriso de agradecimento me veio à face.

– São lindos, mãe, obrigada. – Meus olhos se arregalaram de entusiasmo, então me senti triste. Triste de verdade. Meu lábio inferior começou a tremer.

– Promete que vai ser muito feliz? – Sua voz parecia vir de um lugar distante. – Promete que mesmo que a gente não se veja mais, você vai ser muito feliz, Luíza?

Lágrimas começaram a rolar de meus olhos e escorrer pelo rosto. Minha mãe levantou a mão para enxugá-las. Aquela mão estava tão fria quanto a minha.

– Prometo.

– Luíza – disse ela, baixinho. – Eu sinto muito por separar você de todos nós. É o tipo de coisa que bom... É o tipo de coisa que não depende de mim. – Ela fez uma pausa, respirando fundo e tentando encontrar forças. Mas em momento algum desviou o olhar do meu. – A vida pode ser tão difícil, minha filha, ainda mais longe de todos... Na capital, quero dizer. Eu tentei... meu Deus, juro que tentei ser uma boa mãe...

Sua voz ficou meio anasalada, um pouco embargada com o nível de tristeza que a atingia. Eu nunca tinha visto minha mãe daquele jeito. Ela sempre levava a vida sem se lamentar de nada do que passávamos.

– Sei disso, mãe.

Ela me puxou para si, abraçando-me com força. E nós duas choramos bem ali.

– Bom, nenhuma de nós deveria sair deste quarto assim, com essa cara. Mas acho que não poderemos demorar por muito tempo – disse ela com firmeza, passando a mão pelo cabelo.

Beijei a pequena Janete, que dormia um sono bem tranquilo sobre a cama.

– Tchau, minha fofinha. Acho que quando eu voltar não vou te encontrar aqui.

Saímos do quarto e fomos direto para a sala. Minha mãe não olhou para os lados, apenas para a frente, com o queixo erguido. Ficamos ali, firmes, sem dizer uma só palavra até a hora da partida.

Ana

PARTE III

Uma vida nova

Passaram-se dias desde a partida de Luíza para São Paulo. Mesmo contra a minha vontade, talvez fosse uma grande oportunidade para ela ser alguém na vida. Conceição faria um ótimo trabalho, como fez com Isabel e Rita. Elas voltaram da capital com bons costumes, sabendo limpar a casa e cozinhando como nunca vi igual. Se dependesse de mim, nunca se tornariam boas moças desse jeito. Luíza merecia uma chance como suas irmãs tiveram, e não seria eu quem tiraria essa chance dela.

Amamentava Janete, me debatendo com um mal-estar crescente dentro de mim. Ninguém falava nada sobre a última surra que eu havia levado de Antônio na rua. Mas eu voltava compulsivamente aos acontecimentos daquela tarde fatídica, censurando-me pela minha fraqueza, minha burrice, meu vício pela bebida.

Se não tivesse bebido, jamais teria traído Antônio. Se tivesse ficado em casa, cuidando de meus filhos, eu não estaria aflita daquela maneira. Me sentia exausta. Talvez por estar cansada de viver a angústia todos os dias. Eu dormia pouco, às vezes só duas horas por noite. Fazia força para comer. O estômago se enroscava no meu medo enquanto o resto de mim estava prestes a se desfazer por inteiro.

A cada dia eu esperava, com o coração na boca, e observava em silêncio Antônio me ignorar. Eu temia que ele me batesse novamente, mas tinha mais medo ainda do seu silêncio e o que ele poderia significar.

Eu observava meus filhos e me sentia intimidada pela culpa. Cada vez que eu olhava para as crianças, me perguntava o que seria delas sem mim. Uma vez vi Antônio conversando baixinho com seu pai, e pensei tê-lo ouvido pedir que ficasse com elas se lhe acontecesse algo. Sei disso porque meu sogro fez uma expressão estarrecida, como se espantado só pelo fato de Antônio ter pensado em algo do gênero.

Meus filhos menores pareciam alheios aos meus medos íntimos. Geraldo e Paulo brincavam como sempre haviam brincado, choramingando pela disputa de um brinquedo com o irmão e reclamando quando o outro não queria brincar. Geraldo, mesmo com seis anos, não parecia ser apenas dois anos mais velho que Paulo. Os dois dividiam as mesmas brincadeiras, como faziam desde pequenos. Eu não me atrevia a contar nada sobre o que eu achava que pudesse acontecer em breve. Isabel, Alice e Rita não tocavam em qualquer assunto que pudesse me deixar preocupada. Isabel sempre tentava me agradar com um bolo ou uma receita nova que aprendera em São Paulo, mas nas horas das refeições, comíamos calados.

Perguntava até quando aguentaríamos aquele silêncio perturbador. Marli, mesmo com dois anos, sabia que algo estava errado. Vivia grudada em mim. À noite dormia segurando a minha camisola com a mão direita, e, quando eu acordava, via seus grandes olhos escuros fitando meu rosto. Então o pior dia da minha vida chegou.

Eu preparava o almoço na cozinha, quando ouvi passos. O vulto de Isabel apareceu no vão da porta, bloqueando a luz.

— Vô Cardoso está na loja, conversando com o pai. — Meu estômago se revirou. O coração parou. Se meu pai chegou a vir aqui, algo muito ruim estava prestes a acontecer.

Ela correu até mim e me abraçou.

— Fuja, mãe. Se esconda na casa de dona Iracema — Ela abriu a lata de arroz e retirou algumas notas de dinheiro de lá de dentro. — Pegue isso. Agora vá. Seguro eles na loja. Mas vá depressa, mãe, eles virão te pegar e vão te levar para o hospício.

Olhei para o dinheiro na mão dela.

— Não posso fazer isso, Isabel — disse, tentando manter o tom calmo em minha voz, mesmo que o desespero estivesse se consumindo aos poucos dentro de mim.

— Por quê? — Os olhos de Isabel se apertaram, e as mãos frias dela seguraram meus ombros. — Por que não?

Segurei a mão dela e não quis soltar mais, mas eu sabia que, por mais que o desespero consumisse minha filha, eu devia fazer a coisa certa dessa vez.

— Preciso de ajuda. Estou doente, bebo demais. Essa é a chance do meu pai me levar para um bom hospital e eu ficar boa. Daí poderei voltar para cuidar de vocês como realmente merecem.

— Bom hospital? — Ela deu um passo para trás. — Mãe, eles vão te internar em um hospício. Meu avô está vindo te buscar. Estão vindo para mandar você para longe daqui. Longe de nós todos.

Meu coração partiu. Adorava meus filhos e sabia que, se aceitasse a partida, não os veria por um bom tempo. Por outro lado, eu poderia me curar e ficar com eles quando voltasse para casa.

— Mas pense, Isabel, se Antônio quisesse me punir, teria me expulsado de casa e me colocado na rua.

— E correr o risco de perder alguns clientes na loja? — Ela balançou a cabeça. — O pai não faria isso.

— Não acredito em você. — Comecei a tremer. — Ele já teve tempo de me punir com o seu silêncio. Agora está querendo que eu fique com meu pai. Ele sabe que me afastar de vocês neste momento é o melhor para mim. Estou doente...

Ela segurou em meus braços com força.

— Mãe, não está raciocinando direito. É a falta de sono, seus medos, a bebida... Você vai cair em si em breve. Mas precisa ir agora. Vá para a casa de dona Iracema e peça para te deixar no porão. Eu te chamo assim que vovô for embora.

Desvencilhei-me dos braços de minha filha.

— Não... Não. — Balancei a cabeça, andando de um lado a outro da cozinha. — Não está vendo que essa é minha chance de voltar a ser feliz? — Parei e fitei seus grandes olhos castanhos que agora lacrimejavam. — Se Antônio me mandar para a casa de meu pai, vou ficar bem.

— Mãe, chega!

– Estou doente, Isabel.

– Vá, por favor. – Agora ela chorava.

– Não! – gritei. Ficamos ali, olhando uma para a outra na cozinha. – Não vou.

Seu desespero partiu meu coração em vários pedaços, mas eu sabia que precisava ser forte e lutar com todas as minhas forças para conseguir partir com meu pai.

– Não pode deixar que te internem, mãe. Estudei sobre isso no colégio e vi como é triste a vida de quem vai para o hospício. Isso é a morte. Está me ouvindo? Eles vão te dar choque e banho gelado. E nem sabemos por quanto tempo ficaremos longe de você.

Mas eu mal ouvia. Endireitei-me e suspirei. Sentia-me estranhamente aliviada, com uma ponta de esperança me invadindo.

– Por favor, Isabel, não chore. Vai ser melhor assim. Não posso mais ficar aqui bebendo e dando péssimo exemplo aos meus filhos.

– Mãe... ainda tem tempo...

Ela tentou me barrar, mas eu a empurrei e segui para a loja a passos largos.

Eles já estavam na entrada quando apareci.

– Como vai, pai? – Dei um abraço rápido nele.

Então me afastei e olhei para o seu rosto. Ele tinha a expressão cansada, com mais rugas em volta dos olhos do que eu acostumava ver.

– Vai embora comigo, Ana. Pegue suas coisas e traga Janete também. Antônio alega que ela não é filha dele.

Meu coração se partiu em pedaços.

– Janete é filha dele, sim – argumentei com uma determinação que não cabia em mim.

– A culpa é sua! – meu pai disparou, sem se preocupar com meus sentimentos. – Sei de tudo o que aprontou, Ana. Sei de suas bebedeiras nos bares; sei dos homens...

Tudo parou. Vi um misto de raiva e pena no rosto do meu pai. Eu podia ver a esperança dele murchando como uma bexiga. Balancei a cabeça, e então ele olhou para Antônio atrás do balcão. Não tinha nenhum argumento para me defender.

— Não vamos perder tempo — meu pai disse, com a voz um pouco mais embargada agora.

Eu me afastei dele e respirei fundo enquanto olhava inexpressivamente para Antônio. Registrei o olhar vingador dele sobre mim. Ele não poderia ter contado tudo ao meu pai. Não da maneira que deve ter dito.

— Posso explicar... — comecei.

— Vou cuidar de meus filhos sozinho — Antônio me interrompeu. Minha vontade era voar em seu pescoço e socar aquela cara de cinismo que ele estampava ali. — Sua filha precisa de tratamento, Cardoso. Ela é alcoólatra e não tem condição alguma de ser mãe.

Meu pai balançou a cabeça. Seu olhar derrotado cortou meu coração em mil pedaços.

— Vou fazer o que deve ser feito. — Cabisbaixo, olhou para mim. — Vou te esperar na esquina, filha.

Ele se virou e saiu.

Ouvi uma voz fina rompendo o silêncio:

— Mãe! — Marli tinha a voz cortante e agoniada. Ela se atirou para cima de mim, agarrando a minha perna com seus bracinhos miúdos. — Onde a senhora vai? Quero ir também.

Engoli em seco, os olhos cheios de lágrimas. Agachei e a envolvi em meus braços. Como poderei deixar meus filhos? Meus pensamentos ficaram confusos, e o contato das mãozinhas de minha pequena Marli era tudo o que eu sentia.

Ergui os olhos e vi Antônio nos observar, com uma expressão um tanto especulativa.

Estiquei a mão e alisei o cabelo de minha filha.

— Marli, tem que ficar com seus irmãos e com seu pai. Você precisa ser corajosa. Vou voltar quando eu puder. Eu prometo.

Ela não acreditou em mim. Tinha os olhos arregalados, cheios de medo.

— Vou ficar bem. Juro — insisti.

Tentei falar com convicção e fazer com que confiasse em mim.

— Não, mãe — ela disse. — Quero ir também.

Fiquei arrasada. Apelei em silêncio para Antônio. Ele a pegou no colo e a levou para longe, aos prantos.

— Prometo que vou voltar, Marli. Seja forte, minha garotinha! — gritei, mas Antônio já tinha sumido para longe.

Arrumei minhas coisas com uma velocidade incrível, temendo me arrepender e desistir de minha partida.

Peguei Janete nos braços e segui para a esquina, sem me despedir de nenhum dos meus filhos.

— Podemos ir, pai.

Meu pai olhou para mim, sério.

— Você está bem?

— Vou ficar, não se preocupe.

Assim que entrei no trem, apertei as mãos na manta de Janete, e comecei a tremer. Meu pai carregou a neném no seu colo enquanto eu ajeitava a bolsa no compartimento acima do acento. Quando o veículo se pôs em movimento, não quis olhar para fora da janela. Não queria sentir o peso da partida em mim. Não queria pensar que deixei meus filhos para trás como uma forma de abandono. Fiquei sentada no banco estofado do trem e lentamente deitei a cabeça sobre as mãos murmurando seguidas vezes os nomes de cada filho meu "Isabel, Rita, Alice, Luíza, Geraldo, Paulo, Marli, Janete" para mim mesma. "Me desculpe, meus amores". Queria o perdão de todos eles.

Só quando o trem atingiu uma certa distância da cidade de Juquiratiba, ousei erguer os olhos. Meu passado estaria lá guardado na memória dos meus filhos, e eu levaria comigo a esperança de um dia estar de volta para eles.

O desespero

Assim que cheguei em Piracicaba, não demorou muito para o arrependimento de ter abandonado meus filhos me dominar. Em menos de dois dias, entrei em meu estado de maior tristeza. Por horas eu ficava sentada no sofá, olhando para a janela, sem conseguir me mexer. Meu pai tentava de todas as formas me animar.

Naquela tarde quente de verão, ele veio devagar em minha direção, sorrindo, com uma atitude que não transparecia como se sentia. Ele colocou uma caneca com café na mesinha ao meu lado e se sentou na poltrona de frente para mim. Eu não conseguia olhar para ele. Observava o movimento da cortina com o balançar do vento. Continuei com as pernas cruzadas enquanto amamentava a Janete. Após um momento, ouvi o arfar de sua respiração.

— Maria virá hoje à tarde para te ver. Ela nem acreditou quando disse que você estava aqui comigo. Sua irmã sempre quis te ver de novo. Será um encontro e tanto.

Quando eu o encarei, ele acrescentou:

— Sei que foi difícil ficar todos esses anos longe uma da outra. Mas eu espero que você entenda que eu só queria o melhor para minhas filhas. Sua irmã se casou, tem um filho de dois anos e mora aqui perto de casa. Acho que vamos ficar bem.

Eu não disse nada. Não sabia o que dizer ao meu pai. Eu queria pedir que não trouxesse Maria aqui, mas, ao mesmo tempo, revê-la depois de uma vida inteira separadas, me deixava curiosa. Eu odiava me sentir assim. Queria poder estar feliz com esse reencontro, mas na verdade queria ficar sozinha. O tempo todo.

Meu pai esfregou a própria cabeça.

– Vou terminar o almoço.

Continuei calada. Baixei a cabeça e olhei para Janete, checando se ela havia acabado de mamar, em seguida me levantei, abri a porta e saí seguindo as ruas de Piracicaba com minha filha no colo. Não sabia ao certo para onde ir, muito menos aonde queria chegar.

Eu não tinha mais nada em minha vida. Não tinha liberdade, dignidade, vida própria. Maldição. Essa menina acabara com tudo o que eu tinha de bom, me arrancou meus filhos. A coisa que mais amava no mundo era estar com eles. E não me restava mais nada. A culpa era dela. Dessa menina em meus braços. Dessa criança que fez com que Antônio acreditasse que eu o traí e me separou de todos os outros. Não quero mais ela para mim também. Já que não sou merecedora de nenhum outro filho, Janete também não será minha.

Assim, segui para a linha do trem a passos rápidos. O sol brilhava forte, as lágrimas em meus olhos ofuscavam a minha visão. Subi o barranco de terra e pedras e coloquei a bebê adormecida com delicadeza sobre a linha do trem. Em seguida, dei um beijo na testa de Janete. Mantive os lábios ali por um momento, os olhos fechados com força. Voltei a abri-los, olhando para a menina como se tivesse gravando parte dela dentro de mim.

– Adeus, minha menina. Mamãe te ama muito. Mas a culpa pelo qual fui separada dos seus irmãos é sua.

Afastei-me de Janete, sentando na grama a uma distância que eu poderia ver os movimentos de minha filha. Observava a minha bebê deitada sobre os trilhos do trem, dormindo em um sono profundo. Eu ouvia os pássaros, o som das folhas das árvores ao redor, dos carros transitando nas ruas da cidade.

Então veio o som do trem. Eu continuava sentada, estática, sem tirar os olhos de minha Janete. Quando o trem se aproximou fiquei de pé, gritei o mais alto que pude e corri para a casa do meu pai, sem olhar para trás.

•

Assim que cheguei em casa, meu pai me esperava sentado no sofá, cabisbaixo. Levantou-se em um salto ao me ver, parada, na entrada da sala. Olhei para o chão de assoalho gasto, desviando o olhar dos seus olhos tristes.

— Graças a Deus, Ana. Por onde você andou? E... — Ele olhou para os meus braços, vazios, ao lado do meu corpo. — Algum problema com a Janete?

Não pude o encarar. Comecei a tremer assim que ele se aproximou de mim.

— Onde está a bebê? — A voz do meu pai saiu abafada por entre as mãos calejadas. — O que fez com ela, Ana?

Foi quando olhei para o lado e avistei minha irmã, Maria. Pisquei duas vezes para ter certeza de que realmente a via ali. Ela se tornou uma mulher muito bonita, mais baixa do que eu, cabelo escuro e cortado em um Chanel perfeito e um olhar incapaz de esconder a emoção que sentia ao me ver ali. Eu sabia, só de olhar para ela, que estava prestes a desmoronar.

Então me abraçou, e chorei. Chorei com vontade, colocando tudo para fora. Toda a angústia de anos de separação. Todo o medo que senti de nunca mais vê-la, de nunca mais reencontrá-la.

— Tudo bem, Ana. Estamos aqui.

Fechei os olhos e mantive minha cabeça encostada em seu ombro. Aquele era o lugar mais seguro para mim, como se fosse o meu refúgio, o abrigo que tanto desejei ter.

Fiquei me perguntando se ela sentia o mesmo. Será que quando soubesse que eu tinha deixado minha filha na linha do trem me perdoaria? Será que ela teria piedade por mim, pela coisa horrível que acabara de fazer?

Ela beijou o topo de minha cabeça, afastando-se até olhar nos meus olhos.

— Nem acredito que nos reencontramos.

Em sua expressão, vi um sorriso surgir, contrastando com a preocupação de meu pai. Não falei nada, porque ainda não sabia o que dizer. Só respirei fundo e me sentei no sofá de frente para meu pai.

— Cadê a Janete? — A voz de minha irmã era suave. — Diga onde ela está.

Continuei olhando para ela, mas não respondi. Em vez disso, voltei a chorar.

— Eu a matei.

— Ai, meu Deus — minha irmã gritou. Tapou a boca com as mãos e começou a chorar.

— Como fez isso? — meu pai perguntou, agora caminhando de um lado a outro da sala.

— Eu a deixei na linha do trem. Ela é a culpada dos meus problemas. Ela foi a causa da minha separação. Ela é o motivo de eu estar longe dos meus filhos.

Tive a impressão de que meu coração explodiu em mil pedaços de lágrimas mínimas enquanto eu me controlava para não gritar no meio do choro.

Então alguém chamou meu pai no portão. Ele não olhou para mim ao sair da sala. Seus olhos estavam vermelhos, e ele mantinha o rosto virado para o lado. Em menos de um minuto voltou.

— Ela está viva! — gritou. Trazia minha filha no colo, com um sorriso que eu nunca tinha visto nele.

— Graças a Deus. — Minha irmã sorriu com lágrimas nos olhos. — Está tudo bem.

A bebê entendeu a confusão e começou a chorar, os gritos agudos e irregulares de uma criança que acabara de enfrentar a morte em tão pouco tempo. Meu pai dava batidinhas inúteis nas costas de Janete, enquanto o vizinho explicava que ouviu Ana gritar antes de correr.

— Quando vi que tinha uma bebê nos trilhos, corri para a salvar. Achei que não fosse conseguir. Mas Graças a Deus o trem partiu lentamente, e deu tempo de tirar a bebê antes que a tragédia acontecesse.

Maria se aproximou e pegou a bebê dos braços de meu pai.

— Obrigada, Joaquim. Foi um verdadeiro herói.

Eles saíram da sala, e eu olhei para minha irmã. Janete encostou o nariz no braço dela, e eu sabia que procurava a mim para ser alimentada.

— Vou ficar com ela, Ana. Até você botar juízo nessa sua cabeça-oca.

— E por que faria isso, Maria? — minha voz saiu abafada por entre as mãos, que escondiam meu rosto de minha irmã.

— Porque amo você, minha irmã. Amo você, entendeu?

Fui ao inferno e voltei

Não consegui amamentar mais a minha filha. Mesmo ela chorando muito, eu me recusei a pegá-la em meu colo. Janete foi embora nos braços de Maria, que prometeu cuidar de minha menina como se fosse dela. E não duvidei de suas palavras. Mas em meio a um suspiro triste, não chorei mais. Porque eu sabia que a vida nunca acabava como se esperava, e eu não teria como explicar isso para meus filhos.

No dia seguinte, meu pai me internou em um hospício em Franco da Rocha. A alguns quilômetros de sua casa, sentei-me na cama, encostada na parede do quarto, tentando controlar o pânico que me subia pelo peito e pela garganta, ameaçando me sufocar. Do outro lado do corredor, observava dois homens amarrados, um ao lado do outro, enquanto me lembrava das palavras de meu pai antes de se despedir de mim:

— Tenho que trabalhar e não posso ficar te vigiando vinte e quatro horas no dia. O hospital será uma boa opção. Você será medicada e tratada de seu problema. Vai ficar boa logo, minha filha.

Continuava vendo os homens, e também sentindo o cheiro forte de urina e fezes. Teria ficado muito mais tranquila se, minutos depois de chegar, uma equipe médica não tivesse invadido meu quarto e aplicado uma quantidade absurda de medicamentos em meu organismo.

Apertei os olhos com a palma das mãos e deixei escapar um longo suspiro, tremendo, sentindo o pânico crescer novamente. As paredes começaram a se fechar ao redor, o teto baixava, e fechei bem meus olhos.

— Não posso ficar aqui. Não posso — falei baixinho. — Preciso ir embora daqui.

Minha respiração ficou entalada no peito, as mãos doendo de tanto apertar a barra do meu vestido, e o quarto começou a rodar, o chão oscilando, e a onda de pânico me engolindo.

Então, deixei escapar um meio soluço, deitei no colchão, fechei os olhos e soltei o ar lentamente. Tudo apagou.

Assim, todo o meu inferno começou.

Foi como se eu tivesse esquecido completamente de como era a minha vida além daquele hospital. Em um instante, eles me davam choques elétricos até adormecer no molhado, nua, após o banho gelado. No outro, eu participava de terapia em grupo, para contar um pouco de mim e ouvir outras pessoas também.

Sofri horrores naquele lugar. Tentava pensar no que poderia alegar para que parassem com a tortura e me mandassem para casa. Mas meu raciocínio era lento, talvez por causa da medicação forte que aplicavam em minhas veias. Bem que Isabel me avisara sobre os riscos deste hospital. Fui tomada por um pânico, mas nada, nem ninguém, poderia me ajudar.

Para compensar a ausência de meus filhos, durante a sessão de terapia fiz oito bonecos de pano, cada um representando um deles. Colocava-os debaixo do meu lençol e cantava para que dormissem. Até para Janete eu cantava, sentia muito a falta dela.

Ouvi uma vez um médico dizer para o outro que a deterioração mental em mim foi causada pelo excesso do álcool consumido durante anos. E eu sabia muito bem o que aquilo queria dizer. Cheguei a Franco da Rocha debilitada, desnutrida e com dificuldades para me alimentar. A internação representou um instrumento para suavizar a difícil travessia entre o período de desintoxicação e meu preparo para o futuro.

Durante o tratamento, eu tive alucinações visuais medonhas, causadas pela suspensão abrupta do álcool, além de febre e suores intensos. Minhas mãos tremiam, assim como meu rosto e a língua. A secura da boca era constante. Medo e angústia, seguidos de dores no peito, eram comuns. Quando achava que estava emocionalmente estabilizada, vinham as convulsões e visões aterrorizantes.

Um dia, no meio de uma crise de abstinência, pensei que morreria. Vomitava tudo o que ingeria. De repente, aspirei o material regurgitado para os pulmões, o que me provocou imediatamente uma insuficiência respiratória. Minha sorte foi estar acompanhada por uma enfermeira, que me socorreu na hora. Levantou minha cabeça e fez massagem cardiorrespiratória, salvando minha vida. Terminei em um sono profundo e, após um longo período, acordei aliviada, lembrando-me das visões perturbadoras.

Aos poucos, fui me reformulando interiormente para viver sóbria de uma forma construtiva e serena. A abstinência serviu para me conduzir a um processo de crescimento íntimo. Estava no grau mais profundo da pacificação das emoções.

Consegui me apegar aos valores morais, religiosos e espirituais que me ajudaram muito em minha recuperação. Comecei a frequentar um grupo anônimo de ajuda mútua, e a me espelhar nas experiências de vida dos companheiros, o que me levou a obter melhor compreensão da própria doença e de suas consequências.

Nos últimos dias da internação, que durou um ano, tive a sensação de liberdade por estar genuinamente sóbria. Ao sair, só queria rever os meus filhos, nada mais.

Luiza

PARTE IV

Conhecendo a capital

São Paulo era totalmente diferente de tudo o que eu conhecia em minha vida. Eram tantas luzes e prédios imponentes, bem iluminados, que pareciam de mentira. Ruas com paralelepípedos, onde o carro de boi e o gado retardavam a marcha dos bondes e dos automóveis. Passamos pelos diferentes estilos arquitetônicos que se misturavam formando uma paisagem urbana maravilhosa. As ruas intricadas de edifícios de tijolos e madeira, cheias de outros caminhos e trilhas sinuosas levavam a mais ruas passando por casas grandes e pequenas e novos prédios. Eu sorria para minha tia.

— Como é possível construir um prédio tão alto e bonito? — perguntei, empolgada, para tia Conceição.

Ela sorriu de volta, parecendo estar feliz com minha presença ali.

— São muitos prédios, minha querida. Aqui é diferente de Juquiratiba.

Quando chegamos, notei que a casa de minha tia era muito mais bonita que a nossa. Tinha um quintal grande na frente e um piso brilhoso que parecia ser encerado. A casa decorada com pedras em uma parede ao lado da janela tinha muitas plantas e flores em um canteiro rente ao muro. Na sala, um tapete enorme cobria todo o piso e uma cristaleira com louças e taças me chamou a atenção. Era tanta coisa linda que meu coração balançava cada vez que eu me deparava com algo novo naquele lugar grande e espaçoso.

Descarregamos a bagagem do jipe e depois que acomodamos todos os pertences na sala, chegamos ao quarto que ela reservara para mim.

— Suas irmãs ficaram neste mesmo quarto — disse enquanto abria a mala e já separava as coisas sobre a cama. — Acho que você vai gostar dele tanto quanto elas gostaram.

Era um quarto pequeno, com uma cama de solteiro, um guarda-roupa de duas portas e uma cômoda no canto próxima à janela. Cheguei a me sentar na cama, e minha tia me ignorou, seguindo até a cômoda. Ela abriu uma das gavetas e organizou toda a minha roupa ali, então aproveitei para apreciar a foto pendurada na parede. Ela e tio Edmundo estavam felizes sentados em um gramado grande à beira de uma lagoa com patos nadando na água ao fundo.

Ela se virou e separou uma peça de roupa minha. Peguei e vi que era um vestido.

— Vamos tirar essa sujeira do seu corpinho miúdo, Luíza. Está na hora de aprender a tomar banho.

Tia Conceição foi direto ao banheiro de frente ao quarto encher a banheira para que eu pudesse me lavar. Fiquei mais de uma hora tirando os "cascões" de anos grudados no meu corpo. Ela usou um xampu e um creme que deixaram meus cabelos brilhosos.

— Luíza, quero te ensinar tudo o que sei. E espero que você se torne uma mulher de classe. — Ela sorriu. — Vou te ensinar noções de etiqueta, prendas domésticas e, claro, culinária.

Eu me sentia encantada com tudo, pois para mim aquele mundo novo parecia uma festividade que nunca vivenciei.

— Acho que tenho muito o que aprender.

Ela me abraçou.

— E vai aprender, minha querida. Tenho certeza.

Os dias foram passando, e aquilo me trouxe uma realidade que eu não esperava encontrar. Não depois de anos sofrendo com o mau humor do meu pai. Eu queria uma realidade diferente da que convivi nos meus onze anos de vida.

Cara feia, ranzinza, reclamações. Tudo isso fazia parte do comportamento do meu tio. Às vezes, sentia que só trocara um homem pelo outro, mas que o humor era o mesmo do meu pai.

Mesmo eu não olhando para ele, sentia a repreensão sobre mim. Não precisava fazer nada. Só de me sentar à mesa durante as refeições, ou de estar com eles na sala de estar para assistirmos à televisão juntos, o peso de seu olhar fincava em meus ombros, em meu peito e em meu coração.

Minhas irmãs disseram que estar em São Paulo seria uma aventura e tanto. Viajar para uma terra nova. Afinal, eu conheceria um mundo de oportunidades. Comidas deliciosas feitas pela tia Conceição. Novas experiências. Eu me imaginava em São Paulo sendo amada pelos meus tios e nós três felizes, vivendo momentos de alegria, sorrindo bastante. Assim que escrevesse a minha primeira carta, contaria às minhas irmãs todos os momentos alegres que eu vivia aqui.

Mas minhas irmãs não me avisaram que meu tio estaria sempre de cara fechada. O sorriso que eu havia projetado entre nós, ficou apenas em minha imaginação. Ninguém me avisou que ele seria tão sério e rígido, que não demonstraria nenhum carinho por mim. Talvez por eu não ser tão inteligente quanto ele gostaria que fosse. Mas eu não desistia de querer conquistar a sua admiração. Tentava de tudo para agradar meu tio. Minha tia até me dava algumas dicas:

– Lave o jipe dele. Tenho certeza de que vai adorar.

E lá eu ia atender às dicas que recebia. Lavava todo o jipe, encerava e lustrava com capricho, até passava óleo queimado nos pneus. Levava a tarde inteira para concluir o serviço. Mas de nada adiantava tanto esforço. Nem *obrigado* o meu tio dizia, e eu continuava a sofrer com o seu desprezo.

Em março, comecei a estudar no Colégio de Freiras São Vicente de Paula. Um colégio projetado só para meninas, muito rigoroso nos estudos, cheio de normas e regras. Fiquei encantada com a limpeza do ambiente, diferente da minha escola de Juquiratiba.

Lá, o chão não brilhava, as crianças não usavam uniformes, muito menos as professoras nos observavam com o mesmo olhar questionador que lançavam a qualquer aluno novo.

Nesse colégio, a maior parte das alunas da minha classe estavam juntas desde a primeira série. Pareciam ter passado a vida toda naquele lugar e sabiam tudo a respeito umas das outras e de todas as regras.

Minha tia sempre me aconselhava a me enturmar. Ela dizia que as amizades me ajudariam em minha adaptação e no meu aprendizado. Como se ela pudesse saber que quase todas se fechavam em seus grupinhos e permaneciam como um time de cara azeda para mim.

Mas como meu mundo sofrera uma reviravolta, eu não me importava com elas. Não sentia vontade alguma de conversar, muito menos de enfrentar os desafios que eu sabia que encontraria ao contar como chegara até ali. Aliás, eu preferia ficar sempre sozinha. No intervalo, na biblioteca, nas trocas de aula. Poderia dizer que esse foi o motivo que dificultou o meu processo de aprendizagem, como minha tia havia me dito. Eu até conseguia tirar ótimas notas nas disciplinas de artes e trabalhos manuais, mas, quando vinha a bendita Matemática, minha dificuldade continuava extrema. Talvez se eu tivesse uma amiga para me ajudar com as lições poderia ter evitado o resultado catastrófico do meu rendimento escolar. Fiquei de recuperação na quinta e na sexta série por causa dos benditos cálculos.

Meu tio se mostrou indiferente aos meus resultados, e eu reprimia o sentimento de tristeza, fazendo o possível para ser a versão adorável de mim mesma que um dia ele pudesse aceitar.

Mas nem tudo era sofrimento no Colégio. Graças a uma excursão promovida pelas freiras, pela primeira vez, fui ao cinema assistir a "Bem-Hur". A elegância, o luxo o e conforto do Cine Regina me deixou encantada. As luzes que iluminavam as pilastras douradas e o chão com carpete vermelho definiam o bom gosto do lugar. Poltronas com estofamento agradável ao toque, era tudo muito chique.

Antes da sessão começar, resolvi ir ao banheiro. Na hora de sair da toalete, bati com a cabeça em um espelho e me desculpei com a pessoa à minha frente, bastante sem graça. Ao perceber que era minha imagem de corpo inteiro, disfarcei e saí sorrindo para mim mesma. Ainda bem que ninguém presenciara minha vergonha.

Quando o filme começou, fiquei seduzida com o tamanho da tela. Achei tudo muito lindo e fascinante. Meu tio tinha uma televisão de vinte polegadas, na qual só assistia aos jornais. Não conhecia outros programas e nunca vira antes um filme. Aquela foi uma experiência mágica, como tudo o que eu vivia em São Paulo.

Notícias de casa

Depois de um tempo na capital, recebi a minha primeira carta, escrita por Isabel.

Querida Luíza,

Oi. Como vão as coisas? Estamos todos bem aqui em Juquiratiba, cheios de saudades de você.

Eu tenho que te dar duas notícias bem tristes, mas não é para se preocupar. A primeira é que vó Mercedes faleceu. Nós nem fomos ao enterro, apenas nos comunicaram por uma carta enviada pelo vô Alfredo. Ela morreu dormindo e ele preferiu sepultá-la antes de avisar a todos. O pai foi visitá-lo em São Paulo, na casa do tio Josué, e na próxima carta eu te conto como o vô está.

A segunda notícia é que a nossa mãe foi para Piracicaba com vô Cardoso e já está em tratamento para parar de beber. Está internada no hospital de Franco da Rocha. Ela vai ficar boa logo e voltará para junto de todos nós em breve. Levou a Janete também, mas soube que tia Maria está cuidando de nossa irmã durante o tratamento da mãe. Vamos rezar para que fiquem todas bem, principalmente nossa mãe.

O pai não fala nada sobre a ida dela para a casa do vô, muito menos comenta sobre a nossa irmã Janete. Acredito que ele deve estar feliz, já que vive assobiando pelos cantos da casa e da loja. Bem, mas o importante é que não temos mais que nos preocupar se nossa mãe irá sobreviver ou não aos seus atritos com ele.

Essas são as notícias daqui. Escreva logo para nos contar como está indo sua estadia em São Paulo.

Mande um abraço para tia Conceição e para tio Edmundo por todos nós.

Fique com Deus.

Com amor,

Isabel

Soltei a carta no chão e chorei.

Como assim minha mãe foi embora e levou Janete com ela?

As coisas não podiam ficar piores.

Entrei na cozinha da minha tia. Ela preparava o jantar e olhava para a panela quando me sentei na cadeira. Fiquei olhando para ela, sem saber o que dizer, sem saber se eu poderia perguntar ou não sobre a situação da minha família. Mas eu não tinha motivo algum para não perguntar, afinal, era a minha família que estava em mudança, e eu precisava saber de todos os detalhes.

— Tia?

Ela parou o que fazia, virou-se e me encarou.

— Sim, minha querida.

Remexi meu corpo na cadeira, como se aquilo pudesse me dar um pouco mais de coragem para soltar as palavras.

— A senhora sabia que minha avó Mercedes faleceu?

Minha tia balançou a cabeça, voltando a mexer o caldo na panela.

— Edmundo recebeu um telegrama de Josué, mas infelizmente não daria tempo de chegarmos para participar do enterro. Então apenas enviou nossas condolências por telegrama também ao seu avô. Mercedes era uma boa madrasta para seu tio, mas eles não tinham muitas afinidades.

Eu entendia muito bem o que tia Conceição queria me dizer. Tio Edmundo veio muito jovem para São Paulo. E eu poderia jurar que ele não gostava do comportamento insano de minha avó e por isso se afastara da família. As coisas bizarras que fazia, as gargalhadas altas, as bebedeiras com os homens no bar. Tudo isso o irritava. Eu me lembrava das poucas vezes que vi minha vó sóbria, e sabia muito bem do que ela era capaz de fazer depois de dois goles de pinga.

– E a senhora sabia também que minha mãe foi internada em um hospital? – perguntei. – Sabia que meu pai rejeitou Janete? – Enxuguei os olhos com o dorso da mão. Ela finalmente olhou para mim, e seus olhos brilharam. – A senhora sabia que ele ficou feliz com a saída da minha mãe de casa? Sabia de tudo isso?

Minha tia largou a colher sobre a pia, alisou o avental antes de se sentar próxima a mim. Ela balançou a cabeça, e o medo encheu seus olhos. Ela não sabia se eu estava furiosa ou se pediria para ela me levar embora para casa naquele instante.

– Luíza... – disse ela com a voz embargada. – Não podíamos te contar, minha querida. Não queria te ver triste se descobrisse que algo desse tipo aconteceu com sua mãe.

Cruzei as mãos sobre a mesa, sem conseguir dizer nada. Ela deu a volta na mesa e se ajoelhou na minha frente.

– Me desculpe, minha querida Luíza, por não ter contado nada. Soubemos de sua vó ontem. Iríamos te contar hoje, depois do jantar. Por favor, não me odeie.

– Tudo bem, tia. – Balancei a cabeça, secando uma lágrima que teimava em molhar meus olhos. – Mas e quanto a minha mãe? A senhora concorda com tudo isso que meu pai está fazendo?

Ela suspirou profundamente.

– Ah, meu amor! Seu pai sempre sofreu com o alcoolismo de sua avó Mercedes. Desde pequeno ele presenciou barbaridades que ela fazia quando se embriagava. – Ela pousou suas mãos sobre as minhas na mesa. – Quando viu que sua mãe padecia do mesmo mal, não soube o que fazer. – Ela me olhava com um certo arrependimento e pedidos de desculpas. – Não acho que ele esteja feliz porque sua mãe foi embora, mas porque conseguiu um tipo de solução para o problema dela.

Balancei a cabeça. Eu sabia que minha tia tentava apenas me consolar. No fundo, ela também queria o melhor para todos nós, afinal, essa chance de nos dar um pouco mais de educação só teria partido dela na intenção de melhorar as nossas vidas.

– E como estão todos por lá, Luíza? – perguntou tia Conceição, alisando os meus cabelos com carinho.

– Estão todos bem – respondi, limpando as lágrimas do meu rosto. – Um pouco tristes.

– Sua mãe vai ficar bem, Luíza – ela disse, olhando para mim.

– Eu sei, tia. Acredito que isso aconteça.

– Estava na hora de Ana ser cuidada por um médico – ela suspirou levemente e levantou a sobrancelhas para mim.

– Eu só queria ver minha mãe de novo. Curada e em nossa casa.

Seus olhos se arregalaram, e ela se afastou de mim, sentando-se.

– E vai ver. Em breve, você voltará para casa e sua mãe também.

Eu queria acreditar nas palavras de minha tia. Quando o medo tornava a se insinuar em mim, com pensamentos que me incomodavam, eu fechava os olhos, apertava as mãos uma na outra e pensava que eu tinha que aproveitar minha estadia em São Paulo, para o bem de todos e para o meu próprio também.

●

Tia Conceição e eu não tocamos mais no assunto sobre a partida de minha mãe. Ela me ajudava com as tarefas de casa, e finalmente eu consegui ser aprovada de ano sem ficar de recuperação. Além disso, eu sabia que ela queria ficar de olho em mim o tempo inteiro, com medo de que eu não conseguisse superar a saudade.

Tentei ao máximo esquecer meus problemas para viver feliz cada dia ao lado de meus tios em São Paulo. Não era nada fácil, com meu tio sempre me olhando atravessado e nunca demonstrando nenhum afeto, mas eu precisava superar um dia de cada vez.

Dezembro chegou aos poucos, e juntos fomos comemorar o Natal no Parque do Ibirapuera, todo decorado com temas natalinos. Eu e todas as crianças ganhamos bexigas na entrada, o que deixou a festa ainda mais colorida. Papai Noel desceu de helicóptero para entregar os presentes às crianças. Sentado em uma poltrona bem grande, distribuiu os brinquedos, um a um. Eu fiquei encantada com a festa.

Minha tia me acompanhou até a fila. Chegava a hora de pegar o meu presente.

– Olá, qual o seu nome?

Olhei para o homem barbudo, que usava uma roupa vermelha e um gorro da mesma cor na cabeça. Eu poderia jurar que ele preferia se livrar daquela roupa quente, pois o calor da tarde fazia até os meus pés suarem. E olha que eu estava de sandálias. Nem queria imaginar como estavam os pés dele dentro daquelas botas.

Eu me aproximei e olhei para seu rosto vermelho à minha frente. Ele sorria como se fosse um médico antes de aplicar uma injeção. Minha tia segurava a minha mão, e sorria para mim, me encorajando a responder ao Papai Noel.

– Meu nome é Luíza.

– Que nome lindo. – Ele respirou. – Foi uma boa menina? – Balancei a cabeça, afirmando a pergunta. – Então vai ganhar um presente meu.

Olhei para minha tia e sorri.

– Agradeça ao Papai Noel, minha querida.

Olhei para ele.

– Obrigada.

Não pude acreditar que ele tinha mesmo me dado um presente. Pensei por um instante em dizer que não precisava mentir para mim. Mas limitei-me em esperar enquanto ele virava o corpo para pegar o embrulho. Segurei o pacote decorado como se fosse algo de outro mundo. O que para mim não deixava de ser.

Voltamos para nos sentarmos com meu tio no gramado. Ele nem olhou para mim. Continuou conversando com um amigo, como se nada tivesse acontecido.

— Abra, querida — incentivou minha tia. — Vamos ver o que o Papai Noel te deu.

Rasguei o papel do meu presente, nem acreditei.

— É uma boneca! — gritei. — Uma boneca grande, com um vestido florido e um laço vermelho no cabelo! Ai, meu Deus!

Pude ver meu tio parar de falar e revirar os olhos, bufando diante do meu entusiasmo.

— Isso mesmo, minha querida! — Minha tia sorriu. — Uma boneca.

Na verdade, era a boneca mais linda que eu havia visto em minha vida. Era mais linda que a das filhas de dona Iracema. E ainda piscava os olhos, igual à boneca das meninas. Poderia fazê-la dormir de verdade, e ela seria minha filhinha. Minha primeira boneca, e somente minha.

— Que bom que ganhou uma boneca, Luíza, assim poderá presentear sua irmã Marli — tio Edmundo sugeriu, olhando para mim.

— O quê? — Eu ri, totalmente sem graça. Só poderia ser brincadeira do meu tio.

— Estou sugerindo que você dê essa boneca à sua irmã. A coitadinha nunca teve uma boneca de verdade. Só aquelas de sabugo de milho que Ana fazia.

"Presentear Marli?" Será que era isso mesmo que eu tinha escutado do meu tio?

— Onde já se viu? Não vou me desfazer de minha boneca.

— Mas que menina abusada é você Luíza — ele persistiu, sem nenhuma entonação em sua voz. — Acredito que não deveria estar ganhando esse presente. Já é uma moça para ser presenteada com uma boneca, ainda mais pelo Papai Noel.

Aquilo era ofensivo em tantos níveis que as lágrimas ficaram entaladas em minha garganta, junto com as palavras que tive vontade de soltar para meu tio.

Olhei para tia Conceição, sem saber o que dizer. Eu precisava que ela me ajudasse a convencer tio Edmundo de que aquela boneca tinha que ser minha. Meus olhos se encheram de lágrimas. Eu não acreditei no que estava ouvindo.

— Mas, tio, eu ganhei a boneca! — aleguei, tentando suavizar a minha voz. — Ela é minha. — As palavras saíram fracas, e eu odiava estar parecendo desesperada. — Eu também nunca tive uma boneca de verdade. Essa é a minha chance.

Tio Edmundo revirou os olhos.

— Eu sei, mas como já disse, já é uma mocinha. Tem treze anos e não pode mais brincar de boneca. Seja boazinha e a dê à sua irmã.

Não sou mocinha. Não quero ser mocinha. Quero brincar de boneca pelo menos uma vez na vida. Não tenho esse direito? Essa é uma boneca de verdade. Será que meu tio não entende isso? Também nunca tive uma boneca de verdade.

Esperei que tia Conceição me defendesse. Em vez disso, ela apenas tentou me acalmar, alisando minhas costas com as mãos. Os olhos afetuosos me diziam que tudo ficaria bem, mesmo que eu não acreditasse naquilo.

Embora sentisse vontade de gritar para o mundo, colocar meus pensamentos e sentimentos para fora, eu me segurei ao máximo e engoli as palavras com o choro que invadia a minha garganta.

Olhei para tio Edmundo, que imediatamente desviou os olhos de mim. Ele sabia que eu nunca tive uma boneca, aliás, nenhuma das minhas irmãs tiveram, e que era a coisa que mais desejávamos desde pequenas. Ele notou a raiva em meu rosto, então voltou a olhar para o Papai Noel que continuava a entregar os presentes.

Fiquei desolada. Embora com uma vontade incontrolável de chorar, acatei a sugestão silenciosa de tia Conceição. Quem eu era para contestar o que tio Edmundo me dizia? Mais uma vez não tive a tão desejada boneca de meus sonhos. E ela seria de Marli... minha irmãzinha.

Conhecendo o mar

Eu sentia muita saudade dos meus irmãos e das minhas irmãs. Quando pensava em minha mãe, queria voltar correndo para casa, embora soubesse que não a encontraria lá. Queria ter certeza de que estaria bem, e minha irmã Janete também. Chorava muito, sempre à noite, depois de fazer minhas orações dirigidas a Deus para proteger todos aqueles que eu mais amava. Não queria preocupar minha tia e, já que estava ali, queria terminar os meus estudos, tão logo voltar para casa.

Depois do Natal, tia Conceição e tio Edmundo foram convidados pelo Sr. Morgado e a esposa dele, dona Anita, para passarem o domingo na praia. Ele era o dono da fábrica de doces na qual tio Edmundo trabalhava, e tinha uma picape grande e confortável. Sabiam que meus tios cuidavam de mim, e, durante um jantar, tia Conceição havia comentado que eu não conhecia o mar. Tio Edmundo olhou feio para ela, e, mesmo assim, o Sr. Morgado animou-se com a sugestão e combinamos de ir à praia.

No sábado, eu mal dormi de tanta ansiedade que sentia. Só conhecia o mar pelas revistas e quando, às vezes, aparecia alguma imagem na televisão de meu tio, quando ele assistia aos telejornais.

Partimos antes do sol nascer. O rádio tocava uma canção antiga que eu já havia escutado em Juquiratiba e me encostei no assento. A voz suave de minha tia começou a encher o carro, cantando junto outra música que eu não conhecia. Não demorou muito para que eu parasse de olhar a estrada e simplesmente a observasse. Como quando ela estendia a roupa no varal, seus olhos ficavam mais brilhantes enquanto ela cantava suas músicas favoritas, sorrindo ao longo das letras que tanto amava. Voltei a atenção à serra da estrada, avistei o mar.

Meu peito se apertou.

– Nossa, tia! – gritei. – Ele é lindo, imenso... Que coisa mais linda.

Não conseguia nem piscar. O coração disparado, o sorriso aberto, eu era capaz de voar de tanta alegria. Encostei o nariz no vidro gelado do carro e não o retirei dali até perder a bela visão da paisagem.

Olhei em seus olhos, e ela apertou minha mão como se tivesse escutado as batidas frenéticas do meu coração.

– Há mais água no planeta do que terra, Luíza. Mas essa água é imprópria para beber.

– Por quê?

– Você verá, minha querida – sussurrou e tocou o meu rosto com os dedos, afastando os cabelos de minha boca.

Quando chegamos à praia, a primeira coisa que vi foi um barco alto e branco a poucos metros da areia. Mesmo com o dia quente e o céu claro, o vento refrescava a pele. Havia apenas uma nuvem enquanto o sol brilhava a pino, emitindo seus raios sobre a água calma. Tia Conceição preparou o café, arrumando tudo sobre uma toalha de mesa estendida na areia. Fez um bolo de chocolate e um de milho, e colocou tudo arrumado com a faca ao lado para que cada um pudesse pegar seu próprio pedaço. Deixou a garrafa de café ao lado dos copos com o açúcar, e o refresco próximo aos bolinhos de chuva.

Comi bem pouco, pois queria entrar logo naquele mar maravilhoso. Observei as várias famílias espalhadas pela areia fofa. Crianças brincavam e pombas circulavam, esperando pela comida jogada fora. Alguns adultos deitados na areia liam, enquanto outros relaxavam com os olhos fechados, absorvendo o calor do sol.

Tia Conceição havia comprado um conjunto de *shorts* e uma blusinha para que eu pudesse tomar banho de mar. Dona Anita colocou um maiô, bem discreto, tia Conceição ficou de vestido e apenas molhou os pés na água. Tio Edmundo preferiu caminhar com o Sr. Morgado pela areia e conversar sobre os negócios.

Então corri para a água como uma criança feliz. Assustei-me com a vinda da primeira onda e corri para fora. Ficamos assim por um tempo, o mar tentando me pegar, e eu correndo dele. Confesso que me apavorei quando uma onda conseguiu me alcançar e saí pulando erguendo ao máximo as pernas achando que me afogaria, mas então me dei conta de que estava na beirada. A brisa morna soprou meu cabelo sobre meu rosto. Peguei um elástico do meu punho, prendi meu cabelo em um coque alto e avancei um pouco mais para dentro da água. Quando molhei o rosto, veio a surpresa:

– Credo, tia, é salgada. – Não consegui conter uma careta.

– Falei que era imprópria.

Sorri para minha tia e deitei na areia, aguardando a próxima onda chegar para me levar com ela. Ria muito. Gostei da sensação de estar sendo engolida pela areia no retorno das ondas. Senti até um pouco de medo e corri para fora da água.

– Não tenha medo, querida, é assim mesmo! – Minha tia tentava me acalmar o tempo todo, pois tudo era novo para mim, com as várias percepções se misturando em tão pouco tempo.

O sol escaldante das onze horas da manhã nos obrigou a sair para almoçar. Como senti a pele dos ombros arder, tia Conceição passou um pouco de vinagre para aliviar aquela sensação desagradável. Não queria que eu ficasse doente e achou melhor não abusarmos no meu primeiro dia ao mar.

Fomos até o banheiro, trocamos de roupa e, após o almoço em um restaurante à beira-mar, retornamos para São Paulo. Dormi o trajeto todo, sentindo a exaustão da praia pesar em meu corpo, porém muito feliz por ter conhecido o tão lindo mar!

A primeira regra

Não chore, não chore, não chore.

— Ai, meu Deus! De onde veio esse sangue todo? Vou morrer.

Passei o intervalo inteiro dentro daquele cubículo. Senti falta de casa e isso doía fisicamente. Meu coração batia acelerado, meu estômago estava nauseado e era tudo tão injusto. Nunca pedi para ser mandada para cá. Tinha os meus próprios amigos, as minhas irmãs e o meu mundo particular. Queria que alguém tivesse me explicado o que fazer quando o sangue começasse a sair de dentro de mim. Mas não. Ninguém me explicou nada. E talvez eu morresse assim sem saber por quê.

Então o choro veio. Não consegui segurar e chorei alto.

Alguém bateu na porta.

Não. Com certeza ninguém bateu na porta do meu banheiro, afinal eu estudava em um colégio particular de freiras, cercada de garotas egoístas, que jamais me notaram e não notariam a minha presença ali.

Alguém bateu de novo!

— Tem alguém aí? — uma garota perguntou. — Olá, você está bem?

Não, não estava bem.

— Vai embora.

Mas ela chamou novamente, e fui obrigada a abrir a porta do reservado antes que a garota chamasse alguma freira para me socorrer. Uma moça, com os lábios rosados, cabelos longos e negros bem penteados aguardava do outro lado, olhando para mim. Ela era alta, olhos castanhos e usava brincos de pérolas.

– Você está bem? – Sua voz era suave. – Eu sou Estela. Sou da oitava série. Talvez eu possa te ajudar.

– Acho que não. Acho que ninguém poderá me ajudar...

– O que aconteceu? – Ela me olhava confusa, como se não entendesse nada do que eu queria dizer.

– Bem... É que eu fiz xixi de sangue – sussurrei, ainda apavorada.

Estela sorriu para mim.

– Também chorei quando fiquei mocinha. – Ela balançou a cabeça, pensou por um momento e depois acrescentou: – Fique calma, minha querida, é normal. Sua mãe não te explicou nada sobre menstruação?

– Não.

– Tudo bem, vou tentar resumir. Esse sangue você terá todo mês e poderá durar de três a sete dias.

– Tudo isso?

– Sim. Vai saber só nos próximos meses de quantos dias é o seu ciclo. Em média, terá um intervalo de vinte e oito dias entre um ciclo e outro.

Olhei, desconfiada e confusa. Estava com várias dúvidas, mas fiquei com vergonha de perguntar àquela garota tão simpática e amiga.

– Quer saber de algo mais? – Estela percebeu a minha ansiedade. Aliás, qualquer pessoa perceberia.

– E o que faço para que o sangue não escorra nas minhas pernas?

Ela sorriu.

– É só se proteger com toalhinhas higiênicas. De pano. É melhor você conversar sobre isso com sua mãe.

– Não moro com ela, moro com minha tia.

– Então o que vai te ajudar é conversar com sua tia. Não tenha medo, todas as mulheres passam por isso e ela, com certeza, já passou.

– Tem certeza?

Estela sorriu.

– Sim. Não se preocupe. Não é primeira e nem será a última.

Suspirei. Um alívio quase imediato me invadiu.

– Obrigada, Estela.

– Qual é o seu nome?

– É Luíza.

– Muito bem, Luíza. Se quiser, amanhã eu te explico melhor.

– Tudo bem. Obrigada.

Eu me atrapalhei com a bolsa. Duas garotas mais velhas ficaram paradas no canto do banheiro, rindo e cochichando. Meu coração apertou e meu estômago deu um nó novamente quando o sinal tocou. Eu tinha que voltar para a sala de aula. Era o fim do intervalo.

Ainda com o problema do sangue, torci para que só um pedaço de papel pudesse me ajudar até eu voltar para casa. Tinha que rezar para dar certo, ou o colégio inteiro ficaria rindo da garota que não sabia o que era menstruação.

•

Cheguei chorando em casa, e contei tudo à minha tia.

– Ah, minha querida! Sei que eu deveria ter tido essa conversa com você antes, mas é que eu não esperava que fosse acontecer tão cedo. Você ainda é uma menina!

Uma menina que não pode nem ter uma boneca...

– Depois que tomar um banho, vamos ter uma longa conversa sobre esse assunto. – Ela sorriu, o que acentuou as rugas em volta dos olhos. – Tenho que te ensinar a ser uma mulher cuidadosa com a sua higiene. Não se preocupe, pois é bem simples, mas vai exigir um pouco da sua dedicação.

Depois do banho, eu me olhei no espelho e notei algumas mudanças em meu corpo. Os seios estavam salientes, a cintura mais fina e o corpo com forma de mulher. Enquanto me vestia, uma agulhada no abdômen me incomodou o suficiente para pedir ajuda à minha tia.

– É normal, minha querida. Isso acontece todos os meses.

Ela preparou um chá bem quente e forte para mim e recomendou:

– Luíza, tome antes que esfrie e procure ficar de meias para não pegar friagem.

Balancei a cabeça e obedeci, com a expectativa de ficar boa novamente o mais rápido possível.

No outro dia, encontrei Estela no pátio durante o recreio e contei que minha tia havia me ajudado bastante em casa.

– Eu disse que ela te ajudaria.

– Obrigada, Estela, não sei o que seria de mim sem você para me socorrer. – Eu a abracei, sentindo que seríamos grandes amigas por muito tempo.

•

Dois anos mais velha do que eu, Estela se tornou minha amiga desde o primeiro instante em que nos falamos. Ela namorava Jean Carlo, um cantor de música da Jovem Guarda que trabalhava em bares nas noites nos finais de semana. Jean era amigo de Wilson Miranda, meu ídolo da rádio. Quando soube que Jean se encontrava com Wilson, não resisti e pedi à minha amiga que me trouxesse uma foto autografada para mostrar às minhas irmãs. Todas nós éramos fãs apaixonadas por suas músicas.

– Será que consegue a foto, Estela? Eu adoro Wilson...

– Vou tentar, vou pedir a Jean. Tenho certeza de que ele não irá me negar uma foto.

Depois de quinze dias, estava com a foto de meu ídolo em minhas mãos. Dormia com a imagem dele debaixo do travesseiro e, durante o dia, guardava em uma caixa, bem longe dos olhos de meu tio. Escrevia cartas de amor para ele, como se o conhecesse e fosse encontrá-lo a qualquer momento. Não queria nem pensar que ele jamais saberia de minha existência. O amor platônico me consumia, e eu era feliz dessa maneira.

Um dia, voltando da escola, notei que alguém na esquina me observava. Imediatamente fiquei consciente das pernas e da sua capacidade de tremerem. Eu me lembrei de algumas vezes, enquanto varria a frente da casa de minha tia, ou quando chegava do colégio, tê-lo visto passar por ali e entrar naquela casa, mas nunca o tinha visto tão de perto.

De repente, eu me vi andando na direção dele. Talvez eu estivesse sorrindo, fingindo não estar abalada pelos olhos intensos que agora eu sabia que me examinavam enquanto eu caminhava pela calçada. Ou por notar seus cabelos castanhos bem cortados, ou ainda por ver seu sorriso encantador que eu sabia que era para mim.

– Oi! – Sua voz rouca fez meu coração dar uma volta e meia dentro do peito.

Apressei o passo para não falar com ele. Eu não podia falar. Deus me livre se meu tio me pegasse ali na porta conversando com um garoto desconhecido. Nem imagino o que seria capaz de fazer comigo.

Mas, antes que eu conseguisse chegar até o portão de casa, ele saltou à minha frente e me fez parar. Eu o encarava porque não sabia o que de fato eu tinha que fazer.

– Não tenha medo, só quero conversar! – disse o garoto com a voz suave, lançando um sorriso carismático. Seus olhos exploravam meu rosto e a cada piscada eu esquentava um pouco mais.

Olhei para minha casa, torcendo para que meus tios não me vissem ali.

– Não estou com medo de você, mas do meu tio. – Eu dei de ombros.

– Como você se chama? – ele perguntou.

– Luíza, e você?

– Ismael.

Seus olhos brilhavam ao fitar os meus. Seu sorriso suave e maroto enchia meu peito de ansiedade. Os cabelos castanhos e lisos caíam na testa com um certo charme. Os olhos amendoados e escuros, contornados por sobrancelhas grossas e negras, conferiam ao seu rosto de menino um ar másculo.

Dez minutos atrasada! Tio Edmundo vai me matar.

— Luíza. — Estremeci com a voz grave de meu tio vinda do portão. — Entre, agora mesmo!

Ai, meu Deus.

Meu tio.

Tio Edmundo!

Merda.

Um passo para trás.

Parecia que eu havia adivinhado que iria me castigar por causa de uma inocente conversa.

Vi que, do portão de nossa casa, se controlava para não vir até mim e me dar um corretivo daqueles. Talvez tivesse se lembrado de que não era meu pai e não poderia tomar esse tipo de atitude.

Quando cheguei ao portão, avistei uma expressão nada agradável o meu pior castigo.

— Pode arrumar suas coisas — disse ele, dando as costas para mim.

Cobri a boca com as mãos completamente horrorizada.

— Que coisas? — perguntei, confusa.

— Pegue tudo o que é seu, vou te levar para casa.

Eu enrijeci, dando um passo atrás, olhando meu tio ficar cada vez mais vermelho.

— Mas por que, tio? O que fiz?

Ele levantou as mãos, agora com a fúria estampada em seu rosto.

— Se pensa que vou ficar aqui vendo você namoriscando, está muito enganada. Vou te levar agora mesmo para seu pai lhe dar um bom corretivo.

Ao terminar de falar, virou-se e foi direto para o meu quarto. Corri atrás dele com medo de que mexesse em minhas coisas e achasse a minha caixa de cartas. Tarde demais.

Abriu meu guarda-roupa e encontrou a caixa onde estavam guardados todos os meus pertences escritos. Tinha cartas de minhas irmãs, cartas que escrevi aos meus ídolos e a foto do Wilson Miranda, autografada. Meu tio pegou tudo e começou a rasgar.

— Sabia que não prestava. Você é uma rapariga mesmo.

Fiquei paralisada. Apenas as lágrimas escorriam pelo meu rosto. Milhões de conflitos passaram por minha mente: não podia brincar de boneca porque era mocinha, mas também não podia namorar porque era criança. Não sabia o que fazer, como agir; estava perdida, sem referências. Esperei meu tio sair do quarto e fui arrumar minhas coisas. Tia Conceição nada disse, apenas me ajudou a organizar tudo.

— Eu sinto muito, minha querida — ela sussurrou, deixando lágrimas escorrer.

Foi quando eu comecei a chorar. Minhas lágrimas chegaram em meio a soluços altos e, quando comecei, não conseguia mais parar.

— Tia, não fiz nada. Juro pelos meus irmãos.

— Eu sei, minha querida, mas não posso contrariar seu tio. Ele é assim mesmo.

Quando todas as minhas coisas já estavam dentro do jipe, tia Conceição me abraçou e abençoou nosso retorno ao lar. Eu ainda chorava, pois não queria deixar minha tia só. Por outro lado, uma onda de felicidade em saber que logo estaria junto de meus irmãos me invadiu, e eu consegui sorrir. Nem tive tempo de me despedir de minha amiga Estela. Pedi muito a Deus que sempre a abençoasse e a fizesse feliz. Por um bom tempo senti muita saudade da minha melhor amiga de São Paulo. Nunca mais a vi, mas em meu íntimo jamais me esqueci daquela amizade tão bonita e querida.

Voltando para casa

O retorno para casa foi bem cansativo e demorado. Meu tio não me dirigiu sequer uma palavra, e o caminho parecia bem mais longo do que quando viemos. Sem ninguém para conversar, o que havia sido uma viagem prazerosa na ida, tornou-se um massacre na volta. Quando estávamos quase chegando, meu tio me trouxe uma novidade:

— Seu pai se mudou de Juquiratiba.

Ele passou a mão pelo cabelo grisalho, do mesmo jeito que meu pai fazia quando se sentia um pouco ansioso.

— Como assim? — Fui surpreendida pela notícia dada de supetão.

— Foi para Cerquilho. Conhece? — Vi um sorriso ali em seu rosto. Um sorriso que me fez gelar a espinha.

— Não.

De repente, o frio na espinha se espalhou pelo meu corpo todo, se instalando em meu estômago. Como mudaram e nem me disseram nada? Talvez tivesse sido por aqueles dias, e minhas irmãs não tiveram tempo para me escrever.

— Desde quando se mudaram? — perguntei, com meu coração disparado e minha mente dando voltas.

— Faz dois meses. Sua irmã te escreveu, mas esqueci de te entregar a carta.

Era impressionante como o cinismo de meu tio ficava explícito em suas palavras. Que homem ruim! Como poderia ser tão maldoso comigo? O fogo tingiu meu rosto de raiva. Ele sabia que a coisa mais importante durante minha estadia em São Paulo era ficar informada sobre tudo o que acontecesse com minha família. Até isso ele me tirou, o direito de ser feliz e ter momentos de felicidade. Pensava e repensava, tentando achar uma justificativa para o sentimento de raiva que ele nutria por mim, mas não encontrava nenhuma resposta.

Quando chegamos à cidade, gostei muito do que vi. Ainda pequena, porém bem maior do que Juquiratiba. Na rua principal, toda coberta de paralelepípedo, logo vi o comércio com algumas lojas de roupas, calçados e bares. Tinha uma sapataria, uma loja de móveis e uma pequena livraria. A igreja matriz, ampla, branca e com duas torres laterais, ficava em frente à praça central, um local totalmente arborizado e florido, com canteiros verdes e um pequeno lago artificial no centro.

Logo que passamos pela linha do trem, o sino da igreja soou seis badaladas. A estação foi o que mais me chamou a atenção. Era vermelha e bem pequena, mas tinha um certo charme colonial, diferente da estação de minha cidade natal, bem mais rústica, cinza e fria.

Ao parar o jipe, meu tio logo buzinou. Todos vieram nos receber no portão, menos meu pai, claro. Ele observava tudo de dentro da loja e só veio cumprimentar o irmão quando todos entraram. Nem ao menos disse um "oi" para mim. Nem liguei. Fui recebida com grande festa, abraços e beijos carinhosos de meus irmãos, nem senti a falta de mais nada, além da minha mãe, é claro.

Meus irmãos haviam crescido. Geraldo, agora com nove anos, cada vez mais parecido com minha mãe, e Paulo, com sete, cada vez mais parecido com meu pai. Marli, com cinco, parecia uma boneca, falava tudo direitinho. Aquilo me fez lembrar que a boneca que tinha ganhado no parque do Ibirapuera seria dela.

— Trouxe um presente para você — disse, assim que nos abraçamos.

— Um presente? — Os olhos de Marli reluziam.

— Um presente que o Papai Noel deixou comigo para te entregar.

— Conheceu o Papai Noel? — ela perguntou, tão surpresa como eu fiquei quando recebi a boneca.

Aquilo sim era felicidade. Eu deveria saber que dar a boneca à Marli não seria tão ruim como imaginei. Aliás, foi incrível ver a felicidade estampada no rosto de minha irmãzinha.

Por um momento até concordei com meu tio. Eu era uma mocinha, e Marli merecia sim aquela boneca mais do que eu.

Gostei muito da casa nova. Na frente, havia um salão, onde meu pai montara sua nova loja, com o nome de *Claide*. Não vendia mais alimentos, somente eletrodomésticos, bicicletas, relógios e máquinas de costura. Fiquei sabendo que estava indo muito bem na cidade nova. A casa era branca, com um portão lateral para entrada de carros que dava acesso à porta da cozinha. O quintal ficava ao lado da garagem.

Vários pés de frutas, como laranja, manga e jabuticaba, arborizavam o quintal. Logo que entrei, notei o fogão a lenha próximo à janela e, ao lado da geladeira, uma mesa com quatro cadeiras de ferro no centro e um armário para guardar utensílios e mantimentos. Na parede, a imagem de Nossa Senhora Aparecida fazia parte da decoração. Ao lado da cozinha, ficava a sala de jantar, com uma mesa de madeira comprida, decorada com um caminho de mesa de crochê, sobre a qual repousava a fruteira de louça com algumas bananas e laranjas. Oito cadeiras entalhadas em madeira com temas florais e uma cristaleira com várias peças que minha vó Mercedes trouxera de Portugal e dera ao meu pai.

O chão da casa inteira era de assoalho encerado para manter o brilho. Fiquei admirada com a limpeza e o capricho, diferente do meu lar antigo, onde nada ficava limpo e arrumado. Isabel e Rita haviam aprendido muito com tia Conceição e garantiam tudo o que sabiam na ordem de cada ambiente. Ensinaram tudo a Alice e as três organizavam muito bem a casa.

Três quartos bem grandes, sendo o primeiro com quatro camas, uma cômoda e um guarda-roupa próximo à janela.

– Esta cama é a sua, Luíza. Não deixei ninguém dormir nela enquanto você não estava aqui. – Isabel me abraçou com carinho.

O segundo quarto, um pouco menor do que o primeiro, tinha três camas e uma cômoda.

– Este é o quarto dos pequenos. Ainda bem que ninguém me dá trabalho para dormir! – Isabel deu um sorriso, e piscou.

Quando minha mãe foi morar com meu avô, Isabel passou a administrar a casa com muita responsabilidade.

– Isabel, você aprendeu a se virar bem.

Ela apenas balançou a cabeça, em concordância.

– Aos poucos vamos nos adaptando.

– Nossa, Isabel! Esta casa é grande mesmo!

Minha irmã sorriu e me mostrou o quarto de nosso pai. Era o menor, com apenas uma cama e um guarda-roupa de duas portas.

– O pai não quer ninguém aqui nesse quarto. Entro apenas para limpar.

O banheiro, maior que a cozinha, tinha uma banheira de louça branca enorme combinando com a bacia, o bidê e a pia. Todas as torneiras e registros eram dourados.

Seguimos até a sala, onde notei duas portas. Uma dava acesso à rua, e outra, à loja. Um sofá pequeno de couro marrom, uma mesa de centro de madeira, decorada com uma toalha de crochê branca, e um vaso com flores. No canto, havia uma mesa com uma televisão em preto e branco que quase não era ligada, pois meu pai tinha medo que quebrasse. Gostei muito de meu novo lar, mas senti falta de duas pessoas.

– Isabel, como está a nossa mãe?

Em um suspiro, ela respondeu:

– Ela saiu o mês passado do hospital, está morando com o vô Cardoso em Piracicaba.

– Quando a veremos?

Isabel abaixou os olhos e disse num fio de voz:

– Acho que vai ser difícil, Luíza – disse cautelosamente. – O pai nos proibiu.

Meus olhos se arregalaram.

– O quê? Mas...

– Disse que quem o desobedecer pode levar a mala junto e não voltar mais.

Minha irmã estendeu a mão e cobriu a minha com a dela. Eu a observei sem pensar direito. Então as verdadeiras consequências do que minha irmã me dizia começavam a entrar em meu cérebro.

— Não — eu disse sussurrando, sabendo que meu pai não faria isso comigo. — Nossa, Isabel, eu não acredito! Ele não pode fazer isso...

Olhei para ela, vendo a dor tomar seu rosto.

— Eu sei, Luíza.

Em silêncio, no mais profundo sentimento de tristeza compartilhado, me lembrei dos momentos alegres que vivemos em Juquiratiba, junto à minha mãe. Tentava lutar contra a raiva que me rasgava por dentro. *Como podia fazer isso comigo? Ele sabe o quanto eu preciso ver minha mãe!*

Eu tremia ao me sentar no sofá e sentir os braços de minha irmã ao meu redor. Então, chorei, impotente diante daquela situação, imaginando a vida da minha mãe longe de todos nós. Senti o estômago virar só de pensar que não a teria mais ao meu lado, segurando minha mão e sorrindo para mim.

Mal pude respirar.

Minha mente disparou, buscando ideias de como eu poderia visitar minha mãe sem que meu pai descobrisse. Pensei em cada possibilidade, mas conhecia meu pai. Quando ordenava algo, nada o fazia mudar de opinião. Tudo indicava que eu não veria mais minha mãe.

O chamado de meu pai, vindo da sala de jantar, me assustou. Olhei para minha irmã, enxuguei as lágrimas e corri para lá.

•

— Eu sei, Edmundo, eu sei. — Eu ouvia a voz do meu pai, mas parecia que vinha de um poço bem fundo. — Ela está dando trabalho agora, mas vai passar. É só uma fase.

— Mas e se não passar?

Foi quando eu entrei na sala de jantar e dei de cara com meu tio que notei o tanto de raiva que seus olhos expressavam. Com certeza, contou o incidente de São Paulo sobre meu encontro com Ismael na esquina de casa. E claro que suas palavras estavam tingidas de calúnias e exageros.

— O que aconteceu em São Paulo, Luíza? — Meu pai olhou para mim. Olhei a porta aberta de acesso à cozinha. Eu queria ignorar a presença dele ali, ainda mais depois de saber que nos proibiu de ver minha mãe. Mas eu não podia confundir as coisas, muito menos tocar nesse assunto naquele momento. – Estava namorando um rapaz?

– Não, pai. Não era namoro nenhum. Foi tudo um mal-entendido. – Eu o encarei. – O tio não me deixou explicar...

– Espere aí, mocinha, você estava de namorisco, sim. Está me chamando de mentiroso? – Senti meu tio endurecer ao meu lado, fazendo-me olhar em sua direção. Ele observava meu rosto com uma expressão de raiva. Meu estômago revirou ainda mais.

– Claro que não, tio – insisti. – Eu só queria me explicar e o senhor não deixou. Aquele garoto era o vizinho, e apenas nos apresentamos, nada mais. Eu até disse que precisava entrar que o senhor não gosta dessas coisas. Quando apareceu eu já estava entrando.

Tio Edmundo agora com a face vermelha de tanta raiva, me fuzilava com os olhos. Eu conseguia ver neles a boa surra que desejava que meu pai me desse. Mas duvidava que me bateria.

– Vá para o seu quarto, Luíza – ordenou meu pai.

Mas eu não fui. Fiquei atrás da porta ouvindo o restante da conversa.

– Edmundo, não ligue para essa juventude, estão todos perdidos.

– Acho que a menina lhe dará muito trabalho, Antônio. Ainda mais com um pai que não lhe dá um bom corretivo.

Meu pai suspirou.

– Vamos jantar, meu irmão. Já está ficando tarde e acho que você tem que descansar. Sua viagem de volta pela manhã será bastante longa.

Durante o jantar, o clima continuava ruim. Meu tio me olhava feio e, sempre que podia, indiretamente falava algo sobre mim. Eu já me sentia até culpada por tudo o que fiz, mesmo não tendo culpa de nada. Ouvi alguém entrar no corredor atrás de mim, arrastando o chinelo. Foi quando me virei na cadeira e vi Geraldo surgir na porta da sala de jantar dentro de um vestido de Alice. Ele parecia uma menina arrastando a barra do tecido pelo chão da casa. Isabel, de longe, tentou disfarçar, mas não conseguiu.

– O que é isso, Geraldo? – ela perguntou, enquanto se levantava da cadeira e segurava delicadamente a mão dele. – Vamos trocar de roupa e colocar uma que seja sua. – Ela o guiou para o corredor. – Eu já te disse que isso não se faz. Você é menino e não menina – disse, levando-o para dentro do quarto.

Não consegui conter o riso. Virei a cabeça para o rosto de Alice, sentada ao meu lado, procurando respostas, mas ela não me olhou de volta. Ficou em silêncio. Olhando para o prato e, segurando um riso ali, ela me explicou:

– Desde que nos mudamos, Geraldo está com essa mania. – Ela olhou para mim. Sua expressão ainda suave com a confusão. – Ele chora quando tiramos o vestido.

– Mas por que, Alice? – Meu sorriso sumiu aos poucos. O dela também.

– Eu não sei. – Alice balançou a cabeça movendo os ombros. – Talvez por ser o primeiro menino depois de quatro meninas, e todas nós usamos vestido. Acho que ele também quer usar para ficar igual a nós.

Eu concordei com a cabeça sem saber o que poderia dizer para ajudar. Tio Edmundo mantinha sua expressão de horror com a cena de meu irmão. Meu pai tentou disfarçar, mas o seu embaraço era evidente. Começou a falar de outros assuntos e não quis comentar o ocorrido.

– Acha que vai conseguir controlar seus filhos sem bater neles, Antônio?

– Não sei, Edmundo. Simplesmente não sei.

Enquanto eu levava a louça para a cozinha, pensei sobre isso. Mas eu não sabia por que meu pai havia mudado tanto. Ele não era mais aquele homem autoritário, frio e insensível que eu convivi por anos antes de partir. Apertei os olhos com força e rezei. Rezei com vontade ao enxaguar a louça para que essa calma toda tocasse em seu coração e nos deixasse ver nossa mãe mais uma vez. Eu precisava revê-la, nem que fosse por alguns minutos.

A volta ao colégio

Naquela semana, fui com Isabel até o Ginásio Estadual Presidente Arthur Bernardes para fazer a minha matrícula. Precisava retomar os estudos. Já que cursava a sétima série, o Ginásio seria o meu destino.

Por todos aqueles dias, colocamos alguns assuntos em dia, contando cada detalhe de minha estadia em São Paulo, enquanto minhas irmãs me contavam como fora difícil quando nossa mãe fora embora. Vi a tristeza no olhar de cada uma, e a lembrança do carinho da minha mãezinha me iluminava o cérebro. Era como se os sentimentos mortos tivessem sidos reanimados. Eu ainda podia sentir seu cheiro, a suavidade de seu toque, o calor de seu carinho. Cada detalhe ardia em minha mente como a chama de um grande tesouro.

Ao chegarmos na secretaria do colégio, deixei minha irmã conversar com a senhora que nos atendeu. Isabel afastou o cabelo do rosto. Minha irmã estava ainda mais linda. Vi como esse período que ficara fora lhe fizera bem, pensei em meu próprio rosto, e me perguntei se ficaria tão bonita como ela, com seu cabelo ondulado na altura dos ombros, seu olhar expressivo e seu nariz bem feito. A cor de pele era igual à da minha mãe, diferente da minha, que era branca como a do meu pai.

— O uso do uniforme é obrigatório. — Voltei a atenção à secretária que explicava através do guichê. — Camisa branca, uma saia de pregas xadrez vermelha, meias brancas até os joelhos e sapatos pretos bem engraxados. Nos dias de frio é obrigatório o uso do casaco de feltro da escola, também vermelho.

— Tudo bem, vamos comprar — disse minha irmã, pegando o dinheiro no bolso do vestido.

— Ótimo! Todo o uniforme é encomendado, e mandamos fazer na costureira. Vai deixar pago?

— Sim, quanto fica?

A mulher lhe entregou o valor escrito em um papel. Logo vi sua expressão preocupada, quando Isabel contou o dinheiro.

— Luíza, acho que não vai dar para comprar tudo.

A voz de minha irmã soava bem apreensiva. Eu só não conseguia entender o motivo daquela tensão toda.

— Tudo bem, deixe o casaco que depois eu peço ao pai o dinheiro, e amanhã, antes da aula começar, eu venho aqui e encomendo.

— Mas será que não vai achar ruim? — murmurou ela, olhando para a moça que ainda estava parada no guichê nos observando.

— Ruim? Por quê? — perguntei, com uma sensação estranha no estômago.

Minha irmã cruzou os braços na frente do corpo.

Sei lá. O pai anda cada vez mais mesquinho. — Ela deu de ombros. — Bem, talvez você consiga negociar com ele e fechar em um acordo.

— Tenho certeza. Não posso passar frio na escola. Ele não tem motivos para não me dar o dinheiro para comprar um casaco.

Eu disse isso com absoluta convicção. Isabel franziu a testa, depois olhou além de onde eu estava, como se pensasse em algo.

— Só posso te desejar boa sorte, Luíza — ela suspirou. — Bem... É só o que posso fazer.

Mas o que será que minha irmã quis dizer com isso? É só o dinheiro para um simples casaco. Meu pai tinha muito dinheiro. Não precisava se preocupar com alguns trocados.

No caminho para casa, percebi que minha irmã queria me contar algo novo. Eu a conhecia bem para saber que seu rosto não ficava vermelho só com a caminhada até nossa casa.

— Pode me contar — eu disse.

Isabel se virou para ver que eu estava de olho nela, com um sorriso enorme no rosto.

– Contar o quê? – Ela olhou confusa para mim.

– Ah, não me venha com essa. Eu te conheço e sei bem que quer me contar alguma coisa. Algo que eu ainda não estou sabendo.

Ela desviou o olhar, depois pegou minhas mãos.

– Estou namorando! – Ela riu e começou a pular dando gritinhos de alegria.

– Como assim? Quem é o rapaz? – Apertei suas mãos e paramos de pular.

– Ele se chama Carlos. Estamos juntos há três semanas. Estou tão feliz, Luíza.

– Seu primeiro beijo, como foi? – perguntei, ansiosa por cada detalhe.

– Meu Deus, parecia uma idiota. Não sabia como beijá-lo, mas deixei a boca aberta e foi.

– E o pai já sabe? – perguntei, convencida de que não seria nada fácil para minha irmã. – Quero dizer... Não sobre o beijo, mas sobre o namoro.

– Ainda não, mas logo ele vai saber.

– Que bom, minha irmã. Tomara que dê certo.

– Vai dar, sim. Tenho certeza.

•

O ar estava frio naquela época de agosto, e pairava o cheiro de fumaça das queimadas da cana. Vi meu pai através da porta da loja e hesitei. Não sei qual seria a sua reação assim que eu pedisse o dinheiro para o casaco e, por um segundo, senti medo. As palavras de Isabel martelavam minha cabeça, enquanto eu tentava acreditar que meu pai não se recusaria a me dar alguns trocados para um casaco idiota do colégio. Ainda assim, eu temia que minha irmã pudesse estar certa de que ele fosse me negar, mesmo sabendo que sem o casaco eu sofreria horrores na época do frio.

Depois que retornei para casa, notei que meu pai se tornou um homem mais calado e sempre nos olhava de forma especulativa, talvez analisando se nosso comportamento estava de acordo com o que ele achava certo ou não. Acho que sabia que sentíamos falta de nossa mãe, mas, mesmo assim, éramos proibidos de citar seu nome dentro de casa. Respirei fundo e fui direto falar sobre o uniforme.

– Pai, preciso de mais dinheiro para o casaco da escola. Estamos em agosto, e o frio ainda está intenso.

Ele olhou para mim incrédulo.

– Mas eu dei o dinheiro a Isabel.

O olhar que me dirigiu foi acusativo. Depois, virou-se para o balcão e continuou a limpar a prateleira, ignorando completamente a minha presença. Fui atrás dele, meio que tropeçando nas peças da geladeira espalhadas pelo chão. Eu sabia que meu pai iria me ignorar. No entanto, naquele momento, precisava o convencer sobre a importância do uso do casaco no colégio para mim.

– Eu sei, pai, mas não foi o suficiente para comprar todo o uniforme. – Eu o encarei e sorri confiante. – Faltou o dinheiro do casaco...

Ele se virou, olhando rapidamente para meus olhos.

– Poderá usar qualquer casaco de suas irmãs. Não preciso te dar mais dinheiro.

Ele continuou a limpar as peças da geladeira e a ajeitá-las na prateleira.

– Não posso usar qualquer casaco. Tem que ser de feltro vermelho encomendado no colégio. Não é tão caro assim.

Dei de ombros, não entendia afinal qual era o problema.

Meu pai franziu a testa.

– Claro que é caro, Luíza. – Bateu a mão no balcão me fazendo pular com o som assustador. Alisou os cabelos para trás com os dedos como costumava fazer quando ficava nervoso com minha mãe nas vezes que ela bebia demais. – Tudo custa dinheiro.

– Não precisa ficar irritado. – Tentei manter a voz macia e lisonjeira. – Eu só preciso completar o valor do troco que sobrou. Não é muito... O senhor não quer que eu fique doente na escola, quer?

Meu pai chegou mais perto, o que fez meu sangue gelar.

– Não tenho dinheiro para comprar porcaria de casaco algum!

– O quê? – perguntei, assustada. Agora sentindo que talvez seria melhor eu sair dali ou ele poderia muito bem me bater.

– Quer mesmo que eu responda? – ele disse, com a voz mais grave.

Eu ri, pois não acreditei que faria isso. Minhas mãos tremiam. Ele viu que eu não gostei do jeito que falara comigo, e percebi estar tão tensa que meu rosto queimava. Foi a primeira vez que o vi parecer ligeiramente desconcertado comigo.

– Não estou pedindo nenhum dinheiro que não tenha. O senhor poderá ir comigo na escola se acha que estou mentindo. Eu só quero ir para o colégio sem ficar doente.

Enfrentei seu olhar por mais tempo do que ele poderia esperar.

– Pois não tenho o dinheiro do bendito casaco – sussurrou e suas palavras entraram em mim como uma navalha fina e afiada. – Se quiser, poderá parar de estudar, e assim resolvemos esse problema.

Juro que ouvi o meu coração bater. Não conseguia explicar o que acontecia comigo naquele instante, pois não sabia controlar meus músculos. Era como se eu tivesse sido atingida de uma só vez por todas as coisas que ele já havia dito ou feito que me magoaram.

– Então não vai me dar o dinheiro para comprar o casaco vermelho?

Encostou-se no balcão e olhou calmamente para mim.

– É isso mesmo que você ouviu. Se acha que vai ficar doente, fique em casa de uma vez, e estamos resolvidos.

Senti um ódio muito grande de meu pai. Como assim, não tinha dinheiro? Ele era rico, e um mísero casaco não iria lhe fazer falta nenhuma.

Ele captou minha expressão de surpresa mal controlada, e vi que aquilo lhe deixava perturbado. Talvez fosse o suficiente para saber que eu não desistiria de nada em minha vida.

– Como eu queria que minha mãe estivesse aqui.

Senti minhas bochechas esquentarem, e meu cabelo, preso em uma trança pequena, parecia elétrico. Formigava na minha nuca.

Meu pai virou-se para mim. Seus olhos castanhos ficaram opacos, um mar congelado. O tique saltou em sua mandíbula, em um estremecimento.

– O que foi que disse?

Pisquei.

– Minha mãe me ajudaria a conseguir o casaco, não me deixaria passar frio como o senhor quer que eu passe.

– Não ouse citar aquela mulher aqui...

Minhas mãos tremiam. Não conseguia disfarçar a amargura e raiva em minha voz.

– Não vou discutir com o senhor minha opinião em relação à minha mãe.

– Se ousar ficar falando dela... – Ele cerrou os punhos, e eu jurava que fosse me bater. – Saia daqui, Luíza, antes que eu perca a cabeça.

– Se quer saber, vou à escola no frio. O senhor não vai me impedir de estudar. Em minha vida, mando eu!

•

Sofri com o inverno no colégio. Já nos primeiros dias, minha cabeça começou a doer, e logo senti na pele as consequências do frio que me fazia tremer. Eu vestia uma blusa até chegar à porta da escola e, quando entrava, guardava dentro da bolsa para não sofrer punição. Para tentar amenizar o frio, me contorcia muito pelos corredores, principalmente durante o recreio.

Na mesma semana em que comecei a estudar, encontrei a vizinha Adelaide bem na esquina. Nós nos conhecemos um dia depois de eu ter chegado de São Paulo e não foi difícil nos tornarmos amigas. Como sua mãe morava em um sítio afastado de Cerquilho, Adelaide residia com sua tia, dona Odete, perto da casa do meu pai. Ruiva, magra, de olhos claros, com pequenas sardas charmosas no rosto. Mesmo com as pernas tortas em formato de ferradura, não tinha complexo algum. Eu gostei dela desde o primeiro instante que a conheci.

Ganhei um resfriado terrível e percebi que Adelaide me olhava com atenção, quando dei um espirro bem alto.

— Que saco! — Peguei o lenço na bolsa e assoei forte o nariz.

— Ih, Luíza. É melhor tomar um chá de alho com suco de laranja. — Aproximou-se de mim, antes que eu entrasse em casa. — Essa gripe não está com cara de que vai melhorar tão cedo se você não tomar um bom chá.

— Nossa. Parece ser horrível essa gororoba. — Fiz uma careta, imaginando o gosto ruim em minha boca.

— É melhor do que ficar com essa gripe e soltando vírus para cima de mim.

— Não vai resolver nada eu tomar esse chá. Só vou melhorar da gripe quando parar de tomar friagem na escola.

Ela olhou para a minha blusa azul.

— E por que não usa o casaco do uniforme? É simples...

— Seria simples, se eu tivesse um. Meu pai prefere que eu pare de estudar a me comprar o bendito casaco.

Ela olhou para mim por um bom tempo. E, então, ajeitou os cabelos ruivos atrás do ombro e disse de uma vez:

— E se você viesse trabalhar na colheita de algodão comigo? Trabalharemos no período da tarde, e não vai prejudicar os estudos. O que acha? Assim poderá juntar dinheiro para comprar o casaco da escola.

Arregalei os olhos.

— Seria perfeito. Com o casaco, posso acabar com esse bendito resfriado. E o melhor, sem precisar me humilhar para meu pai.

— Então vou falar com a minha tia. Se der certo, você já começará amanhã. Isso é, se estiver melhor da gripe.

Fiz uma careta me lembrando do chá de alho com laranja.

Consegui o dinheiro apenas no fim do ano, quando o verão chegou, mas comprei o casaco mesmo assim. No inverno seguinte, não iria sofrer tanto com o frio e nem com uma gripe como aquela.

Meu primeiro baile – 1963

— Luíza? — Isabel, encostada no batente da porta do nosso quarto, olhava séria para mim. — Não acredito que você vai fazer isso!

Depois de pintar as unhas de vermelho, ajeitar meus cabelos no Chanel perfeito com bobs e experimentar o vestido ideal para aquela noite, finalmente dei atenção à minha irmã.

— Nem adianta me olhar desse jeito — soltei, ainda ajeitando meu cabelo. — Eu vou ao baile e pronto! Trabalhei meses, colhendo algodão para que não precisasse do dinheiro de ninguém. Já comprei meu convite e não tem nada que me faça mudar de ideia.

Ela virou-se e foi até a sua cama, sentando-se na beirada.

— Só tem dezesseis anos, menina. — Balançou as mãos no ar como se quisesse me explicar algo bem grandioso.

— O suficiente para saber me cuidar muito bem. Adelaide vai comigo. Não se preocupe que o pai não vai ficar sabendo de nada disso. Principalmente se não contar.

Ela desviou o olhar para a porta, mas logo voltou para mim.

— Mas, Luíza, como vai fazer para ficar a noite toda fora de casa sem ele perceber? — ela sussurrou, inclinando o corpo para a frente, facilitando que eu a ouvisse melhor. — Está louca, só pode ser!

— Não. — Coloquei as duas mãos na cintura. — Seria louca se perdesse esse baile. Só quero me divertir. Já pensei em tudo. Quando eu chegar, vou pular a janela do quarto e o pai não vai nem saber que eu saí. Vou sair às onze, e ele já vai estar dormindo, não irá nem notar minha ausência.

— Mas e se der algo errado? — Isabel parecia ainda mais desesperada, a cada explicação que eu tentava.

— Não vai dar nada errado, Isabel — insisti. — É só deixar a janela destrancada, e me viro.

— Ai, menina. — Ela balançou a cabeça. — Ainda vai me deixar doente de preocupação.

— Por que quer ficar doente? Pare de se preocupar comigo. Prometo que voltarei inteira desse baile.

Beijei minha irmã e fui ao banheiro. Tomei um banho rápido, vesti o meu melhor vestido e soltei os bobs do cabelo. Caprichei na maquiagem com um pouco de rímel, lápis, sombra e batom rosa. E agora, colocava o convite e algumas moedas na bolsa. Então, quando olhei no espelho, meu queixo caiu.

Meu cabelo parecia mais escuro e mais cheio de volume contra o azul-claro do vestido. Meus olhos estavam quase negros. A cintura ficou mais fina e os seios maiores. Com o par de sapatos de salto alto, eu parecia muito mais velha e feliz.

— Perfeito! — disse, diante do espelho.

Produzida e ansiosa, às onze horas em ponto, me sentia linda e feliz. Dei um beijo em minha irmã e fui para a janela.

— Juízo, Luíza. Não vá aprontar nada — ela disse, com o rosto apreensivo.

— Não vou te decepcionar.

Joguei pela janela os sapatos de salto e pulei para a minha noite de encantos.

•

Adelaide me aguardava na esquina, com uma garota de cabelos curtos e nariz pequeno.

— Esta é Luíza, a minha vizinha que eu te falei — disse, apontando para mim. — Essa é Marisa.

— Oi. — Marisa deu um sorriso tímido. — Não sou muito fã de baile, mas Adelaide falou tanto desse evento que não resisti e concordei em ir com vocês.

— Vamos nos divertir muito. — Adelaide sorriu. — Relaxa.

— Prontas? — perguntei. Endireitei o corpo e alisei meu vestido. — Vamos arrasar.

Na porta do salão, a adrenalina borbulhava em mim. Logo vi vários rapazes rebeldes e topetudos — os famosos *playboys*, com suas jaquetas de couro em lambretas e carrões envenenados, enlouquecendo as moças que também chegavam soltando todo seu charme. Eram os "Anos Rebeldes" da década de 60.

A banda já tocava. O som da guitarra elétrica preenchia todo o salão, acompanhada pela bateria e contrabaixo. O vocalista era muito bom, e eu esperava ouvir sucessos da época, desde a Jovem Guarda de Roberto Carlos, Erasmo Carlos, Wanderléa, Fevers, The Originals, Leno e Lilian, até sucessos internacionais como Bill Haley, Chuck Berry, Little Richard, Jerry Lee Lewis, Beatles e Elvis Presley, que eu amava. Dancei incansavelmente até a sessão de músicas lentas começar. Joguei-me na cadeira, para descansar um pouco da euforia contagiante que me atingia. Fiquei respirando e soltando o ar lentamente.

Estiquei o pescoço e olhei em volta, analisando vários casais dançando no centro da pista.

— Tem alguém que não tira o olho de você. — Marisa sorria para mim.

— De mim? — Apontei para o peito, ainda sem acreditar que era comigo que falava.

— Olhe ali... — Ela acenou com a cabeça para o canto do salão com pouca luz.

Eu não acreditava que um garoto daquele baile pudesse estar de olho em mim. Marisa só poderia estar tirando uma com a minha cara.

— É o Raul. O apelido dele é China. — Adelaide se abanou com o cardápio. — Quando foi que este lugar ficou tão quente?

Não sei quem é... — Estiquei meu pescoço e só encontrei alguns rapazes em pé olhando para o outro lado do salão. Eu não tinha tanta certeza se elas realmente falavam de algum garoto específico, já que eu não conseguia ver nenhum em especial ali, na direção em que me indicaram.

— Ali... — Marisa novamente acenou com a cabeça para o canto mais claro agora.

— Não estou vendo. — Estreitei os olhos, mas foi inútil. Se já era difícil reconhecer as pessoas no meio da pouca luz e fumaça de cigarro, imagine um sujeito que nunca tinha visto na vida. E eu nem sabia por que procurava por ele.

— Do outro lado da pista, Luíza. O de camisa branca... O mais lindo. Ali, ó! — E Marisa apontou.

Eu o vi.

Não sei como não o tinha visto antes.

Como fiquei cega esse tempo todo? Que pão de homem lindo era aquele? Como pude deixar um garoto tão lindo desses passar o baile quase todo despercebido? Tudo bem que, até aquele momento, eu não havia parado de dançar um só minuto e, mesmo assim, como eu pude ser tão cega? Minhas pernas ficaram trêmulas, borboletas flutuavam em meu estômago.

— E então? — Marisa perguntou. — O que achou dele?

Minha garganta se fechou, bloqueando as palavras. Aliás, não havia palavras para descrever o garoto mais lindo que eu havia visto na vida. Um metro e oitenta de beleza. Cabelos lisos, com um pouco de brilhantina na franja, o rosto másculo. E o que dizer dos olhos? Por isso seu apelido era China. Levemente puxados, charmosos e profundos. Olhos escuros que não paravam de me olhar. Focavam em mim...

Ai, meu Deus. Raul acabava de piscar para mim.

Olhei para baixo. Desviei o rosto para o chão, desejando ter o poder da invisibilidade.

— Ele está te olhando, Luíza. — Adelaide se empolgou. Ela ria e falava alto, e eu desejava ainda mais poder sumir dali com toda a minha vergonha.

— Acho melhor irmos embora — disse, já abaixando atrás da mesa para impedi-lo de continuar me encarando daquele jeito.

— Ficou louca? — Adelaide praticamente gritou. — China está te paquerando. As meninas de Cerquilho matariam para ter uma olhada daquela e você quer ir embora?

— Não fica olhando para ele... — falei entre os dentes, mas minha amiga parecia que queria que ele olhasse cada vez mais. E aquilo me deixou mais constrangida ainda.

— E sabe o que ele está fazendo? — Marisa disse, sorrindo.

— Não quero nem saber. — Virei o rosto para o palco, a fim de não ver mais nada.

— Está vindo para cá. Vai te chamar para dançar, e você vai...

— Chega — ameacei me levantar, mas Adelaide me segurou pelo braço.

Tarde demais!

— Oi — disse, a voz grossa e gentil. Depois de cumprimentar Marisa e Adelaide, ele se virou para mim. — Quer dançar comigo?

— Oi... Hã...

— Claro que ela quer dançar — Adelaide se adiantou em dizer, já cutucando meu braço para que eu fosse me levantando.

Fuzilei Adelaide com os olhos. Mas ela começou a rir. Então percebi que Marisa ergueu as sobrancelhas, o que obviamente fazia parte do plano de me levar para a pista com Raul.

Mas será que Adelaide não percebeu que eu não queria dançar com ele? Nunca dancei com garoto algum. Nem saberia o que fazer na pista. E se pisasse no pé dele?

Ai, meu Deus!

Ele olhava para mim. Sorri tímida, e virei a cabeça. Os olhos pretos de Marisa estavam pregados em mim, e eu entendia muito bem o que aquilo significava.

Fez-se silêncio. Um silêncio enorme e medonho entre nós. Apenas o som da música lenta ao fundo aguardava a minha decisão. O meu coração parecia que a qualquer momento saltaria pela boca. Não dava para acreditar! Realmente não conseguia acreditar que eu pudesse dançar com um garoto lindo como aquele.

— E então? Vamos? — Raul estendeu a mão para me ajudar a levantar da cadeira.

E agora? E agora?

Eu pensei em sair correndo, mas, em vez disso, segurei na mão quente e macia dele e me levantei.

Antes de entrar na pista segurando sempre a mão de Raul, vi por cima dos ombros minhas amigas sorrindo para mim e batendo palmas.

Eu sorri. Raul aproximou-se de mim e hesitou apenas alguns segundos antes de me envolver em seus braços. Com a música, começamos a dançar. Eu me movia devagar, me concentrando para não pisar no pé dele. Sentia seus dedos suaves, tocando de leve os dedos da mão direita, e, com a minha mão esquerda, tocava suave o algodão da sua camisa branca. Dançava com a mente focada no contato corpo a corpo que despertava em mim sensações e vontades até então desconhecidas, mas perturbadoras. Eu sentia o cheiro de sabonete e de loção pós-barba, a calça jeans dele roçando nas minhas pernas. Ele me segurava, sem me puxar para si, mas com cuidado, como se carregasse algo frágil. Fechei os olhos sentindo um afago nos meus cabelos e, de repente, um abraço mais apertado durante a música.

— Como é seu nome? — disse ele, baixinho no meu ouvido.

— Luíza.

— Sou o Raul.

Eu tinha os dedos pousados em seu ombro. Sentia o movimento de sua musculatura sob sua camisa quando ele respirava.

Então a música parou. Ele me soltou com relutância, me segurou pelo cotovelo, procurando meu olhar.

— Obrigado pela dança, Luíza.

Não sabia como ainda tinha consciência de meus movimentos, com aquele olhar profundo sobre mim como se pudesse me atravessar. Ele analisava cada detalhe do meu rosto. Depois, como um toque de seda, seus lábios encostaram em meu rosto quente. Seria provável que eu estivesse flutuando pelo salão. Não tinha certeza de quantos segundos se passaram. Talvez minutos olhando um para o outro.

Até que se virou e foi embora, me deixando completamente tonta no meio do salão.

O casamento de Isabel

— Luíza, corre aqui!

Cumprimentava alguns amigos de Juquiratiba, quando Isabel me chamou, mais aflita do que nunca. Percebi, só de olhar para ela, como estava insegura e nervosa. Por isso, apertei o passo em sua direção, para tentar ajudá-la no que fosse preciso.

Aquela expressão tensa em minha irmã não combinava em nada com seu traje de princesa. Vestida de véu e grinalda dentro da cozinha do salão, parecia tão assustada que me deu calafrios.

— O que aconteceu, Isabel? — perguntei, segurando em seus ombros. — Algum problema com a festa?

A cerimônia tinha sido perfeita, nosso pai até sorria de vez em quando para algum parente dele, e as pessoas se divertiam no salão da igreja com a música ao vivo.

Enquanto eu olhava em seus olhos aflitos, Isabel apontou para fora da cozinha e desatou a chorar.

— Vou matar a minha sogra! — cuspiu ela, impaciente.

— O que aconteceu?

— Eu sabia que não ia dar certo, aquela mulher doida bancar todo o casamento. Não acredito no que ela está fazendo... — Isabel expirou pesadamente. — A velha está escondendo toda a comida debaixo da cama da casa dela.

— O quê? Mas... Os convidados estão esperando o almoço.

— Ela diz que têm mais convidados nossos do que dela, e não vai passar vergonha se a comida acabar caso os convidados dela cheguem depois.

— Meu Deus, não acredito nisso. O que vai fazer?

— Não sei, Luíza. Já pedi ao Carlos que conversasse com ela, mas ele falou que não tem jeito. A velha enlouqueceu, e meu casamento vai ser um fiasco.

— Quer que eu tente convencê-la a mudar de ideia?

— Não vai adiantar. — Ela destampou os olhos e me encarou. — Não há Cristo que faça aquela louca mudar de ideia.

Estremeci ao ver minha irmã chorar. Mal reconheci seu rosto naquele momento: ela parecia ter vinte anos a mais do que os seus vinte e três. Eu sabia que meu semblante espelhava o seu desespero. Ter um imprevisto na festa era o que havíamos temido.

— Vai ser o maior falatório na cidade inteira por um bom tempo — murmurou Isabel, com pavor na voz. — Lembra-se do casamento da Selma? Só porque a Tubaína acabou, já ficou mal falada por anos. Imagine o meu, que não vai ter nem comida.

Minha cabeça estava a mil. Fui até a porta da cozinha e olhei para os convidados. Eles já estavam todos sentados sugerindo que aguardavam ansiosos pelo almoço.

Minha irmã chorava copiosamente.

— Vai levar alguns minutos para que as pessoas comecem a se incomodar com a demora. E depois... — Isabel levantou a voz, entrando em pânico.

Algo em mim iluminou. Fechei os olhos sabendo o que precisava fazer.

— Cumprimente todos — ordenei. — Sorria o tempo todo. Se alguém perguntar sobre o almoço, diga que não sabe por que estão demorando tanto. Sorria, Isabel. E não diga nada do que está acontecendo aqui.

— O que vai fazer?

Agarrei o braço de minha irmã.

— Tenho um dinheiro guardado...

— Ah, não, Luíza. O dinheiro que você está juntando para visitar nossa mãe.

— Não se preocupe com isso. Trabalho e guardo tudo de novo. É uma emergência. Não posso te ver assim. É o dia do seu casamento!

— E se... E se tentarmos conversar com o pai?

— Nem pensar — eu quase gritei. — Nunca mais eu peço dinheiro a ele. Depois da história do casaco... — Levantamos juntas das cadeiras. — Vá, Isabel. Mas não se esqueça de sorrir, entendeu?

Minha irmã hesitou, depois saiu da cozinha, com a barra do vestido branco arrastando pelo chão do salão. Não tenho certeza se já me senti tão só quanto naqueles poucos segundos.

A tristeza de que a visita à minha mãe teria que ser adiada mais alguns meses me apertava a garganta, e o peso do destino de minha irmã estava sobre mim. Fui correndo para casa e vasculhei desesperadamente a gaveta da cômoda em busca do meu porta-joias, agradecendo a Deus por eu ter conseguido um emprego melhor do que colhedora na safra de algodão e juntado um bom dinheiro com meu trabalho novo de babá. Eu sabia que um dia brincar, alimentar e me divertir com Zezinho me daria um retorno maravilhoso. Agora, eu valorizaria ainda mais o emprego que eu tinha.

Então, peguei o envelope, desci apressada para a igreja e entreguei todo o dinheiro para minha irmã.

— Esse é meu presente de casamento. Mande o Geraldo e o Paulo comprar pão e mortadela que eu, Alice e Rita faremos sanduíches para todos. Acho que o que tem aí vai dar para todos comerem muito bem.

— Mas...

— Vai, Isabel. Não discuta comigo. Não temos muito tempo.

Minha irmã hesitou. Mas, então, me abraçou com carinho.

— Não sei nem como te agradecer.

•

E nada dos parentes de dona Terezinha chegarem. Quanto tempo mais teríamos que esperar, olhando para aquele bolo gigantesco sobre a mesa? Alguns convidados já haviam ido embora, e Isabel estava cada vez mais nervosa com a velha teimosa. Eu conseguia ver a hora em que minha irmã explodiria com ela.

– Esperamos até agora, dona Terezinha. É hora de cortar o bolo – Isabel disse, e eu pude notar o controle exagerado em sua voz.

– Com tanta comida, não acredito que serviu aos convidados pão com mortadela, Isabel – dona Terezinha comentou em voz baixa, como quem não se conformava. – Uma moça bem criada deveria saber que as pessoas não gostam de comer pão na hora do almoço.

– Mas... A senhora disse que não serviria a comida até seus convidados chegarem. Eu... não podia esperar. – Minha irmã estava com a face vermelha e os olhos arregalados. Dava para ver pela sua voz trêmula o tanto de nervoso que sentia.

Dona Terezinha sorriu, se desculpando.

– Não ponha a culpa em mim, querida. – Apontou para o próprio peito. – Só estava pensando no melhor para a sua festa.

Minha irmã me olhou por alguns segundos, antes de suspirar exasperada, sacudindo a cabeça.

– Talvez a senhora faça bom proveito da comida toda amanhã – zombei, mais alto do que pretendia.

– Mas... É muita comida! – disse dona Terezinha, abrindo os braços. – Terei que servir aos porcos o que sobrar.

Pisquei, atordoada. Servir aos porcos? Então quer dizer que tivemos que servir pão com mortadela aos convidados e a comida toda do casamento vai ser servida para os porcos?

– Vamos servir o bolo – eu disse, desejando que aquela velha louca saísse da minha frente, antes que eu pegasse o coque dela e o arrancasse com as minhas próprias mãos.

– Espero que os convidados fiquem felizes, pelo menos com o bolo, já que o almoço foi um fiasco – resmungou dona Terezinha, me encarando demoradamente. Seus olhos escuros, estudando-me por baixo daqueles óculos de lentes grossas, enquanto meu queixo continuava empinado; minha expressão, impassível. – Meus porcos vão ficar mais felizes que as pessoas desta festa.

Meu estômago deu um nó ao notar sua expressão zombeteira. Não estava preparada para ouvir aquilo. E ela virou as costas para mim.

– Bem, graças à senhora, velha egoísta! – eu disse, olhando para seu cabelo grisalho preso naquele coque mal feito, enquanto ela caminhava para fora do salão. – Não esqueça que vão falar do casamento do seu filho!

Revirei os olhos.

Enfim. Deixei para lá. Fiz uma promessa para mim mesma que iria visitar a minha mãe a todo custo. Não seria uma velha idiota que tiraria meus planos do foco. O dinheiro fora bem utilizado, minha mãe entenderia.

Nunca teria coragem de avançar em dona Terezinha, por mais que ela merecesse. Afinal, minha irmã não precisava de mais motivos para se envergonhar de sua festa.

O reencontro desastroso

Droga! Eu tinha de me atrasar?

Depois de dois anos de namoro, minha irmã Rita iria se casar dentro de duas semanas e eu tinha que mandar fazer o meu vestido. Era para eu ter levado o corte do tecido na costureira semana passada, mas como tive de fazer a matrícula para o curso Normal em Tietê e esqueci toda a minha documentação dentro da pasta na gaveta da cristaleira, tendo que voltar duas vezes na escola, acabei me atrasando toda.

As ruas quentes de Cerquilho estavam calmas, as janelas, fechadas, as cortinas, imóveis. Andei com o passo apressado naquela tarde de sol, sentindo a cabeça esquentar, na esperança de que dona Norma aceitasse fazer meu vestido em quatro dias. Não era um modelo complicado. Pelo contrário. Escolhi um tubinho bem simples, com poucos detalhes, para que ela não tivesse a chance de negar meu pedido. E eu esperava que desse certo.

Fazia um calor horrível, e eu transpirava. Estava ansiosa. Nos quinze minutos que levei para chegar à rua Nossa Senhora Aparecida, eu não via a hora de voltar para casa para tomar um banho demorado e gelado. Virei à esquerda, onde a rua de paralelepípedo ficava acidentalmente desuniforme. Vi uma vez um velho cavalo quebrar a pata em um daqueles benditos buracos. Tiveram que sacrificá-lo, e meu irmão Geraldo chorou muito quando soube. Ninguém chorava pelos cavalos, exceto meu irmão.

Mais uma vez eu não iria visitar minha mãe. Eu havia guardado o dinheiro por meses, mas tive que ajudar Rita a comprar o bolo de seu casamento, gastei com o corte do vestido novo e agora com a mão de obra da costureira. Meu pai não ajudava em nada.

O sol sumiu atrás de uma nuvem, e eu ia mais rápido pela calçada torcendo para que uma brisa lá do Alasca conseguisse chegar até mim.

Estava em frente à casa de dona Norma. Duas casas adiante, ouvi uma música de Agnaldo Timóteo, cantada por uma voz masculina grossa, afinada, acompanhada por um violão com acordes lindos. Não resisti à vontade de conhecer o dono daquela voz tão sedutora, tão suave. Segui o sentido do som. Parei de frente ao portão social. Foi quando eu o vi sentado na área, olhando para os dedos, formando as notas musicais nas cordas do violão.

Raul.

Não o vira mais depois da noite do baile e confesso que senti saudades daqueles olhos puxados sedutores. Continuava lindo. Aliás, muito mais lindo do que eu esperava encontrá-lo.

Admiti que, ao contrário de mim, que não sabia tocar nem flauta doce na aula de música da escola, Raul era um espetáculo com o violão. O que mais me chamou a atenção foram suas pernas bem torneadas dentro dos *shorts*. Continuei ali por quase dois minutos, admirando-o no conjunto todo, enquanto me esquecia de que um casamento se aproximava e eu ainda não tinha nada para vestir.

De repente, ele olhou para mim e abriu um sorriso exageradamente charmoso.

– Luíza?

Ele lembrou-se de mim?

Meio sem jeito, virei rapidamente para tentar me esconder dele atrás do muro. Só que minha sorte resolveu dar uma voltinha e eu enrosquei o sapato em um bendito buraco na calçada, me desequilibrei e me estatelei no chão como uma jaca podre. Aliás, só faltou voar os caroços para todos os lados. Queria sumir naquele instante.

Havia um silêncio assustador. Não conseguia ouvir minha respiração, muito menos me levantar dali. Talvez porque eu não estivesse respirando.

– Você está bem? – a voz dele vinha do alto. Senti seu calor no meu braço, quando seus dedos me ajudaram a levantar.

– Estou ótima – menti. Meu pé doía, minhas mãos ardiam, meu joelho devia ter estourado. *Malditas calçadas.*

– Tem certeza? Vamos entrar. Posso pegar um pouco de água se precisar. – Seus olhos se desviaram para minhas mãos, sujas de barro. – Quer lavar as mãos?

– Não, muito obrigada. Estou bem.

Limpei as mãos na calça, o que foi a pior coisa que eu poderia ter feito. Sujei todo o tecido bege, deixando-a com uma aparência nada aceitável.

– Ei, não precisa ter medo de mim. Não vou te fazer mal algum. Eu moro aqui. Minha mãe está lá dentro. – Ele deu um meio sorriso simpático. – Eu só quero ajudar.

– Eu estou bem. De verdade. Preciso ir agora.

Ele sorriu de novo, para me deixar ainda mais nervosa. Quantas vezes faria isso?

– Obrigada por me levantar do chão.

– Sabe, eu sempre achei que essas calçadas mereciam uma reforma. – Ele encostou o corpo no muro e me analisava atentamente. – E tenho que dizer também que senti falta do seu sorriso.

Mas dessa vez não me atrevi a encará-lo. Segui para a casa de dona Norma sem olhar para trás, tentando não mancar. Impossível! Pelo calor na minha nuca, eu sabia que seus olhos ainda pousavam em mim. Fiquei torcendo para que dona Norma me atendesse logo, mas para minha tristeza, não tinha ninguém na casa dela, o que me faria retornar àquele endereço além do que eu planejara.

•

– Ai, que dor.

Era o dia do casamento de Rita, quando senti a primeira pontada de dor, mas não foi no meu pé, e sim no meu estômago. A cerimônia tinha sido perfeita, a festa, um sucesso. Ver minha irmã tão feliz ao lado de seu noivo me deixava mais feliz ainda. Armando era filho de um fazendeiro da região, o que foi fácil conseguir o consentimento do meu pai para o enlace dos dois. Eles morariam em um sítio, doado pelo pai dele, bem próximo da cidade.

Isabel havia se mudado para São Paulo, e nós nos correspondíamos por cartas. Ela estava grávida, linda e feliz! Revê-la no casamento de Rita foi um presente para todos nós.

Não contei a ninguém sobre a dor em meu estômago. Talvez fosse um pouco de cansaço da semana. A ansiedade de rever os parentes, principalmente Isabel, os preparativos com o casamento de Rita, a correria com o vestido. Aliás, eu havia voltado por mais três vezes na casa de dona Norma torcendo para não encontrar Raul por lá. Confesso que eu até gostaria de tê-lo visto, mas minha timidez gritava em meus instintos, me fazendo torcer para que não. Depois do meu tombo ridículo na frente dele, eu não esperava mais revê-lo. Porém, eu acho que fora muito grossa e acabara o assustando com meu jeito desastrado de ser. Melhor assim. Sem Raul por perto, meu vestido ficara pronto, e eu fiquei linda no casamento de minha irmã.

Assim que a festa acabou e todos os convidados foram embora, me despedi de Rita com um caloroso abraço:

– Parabéns, minha irmã. Quero que seja muito feliz e que Deus abençoe a sua vida nova.

– Obrigada, Luíza. Já vai?

– Vou, sim. Eu e Marisa vamos caminhar um pouco. A noite está linda e queremos observar as estrelas.

No caminho, senti novamente a pontada no estômago.

– Nossa, Marisa. Alguma coisa que comi não me fez bem. Estou com um pouquinho de dor no estômago.

– Acho que comeu demais, isso sim.

— É verdade. Vou tomar um banho quando chegar em casa, dormir bastante e amanhã estarei nova em folha.

Mas não foi isso que aconteceu. Acordei no meio da noite com uma dor no estômago muito forte. Mal conseguia me levantar da cama. Alice correu para fazer um chá de boldo.

— Tome, Luíza, que tenho certeza que irá melhorar.

— Nossa, Alice. Não sei o que comi que me fez tão mal; só sei que essa dor está acabando comigo. — Eu me contorcia. — Parece que aumenta a cada segundo...

— Está pálida. Tenta dormir um pouco que vai melhorar.

Sentia ânsia de vômito, queimação no estômago e uma dor rápida e intensa no pé da barriga.

— Vamos hoje mesmo ao hospital, não dá para esperar — decidiu Alice.

— Não precisa, estou bem... — Quando acabei de falar, corri para o banheiro e vomitei o que restava no estômago.

Alice correu para me ajudar. Segurou meu cabelo atrás da nuca, preocupada.

— Vamos pro hospital!

•

O médico me examinou, mediu a pressão e escutou os batimentos cardíacos.

— Dói aqui? — perguntou, apalpando a minha barriga.

Com um grito bem alto, contorci o corpo e contraí as pernas.

— Não precisa nem responder, já entendi. — O médico mantinha o semblante preocupado. — Quero uma radiografia do abdômen, somente para confirmar o diagnóstico.

— É muito grave, doutor? — perguntei, mesmo não querendo saber a resposta.

— Não, menina. Nada que um bisturi não resolva. — Ele me encarou, à espera de uma reação qualquer.

Mas eu não tive. Apenas fechei os olhos, de onde escorreu uma lágrima.

— Fique calma, Luíza — o médico disse. — Ficará nova em folha. Faça o exame e me traga o mais breve possível para que possamos resolver o seu problema, ok?

Enxuguei as lágrimas e me levantei da maca, indo ao encontro de minha irmã. Alice colocou a mão em meu ombro.

— Está tudo bem?

Balancei a cabeça e, com a voz baixa, respondi:

— Tenho que fazer um exame. Vou ficar bem, se Deus quiser.

•

Na segunda-feira, fomos para Sorocaba de trem para fazer o exame. O que mais me incomodava era o balanço do transporte que causava náuseas e calafrios. Procurei não comer nada, para não vomitar durante o trajeto. Como apenas havia tomado um café com leite, estava praticamente em jejum, e meu estômago doía muito.

— Você tem um admirador — Alice comentou, sentada ao meu lado no banco do vagão.

— O quê? — Olhei para ela confusa.

Minha irmã acenou para o garoto que estava no fim do vagão.

Ai, meu Deus!

Raul, de novo. Não, ele não podia me ver assim. Seria um desastre total.

Droga.

— Vamos sair daqui, Alice. Por favor. Vamos para outro vagão.

— É sério mesmo? Você e ele...

— Não. Não temos nada. É que estou horrível com essa cara de doente.

— Tem certeza? Ele parece preocupado com você. E é lindo!

— Nosso último encontro não foi nada bom, e se ele me vir assim... Será um desastre total.

— Bem. — Ela deu de ombros. — Você é quem sabe.

Depois de uma semana, peguei o resultado do exame e constatei úlcera duodenal. O médico me recomendou que fizesse uma dieta alimentar rigorosa para que minha recuperação tivesse um resultado mais imediato.

Melhorei antes de começar o ano letivo. Talvez se meu pai tivesse comprado os remédios que eu precisava tomar, poderia até ter sarado sem a ajuda de cirurgia, mas ele acreditava que o chá de boldo me ajudaria mais do que os medicamentos receitados pelo médico, e eu continuei a ter crises de dores fortes e constantes no estômago.

Os caprichos do destino

Corri para pegar o ônibus com a bolsa enroscada no braço e o caderno na mão. Sabia que deveria ter escutado os conselhos de Alice. Minha irmã tinha razão em me dizer para colocar o caderno na bolsa maior, mas como eu nunca ouvia ninguém, agora não poderia nem reclamar.

O ônibus se aproximou do ponto, e eu corri para não o perder, ou chegaria atrasada em meu primeiro dia de aula.

Assim que sentei no banco, uma garota de pele clara e cabelo comprido escuro entrou no ônibus tão rápido que acabou tropeçando no último degrau e caiu no corredor.

— Maldito degrau — reclamou.

Peguei seu caderno e a ajudei a ficar de pé.

— Ai, obrigada. Odeio esses ônibus. E o motorista nem colabora. Não espera a gente terminar de subir para partir.

Sentei na poltrona ao lado, dando lugar para ela se sentar junto a mim.

— Está bem?

— Tirando o nervoso, estou ótima. Obrigada. — Ela me olhou por um instante. — Eu me lembro de você. Fizemos a matrícula no mesmo dia. Você é a garota que esqueceu os documentos duas vezes?

Ri.

— Sim, sou eu mesma. Luíza, e você?

— Tânia Makia. Vamos estudar juntas.

Pensei em toda a expectativa que senti para meu primeiro dia de aula. Desde que comecei a cuidar de Zezinho, meu sonho de ser professora só cresceu. E de repente consegui me lembrar dela. A garota que mascava um chiclete atrás de mim, fazendo bolas enquanto aguardava a secretária me atender. Foi exatamente no dia em que reclamava por tudo estar dando errado.

– Então conseguiu fazer a matrícula?

– Tive que xingar a mim mesma algumas vezes, mas estou aqui.

– Não posso acreditar que já vou fazer o magistério – disse Tânia, enquanto pegava um chiclete na bolsa. – Quer um?

Aceitei.

– Não vejo a hora de lecionar – continuou. – Dizem que esse curso é um dos melhores da região. Quais são seus planos, Luíza?

– Tenho muitos planos para o futuro. Mas, por enquanto, preciso juntar dinheiro para fazer uma viagem. Visitar a minha mãe.

– Ah! – Ergueu a sobrancelha. Sabia que ela queria perguntar tanta coisa, mas eu não queria, ainda, dizer nada sobre minha vida. Pelo menos até a conhecer um pouco melhor.

– Você vai estudar em qual sala? – perguntei, depois de estourar uma bola com o chiclete.

– 18, e você?

– Também. – Sorri. – Acho que faremos uma ótima dupla.

•

Avistei a escola assim que descemos do ônibus. As janelas de vidro esverdeado destacavam-se nas paredes azuis, como se fosse uma fábrica antiga, só que com dois andares. Eu gostava do que via. Muitas árvores em volta, flores no jardim da entrada e um piso limpo e brilhante por todo o percurso até o pátio claro e espaçoso.

Então meus olhos fitaram os quadros de fotos dos antigos alunos da Escola espalhados nos corredores e fiquei pensando se um dia a minha foto estaria pendurada naquela parede também. Quer dizer, eu já me sentia vitoriosa, pois tinha certeza de que em breve eu conseguiria um estágio em uma escola e teria dinheiro suficiente para me encontrar com a minha mãe.

Foi bem nesse instante, enquanto olhava no vão da porta antes de entrar, ouvindo Tânia me dizer que tipo de esmalte ela mais gostava, que um cabelo preto bem cortado e moldado para o lado com gel entrou em meu campo de visão e...

Meus olhos se arregalaram.

Parei na porta, respirei fundo. Meu coração deu um salto dentro do peito, e quase caí para trás com o golpe de encontrar Raul já sentado em uma das cadeiras.

Não consegui tirar os olhos dele. Fazia tanto tempo que eu não o via... Ele vestia uma calça jeans que combinava muito bem com o verde de sua camisa. Continuava lindo, exatamente como nas outras vezes.

Sentindo as pernas bambas, escorei-me discretamente na parede do corredor. Que culpa eu tinha dele ter esse poder sobre mim?

— Está tudo bem? — perguntou Tânia, com os olhos semicerrados. — Ficou pálida de repente.

— Estou bem. Só preciso de um tempinho.

Tânia olhou para dentro da sala. Voltou-se para mim, com um sorriso engraçado.

— Já entendi, Luíza. É aquele rapaz de camisa verde sentado perto da janela?

Apenas confirmei com a cabeça.

— É, amiga. — Ela estourou outra bola de chiclete ainda sorrindo. — Ele é um pão.

Respirei fundo, tentando me acalmar.

— Pronta? — Tânia perguntou. — A aula já vai começar.

Não dava mais para fugir. Precisava enfrentar minha timidez de uma vez por todas. Tudo bem que nosso último encontro tinha sido um desastre, mas não dava para deixar de estudar. Não era culpa de ninguém que o destino nos pregou uma peça colocando-nos juntos na mesma sala de aula. Era hora de enfrentar meus medos. O que de pior poderia acontecer?

— Vamos — eu disse, tirando a coragem que não tinha nem sei de onde.

Assim que entrei na sala, Raul ergueu os olhos puxados, mirando exatamente os meus. Seu rosto ficou iluminado, com um leve rubor, e eu logo percebi que ele também se surpreendeu com minha presença. Ele sorriu. Seus dentes eram adoráveis.

Meu coração pulsou, pulsou, pulsou.

Sentei-me do outro lado da sala, perto de Tânia, que me cutucou, antes de abrir o caderno.

Eu me atrapalhei com a bolsa, o lápis e o apontador. Duas garotas na minha frente abafavam o riso olhando para Raul. Uma parte de mim queria voar para cima delas. Meu coração apertou e meu estômago voltou a doer assim que olhei para ele. Poderia ser o nervosismo que provocou a dor mais uma vez, ou talvez a ansiedade em o ter tão perto de mim. Droga, maldita úlcera nervosa.

Borboletas em meu estômago

Quando soou o sinal da saída, recolhi meu material e saí da sala sem me despedir de Tânia, já que ela conversava com a garota sentada ao seu lado. Não poderia perder o ônibus, senão teria que aguardar o próximo por quarenta minutos, o que não era uma boa ideia.

Descia as escadas, quando alguém me chamou:

– Luíza, espere.

Parei imediatamente e sorri. Era ele. Eu tinha quase certeza que Raul viria atrás de mim.

Ai, meu Deus! Será que vinha me dizer que não parou de pensar em mim também?

Pigarreei.

– Oi, Raul. – Obriguei-me a controlar minhas emoções, para que não percebesse a minha ansiedade. – Não posso conversar agora, estou apressada. Desculpe.

Franziu a testa e me olhou com a expressão de quem não tinha certeza do quanto era real o que eu acabei de dizer. Na verdade, ele quase sorria.

– Preciso ir. Meu ônibus passa em dez minutos – expliquei, tentando ignorar o fato de que ele sorria de verdade agora, e aquilo me desconcertava.

– Nesse caso, terei que te acompanhar.

Abri a boca. Mas, por um instante, fiquei afônica. Depois consegui dizer:

– Também vai de ônibus?

— Vou. Posso te acompanhar... Se quiser, é claro — avaliou, ainda com o sorriso que me deixava tonta. — Estou indo para Cerquilho. Aliás, acho que a maioria dos alunos daqui está indo para lá. Não custa nada fazermos companhia um ao outro. O que acha?

Raul sorriu de um jeito lindo, e fiquei ali, olhando para ele como uma idiota, ouvindo o burburinho dos alunos ao descerem as escadas.

Um lado meu queria disparar um monte de perguntas que rodopiavam em minha mente. Será que me achava uma idiota por não aceitar sua ajuda naquele dia do tombo? Por que eu nunca mais o vi pela cidade? Será que ainda morava na mesma casa? Por que queria fazer magistério? Um curso praticamente feminino... E, o mais importante, o que ele viu em mim, afinal?

Mas, o outro lado, o mais inocente, apaixonado, não conseguiu resistir e, sem perceber, já havia dito:

— Vamos embora antes que o ônibus nos deixe aqui.

•

Às 23h, entramos no ônibus lotado de estudantes, me atrapalhando toda com a bolsa, o caderno e comigo mesma. Jurei que no dia seguinte traria tudo seguindo as orientações de Alice.

Raul, percebendo meu desconforto, gentilmente segurou meu caderno junto ao seu, e eu consegui me apoiar no ferro do banco, sem cair em cima de mais ninguém. Eu sabia que precisava me acalmar. Mas ficar tão próxima dele, sentindo o seu perfume tão masculino, não parecia ajudar em nada. Na verdade, só piorava a situação.

Ficamos por um bom tempo em silêncio, observando a rua passar pela janela.

— Há quanto tempo toca violão? — perguntei com a intenção de quebrar o silêncio que já me incomodava.

— Dois anos. Você toca também?

— Longe de mim, sou péssima com os instrumentos. Mal aprendi a tocar flauta doce.

Seus olhos castanhos exploravam meu rosto com tanta intensidade que ele parecia ler o meu interior todo, sem que eu pudesse me esconder.

— Gostaria de aprender a tocar violão? — perguntou sem tirar os olhos dos meus.

— Não acho uma boa ideia. — Balancei a cabeça.

— Por quê?

— Não sei nem segurar o instrumento. Imagine tocar... Seria impossível.

— Se quiser, te ensino — disse Raul ao me ver franzindo a testa. — Podemos marcar no final de semana. Sabe onde eu moro... Quer dizer, se não se incomodar em ir até lá.

Levei a mão à alça da bolsa, que ameaçou cair com a curva que o ônibus fez.

— Mas, se quiser, podemos nos encontrar em outro lugar. Na praça, na lanchonete, onde escolher.

Pensei que ele estivesse brincando comigo. Olhei para a moça que segurava o apoio do ônibus ao meu lado e me perguntei se ela também ouviu o que ele havia dito.

— Por que... por que você me ensinaria a tocar violão?

Foi a primeira vez que o vi parecer desconcertado.

— Quer mesmo saber?

Apenas balancei a cabeça.

— Porque assim poderemos ficar mais tempo juntos além da escola. Poderemos ser amigos. O que acha? Pense na minha proposta, Luíza. Vai ser legal passarmos um tempo juntos para nos conhecermos melhor.

Contraí todos os músculos ao perceber que o convite me causou um frio na barriga. Não deveria ficar entusiasmada com a possibilidade de ficar mais tempo com ele além da escola.

Não sei se notou algo em mim, mas ele mudou de assunto.

— E você? Ficou muito tempo dolorida depois do tombo em frente à minha casa?

Havia certa culpa em sua voz. Dava para notar que realmente queria se desculpar, mesmo não tendo culpa de nada.

— Não. Só precisei de dois dias para me recuperar e ficar pronta para cair novamente.

Ele riu. E aquela covinha linda no canto do seu rosto me fez estremecer.

— Não diga isso, Luíza. É uma pena eu não saber onde você mora. Senti vontade de te procurar para saber como você estava — ele me olhou pelo canto do olho.

— Não sei se seria uma boa ideia. — Segurei mais forte no ferro para não me desequilibrar na outra curva.

— Já sei. — Raul se inclinou, falando mais perto do meu ouvido do que eu esperava. O que me causou um certo arrepio. — Sua mãe não iria gostar.

— Não. — Lancei um olhar para a rua. — De jeito nenhum. Minha mãe iria adorar te conhecer. Isso é, se ela morasse com a gente... O problema é meu pai.

— Ah. Entendo. — Ele não falou isso de forma presunçosa, mas como se não quisesse se aprofundar em um determinado assunto. O que fez com que eu gostasse mais dele ainda, já que não era nada atrevido e não queria me deixar constrangida com meus assuntos particulares. Pelo menos não naquele momento em que mal nos conhecíamos.

Os olhos castanhos e puxados dele caíram sobre os meus, e eu sentia o meu estômago despencar em queda livre. Meu rosto queimava, e eu poderia jurar que fritaria um ovo facilmente na minha pele.

— Bem. — Apontei para a rua. — Desço no próximo ponto.

Ele me entregou o caderno, e eu me peguei olhando para seus olhos encantadores novamente.

— Obrigada pela companhia e por segurar meu caderno. Boa noite e até amanhã.

— Boa noite, Luíza. Durma bem.

Já na escada do ônibus, sentia os olhos dele pousados em mim. Antes de descer, abri para ele o meu melhor sorriso e um animado tchau.

Ele não reagiu. Desci rapidamente do ônibus e caminhei pela calçada sem olhar para os lados. Mas, quando o ônibus começou a andar, não consegui evitar. Parei na calçada e olhei de volta para Raul.

De lá, os olhos dele voltaram-se para mim e, finalmente, ele sorriu.

Ai, ai...

Uma nova crise de dor

Dormi um sono agitado aquela noite. Sonhei com o Raul tentando me pedir em namoro, mas meu pai sempre o impedia apontando uma faca para ele, o expulsava da nossa casa e até o xingava como se ele fosse uma pessoa horrível.

Acordei soluçando durante a madrugada, sem saber se era pelo fato de não gostar nada do sonho, ou por estar com ânsia de vômito e uma tontura terrível. A queimação em meu estômago me tirava o ar. Apanhei a xícara da cômoda ao lado de minha cama e tomei o chá de boldo, mas foi em vão. Rolava nos lençóis de tanta dor que sentia. Alice levantou-se quando me ouviu chorar.

— O que aconteceu?

Chegando mais perto de mim, minha irmã colocou as mãos em meu rosto e enxugou as lágrimas com os polegares.

— Esta dor infeliz está me matando. — Apertei a barriga com as duas mãos. — Estou muito mal...

— Não se mexa, que vou fazer um chá bem mais forte.

Alice foi para a cozinha e preparou um chá bem caprichado com folhas de quebra-pedra, boldo e hortelã para mim. Poucos minutos depois, voltou me entregando a caneca com o líquido fumegante.

— Tome tudo, tenho certeza de que irá melhorar.

Esfriei um pouco e fui tomando aos poucos. Consegui dormir por algumas horas, porém passei o dia todo na cama e mal conversei com minha irmã. Alice avisou à mãe de Zezinho que eu não estava nada bem e não iria trabalhar.

— Temos que avisar ao pai... — ela sugeriu.

— Não. — Balancei a cabeça. — Não quero que fale nada para ele.

Inspirei e um sorriso torto se espalhou em meus lábios. O cheiro da comida que vinha da cozinha encheu minhas narinas, e meu estômago ficou ainda mais embrulhado. Se eu tentasse dormir mais um pouco talvez pudesse me sentir melhor.

— Mas por que, Luíza? — Alice parecia bem preocupada. — Você precisa de um médico. O chá não está resolvendo o seu problema.

Era uma tarde quente, e eu secava o suor da testa com a toalha de rosto. Abaixei-a para responder.

— Infelizmente não temos um pai muito compreensivo — disse, enquanto dobrava a toalha. — Acho que ele não vai bancar os medicamentos que preciso tomar. Ele não fez isso da primeira vez, duvido que faça agora...

— O que está acontecendo aqui? — Meu pai parou na entrada do quarto, olhando confuso para mim e para Alice.

Minha irmã estremeceu ao ouvir a voz grossa dele. Eu podia jurar que ele me ouviu reclamar sobre os remédios, mas não tinha coragem alguma para confirmar minhas dúvidas.

— Luíza está com dores novamente. — A voz da Alice parecia um suspiro diante do meu pai. Era incrível como ele conseguia trazer toda a sensação de medo em todos os seus filhos.

— É aquela dor de estômago do mês passado? — Ele franziu a testa, se aproximando lentamente da minha cama.

— Sim, pai — respondeu, já que eu não conseguia emitir nenhum som de minha voz. Não por estar com medo, mas porque eu não queria mesmo falar com ele.

Meu pai pensou um pouco. Olhou em minha direção, surpreso por eu estar na cama àquela hora do dia com um sol brilhando lá fora.

Eu deveria estar muito feia, amarelada e com uma olheira horrorosa para ele ainda me observar, confuso.

— Vai para a escola hoje? — perguntou, agora alisando os cabelos grisalhos para trás.

— Não, pai. — Finalmente consegui responder. — Não fui nem trabalhar. Estou sem condições nenhuma de me levantar.

Notei que ele ficou um pouco surpreso. Talvez por eu não ter perdido nenhum dia de aula desde que voltara a estudar em Cerquilho. Nem quando ele se recusara a comprar o casaco de feltro, e eu pegara aquela gripe horrível. Ele sabia que eu tinha planos para meu futuro e faltar à escola não me ajudaria em nada.

— Alice? — Ele apoiou as duas mãos no quadril.

— Sim, pai?

— Vá até à estação de trem ligar do telefone público para sua tia Mara, em São Paulo. Pergunte se ela poderia vir buscar Luíza e levá-la a um médico da capital.

— Sim, pai. Voltarei bem rápido.

Alice voltou rapidinho mesmo e trouxe as novidades de tia Mara. Ela viria na quarta-feira e me levaria a um especialista conhecido seu.

Pensei em Raul e no fato de que talvez o que nem começara entre nós nunca viesse a se tornar realidade. Pensei nos planos que fiz, ao imaginar que no sábado eu iria até sua casa para aprender a tocar violão com ele. Chorei, invadida por uma imensa tristeza, já que meus planos tinham sido destruídos por causa daquela maldita úlcera. Olha o destino brincando comigo mais uma vez, afinal eu nem sequer conseguira o beijar, e talvez nunca o beijaria.

A volta para São Paulo

Fiquei triste em saber que precisava voltar para São Paulo. Tratar de uma doença não fazia parte dos meus planos, principalmente por saber que meus sonhos focavam todos em me formar como professora e o que eu menos queria era perder aula. Aliás, eu não queria precisar tratar nunca dessa úlcera horrorosa, mas era isso. Ou eu me cuidava ou teria que ficar de cama pelo resto da vida. Tentei ir à escola na terça à noite, mas a dor me obrigou a passar o tempo todo deitada. Então não tinha nenhuma opção a não ser viajar com minha tia para São Paulo para me curar.

Por ser a irmã mais velha do meu pai, tia Mara era a mais conselheira e a que mais se preocupava com as meninas da nossa casa. Fora com a ajuda dela que minha mãe dera à luz todos os seus filhos. Mesmo morando em São Paulo, ela sempre nos escrevia. Havia muitos anos que não vinha nos visitar, mas as minhas irmãs haviam me contado que no período em que morei com tia Conceição, tia Mara se hospedara em nossa casa para ajudá-las com a mudança e com a organização do novo lar. Ela havia partido para São Paulo ainda jovem, logo que se casara, e poucas vezes visitara meus avós em Juquiratiba. Conhecera o marido em uma de suas visitas ao tio Josué e, quando menos esperava, já se vira casada com ele. Foi uma mudança de vida muito grande, sair do interior para morar em São Paulo em menos de seis meses, foi um ato bem corajoso de sua parte.

Não entendi por que meu pai não quisera entrar em contato com tio Edmundo e me mandar para a casa dele para ficar com tia Conceição. Mas acreditava que ele queria manter distância de seu irmão, por ser tão autoritário e não gostar muito de mim.

Tia Mara havia chegado por volta das dez horas da manhã daquela quarta-feira, e nós tomávamos um café, conversando sobre o meu problema. Alice, meu pai e eu a acompanhávamos enquanto ela terminava de comer o último pedaço de bolo depois que expliquei tudo o que sentia, o que comia e quais os chás que estava tomando.

– Mas e os medicamentos que o médico receitou? – ela perguntou, agindo como se eu tivesse acabado de dizer que meu pai me batia todos os dias.

Pigarreei.

– Meu pai achou melhor tratar com chá – respondi, olhando para ele e vendo sua expressão de como se nada tivesse acontecendo ali. Era incrível como ele conseguia ser tão frio a todo tempo.

– Não acredito nisso, Antônio! – Ela o fuzilou com o olhar. – Meu Deus do céu! A menina está com úlcera e você não quis comprar os medicamentos?

– Ah, Mara! – disse, agindo como se a conversa não importasse tanto. – Eu achei que o chá seria melhor. Você sabe como são esses médicos. Eles sempre empurram remédios a mais.

Minha tia franziu ainda mais a testa.

– Mas que tipo de tratamento ela está recebendo, então?

Meu pai suspirou como se Mara o tivesse cansando com aquela conversa.

– Bom, no momento só com chá mesmo – respondi, dando de ombros.

O rosto de minha tia ficou vermelho. Houve uma longa pausa. Eu me mexi na cadeira. Nunca tinha visto meu pai ficar tão sem graça diante do olhar de alguém. Ele sabia que estava errado, e tia Mara tinha o poder de cutucar a sua ferida sem que ele pudesse repreendê-la. Gostei daquilo.

– Tudo bem, Luíza. – Finalmente ela quebrou o silêncio. – Não vamos mais nos preocupar com nada disso. Quem sabe com esse tratamento na capital você não precise nem operar.

Lágrimas escorreram em meu rosto, e minha tia me abraçou. Não queria que percebesse meu desapontamento por eu ser obrigada a ir para a capital. Seu abraço era bastante reconfortante, considerando o clima estranho na cozinha diante da cara do meu pai.

— Não fica assim, querida. Tudo vai dar certo! Você vai voltar novinha em folha para cá.

— É o que eu mais quero neste momento, tia. Pode ter certeza disso.

•

Era uma tarde quente e quieta, e o sol brilhava timidamente através das silhuetas das montanhas. Eu me convencia de que essa viagem seria o meu melhor recurso para curar minha úlcera. No entanto, precisava parar de pensar em Raul, em seus olhos puxados, em sua atenção em mim, em seu sorriso apaixonante.

Era fácil olhar para a paisagem pela janela do trem e me perguntar quanto tempo eu ficaria longe dele. Eu pensava que tinha que ser forte. Bastava um tratamento para voltar logo. O sol se punha quando vi as montanhas mais altas ao longe, as casas das fazendas e os celeiros de madeira mais desmantelados. Estávamos no meio do caminho. Com o balanço do trem, consegui dormir o resto do percurso. Acordei quando tia Mara me cutucou no braço.

— Chegamos, querida — alertou, sorrindo para mim. — Tio Aníbal nos aguarda lá fora, com o carro.

Corri os olhos pela plataforma lotada de pessoas que desembarcavam também. Pegamos as malas e seguimos até as catracas. Havia um senhor em pé ali, procurando desesperadamente um bilhete perdido. Ele balançava a cabeça, sugerindo que não era a primeira vez que perdera algo importante. Dois carregadores conversavam. Então, saímos da estação.

— Olá, meu amor. — Tio Aníbal deu um abraço forte em tia Mara.

Fomos apresentados rapidamente.

Chegamos ao prédio de dez andares em que tio Aníbal era zelador. Eles não tinham filhos, e eu sabia que minha presença os deixava felizes. Fisicamente, tia Mara se parecia muito com meu pai. O mesmo olhar, o formato do rosto fino, o sorriso singelo. Cozinhava como uma *expert*, mesmo não sabendo ler. Era cheia de cerimônias e etiquetas e exigia que, enquanto eu estivesse em sua casa, cumprisse as suas regras.

Desconfiava que tudo o que sabia tinha aprendido com a sua mãe, já que minha avó, como madrasta, era um verdadeiro desastre para ensinar sobre prendas domésticas. Aliás, ela devia ter aprendido muita coisa elegante com sua falecida mãe, muito requinte e sofisticação. Coisa que vó Mercedes não passava nem longe desse tipo de etiqueta.

Assim que entramos no apartamento, fui direto para a janela ampla da sala conhecer a paisagem urbana que me rodeava. Parei e fiquei olhando a noite agitada da cidade de São Paulo. Uma bela vista dos prédios iluminados, dos carros nas ruas em um vai e vem alucinante das pessoas caminhando pelas calçadas.

Jantamos em silêncio.

– Obrigada, tia Mara e tio Aníbal – disse quando finalmente terminei minha canja.

– O estômago está doendo? – ela perguntou, tirando os pratos da mesa e os colocando sobre a pia.

– Por incrível que pareça, hoje não. – Alisei a minha barriga.

– Que bom, querida. Tenho certeza que vai ficar ótima logo. – Minha tia sorriu.

– Estaria ótima agora se Antônio não fosse tão mesquinho...

– Aníbal! – retrucou minha tia, dando um passo para trás em direção à sua cadeira. – Não precisamos falar disso agora.

– Tenho certeza que se Ana soubesse disso, ficaria arrasada – ele completou.

Eu concordava com meu tio, mas me segurei para não falar nada. Pensei no egoísmo de meu pai e no quanto minha mãe poderia estar sofrendo se estivesse morando com a gente. Melhor ela nem saber o que eu passara com a falta dos medicamentos.

Tomei um gole de água.

– Por favor, Aníbal. – Tia Mara apertou os lábios, formando uma linha fina, e percebi que a conversa começava a ficar um pouco delicada. – Não vamos nos importar com isso. Qualquer um está sujeito a ficar doente.

Balancei a cabeça.

– Enfim, agora você está aqui e amanhã vamos ao médico – ele disse, olhando para mim de um modo consolador.

– Vou ficar bem. – Dei um sorriso alegre para minha tia. – Aliás, vou ficar ótima.

O susto

Passava das duas da manhã quando a dor veio com força. Enxuguei o suor da testa, exausta, mas não queria incomodar meus tios, afinal eu iria ao médico pela manhã. Então levantei e abri a janela para que o ar fresco da madrugada pudesse me ajudar.

Mas uma dor repentina mais forte retorcia meu estômago, quase como um choque de levar um soco na barriga de dentro para fora. Foi quando disparei para o banheiro com a mão cobrindo a boca. Sentia--me tão mal que nem me incomodei de ficar agachada diante da bacia, vomitando violentamente toda a canja do jantar.

— Luíza? — Senti a mãos da minha tia em minha cabeça. — Não está bem, querida?

Não conseguia dizer nada. Minha tia segurou meu cabelo, ansiosa, esperando que eu pudesse respirar de novo.

A dor era atordoante. Tudo o que eu queria era a cura. Não queria suportar aquilo, ou eu não aguentaria. Eu precisava de ajuda. Eu precisava de um médico. E, por um tempo interminável, a tontura veio e meus gritos imploravam para que aquela dor saísse de mim. Mas ela prosseguia em fúria.

Apaguei.

•

— Ela está acordando.

Ouvi uma cadeira sendo arrastada, depois o salto do sapato ticando o chão de pedra. Duas vozes murmurando.

— Vou chamar o médico.

Um breve silêncio.

Minha boca estava muito seca. Fechei os lábios e engoli o pouco de saliva que me restava arranhando a garganta dolorosamente. Queria beber água, mas não conseguia falar nada. A mão de alguém apertou meus dedos. Entreabri os olhos e avistei minha tia.

— Agora tudo vai ficar bem. Estamos no hospital. Você já foi operada. Só tem que se recuperar.

Eu não consegui dizer nada. Apenas tentei dar um sorriso, o que de fato acho que agradou minha tia.

— Pronto, está vendo, Aníbal? Ela está voltando a si. Vai ficar ótima.

Eu ouvi passos, vozes masculinas que continuavam a falar ao meu lado. Meu último pensamento, antes de entrar no sono novamente, foi Raul.

•

— Nossa, que surpresa boa. Que saudade, Isabel. Como você está linda. — Eu não parava de abraçar minha irmã e admirar a sua barriga enorme, apontando os oito meses de gestação.

O cabelo de Isabel estava comprido. Caía em cachos macios e brilhantes em torno do rosto redondo e corado, que trazia uma expressão suave. Ela se sentou na beirada da cama do hospital, me avaliando enquanto sorria. Em poucos dias, voltaria para Cerquilho e, apesar de tia Mara cuidar de mim como uma princesa, eu sentia muita falta de casa.

Da escola.

Do Raul.

— Que saudades, e que susto nos deu, hein? Não faça mais isso.

— Pode deixar. Vou ficar ótima rapidinho. Estou me recuperando aos poucos, e logo volto para minha rotina. — Levantei-me da cama. — Tia Mara cuida de mim muito bem.

— Tenho certeza disso. — Ela alisou a barriga com os dedos compridos. — Ela é muito especial!

— Agora vamos mudar de assunto. Me diga: como está? — perguntei, ajeitando o travesseiro atrás das costas.

— Doidinha para ver a carinha desse bebê que me chuta o dia inteiro. Ah! Tenho novidades! — Ela parecia ainda mais animada agora.

— Novidades? Me conta! — disse, fazendo questão de soltar um sorrido no final da frase.

— Bem. O pai vai comprar uma casa pra mim aqui em São Paulo. Vamos sair do aluguel.

Os olhos de Isabel brilhavam. Batemos palmas e demos gritinhos eufóricos.

— Não acredito que o pai vai finalmente cuidar de uma das filhas como deve ser feito. Vai tirar o escorpião do bolso? Aleluia!

— Não é bem assim, Luíza. — Ela balançou a cabeça. — Ele vai comprar a casa à vista e nós vamos pagá-lo aos poucos.

Bufei. Minhas bochechas inflamaram. Balancei a cabeça.

— Eu logo vi que tinha algo por trás dessa história. Quando a esmola é demais, o santo desconfia...

— Pare, Luíza. — Ela ergueu as mãos no ar. — O pai já está fazendo um grande favor de comprar a casa, e temos a obrigação de pagar.

— Temos nada, Isabel. Pode se iludir com a bondade do pai, mas eu não caio nessa. Ele seria bom mesmo se desse a casa pra você!

— Eu prefiro assim. Não quero ficar devendo nada a ele.

Eu revirei os olhos.

— Quando vai se mudar?

— Depois que o bebê nascer — ela disse, alisando a barriga mais uma vez.

— Ai, que legal! Vou te visitar em sua casa nova em breve — respondi, sentindo meu rosto suavizar apenas com o pensamento focado na felicidade da minha irmã.

— Vou te esperar de braços abertos e com um bolo de laranja sobre a mesa.

Eu ri.

— Com bolo eu virei mais rápido ainda.

A surpresa

Eram quase dez horas da manhã quando a campainha tocou. Contava as horas para ir embora e já arrumava minhas coisas em cada canto da mala. Assim que os dias se passavam, eu me recuperava cada vez mais. Voltei ao médico por duas vezes: uma para tirar os pontos da barriga e a outra para um exame de rotina. Teria alta em pouco tempo, com a ansiedade me consumindo a cada instante em que eu pensava em voltar para casa e retomar minha vida.

A campainha tocou novamente. Deduzi que minha tia não estava em casa. Talvez tivesse saído enquanto eu tomava banho, sem se lembrar de me avisar. Ela voltaria rápido, com certeza, ou teria me informado.

Ao abrir a porta, minha mão apoiou no batente e, se ele não tivesse me segurado, teria desmaiado.

— Raul? — perguntei, sufocada, assim que consegui respirar. — O que está fazendo aqui?

Cambaleando, ajudou-me a sentar no sofá. O calor de sua pele ardeu através do meu vestido de linho amarelo enquanto ele se sentava ao meu lado. Inclinou o rosto, me olhando de uma maneira preocupada.

— Está tudo bem? — ele perguntou. Eu não podia decifrar a expressão em seu rosto, mas algo muito confuso se passava em sua cabeça.

— Estou me recuperando. Fiz uma cirurgia no estômago. Mas como chegou até aqui?

— Tânia não me perdoaria se eu não viesse. — Ele me presenteou com seu sorriso. Ah! Como eu senti falta dele.

– Tânia? Como assim?

– Ela conseguiu falar com sua irmã, Alice. – Ele não desviou os olhos dos meus. – Tânia explicou que eu estaria vindo te visitar e conseguiu convencer Alice a me dar o endereço. Lembrou-se de mim, do trem. Estávamos indo para Sorocaba...

– Eu me lembro. Passei mal naquele dia e fomos fazer os exames. Desculpe ter te ignorado, mas eu não me sentia bem. – Agora eu chorava, sem conseguir pronunciar as palavras com clareza. – Obrigada por ter vindo.

– Pare de chorar. Não quero te deixar triste.

– Não é nada disso. Você está aqui. Agora tudo ficou perfeito.

Então, sentou-se ao meu lado no sofá e me abraçou enquanto eu enterrava o rosto em seu peito. Beijou o alto da minha cabeça. Eu podia sentir seu coração batendo. Raul me afastou um pouco e olhou em meus olhos. Sequei as lágrimas com a palma das mãos.

– Estou feliz por ter vindo – disse ele baixinho depois de um instante. – Não pensei que me sentiria assim. Mas é bom ver você... mais uma vez.

– Estou muito feliz por você estar aqui. É o meu melhor remédio.

Ele riu.

– Isso é bom, porque o que eu mais quero é te ver com saúde.

Era um alívio ver suas feições familiares novamente, depois de todo aquele tempo que ficamos separados. Os olhos puxados sob as sobrancelhas grossas, as maçãs altas do rosto, os lábios bem feitos esticados sobre os dentes brilhantes, sorrindo com alegria para mim. Tudo combinava com seu charme. Eu podia ver que ele estava sendo bem cuidadoso comigo. Fazia o possível para dar certo, para não demonstrar que aquilo tudo era muito perigoso.

Nunca fiz nada bom o suficiente para merecer Raul daquela maneira.

– Quando decidiu vir me ver? – Minha voz soava vergonhosamente fraca.

– Esperei notícias suas até sexta-feira. Quando vi que Tânia chegou sozinha na escola, fui perguntar sobre você. E ela me disse que viajou para São Paulo para um tratamento médico. Não sabia o que fazer, então decidi pedir que conseguisse o endereço pra mim e hoje estou aqui. – Ele riu. – Você não acreditaria em como isso é difícil para mim...

Ai, meu Deus. Raul agora ficou sério. Sorri, tímida, e levantei a cabeça.

Fez-se um silêncio. Um silêncio enorme e medonho.

Acho que vai me beijar.

– Luíza!

Quando me virei, avistei minha tia parada na porta da sala, segurando duas sacolas de mercado. Pelo visto, ela não gostou nada de me encontrar sozinha em casa quase beijando um desconhecido. Pelo menos para ela, Raul era um desconhecido.

– O que está acontecendo aqui? – Ela olhou de mim para Raul, e depois para mim mais uma vez esperando uma explicação.

– Oi, tia. – Eu me levantei do sofá. Raul também se levantou ficando ao meu lado. – Deixe-me apresentar, esse aqui é o Raul. Ele estuda comigo e mora em Cerquilho. Raul, essa é minha tia Mara.

– Muito prazer – ele disse, meio que sem jeito, esticando a mão para que ela o cumprimentasse. Porém a situação ficou ainda mais constrangedora quando notei que ela não podia cumprimentá-lo por estar com as mãos ocupadas.

Raul se aproximou e foi logo pegando as sacolas de suas mãos.

– Pode colocar na cozinha, por favor. – Tia Mara me encarou em silêncio. Eu podia ver sua mandíbula aos poucos ficar levemente mais tensa e pensei se ela gritaria comigo por estar com Raul em sua sala de estar. Ou faria como seu irmão, tio Edmundo, que me expulsou de sua casa, rasgou todas as minhas recordações, quando eu apenas me apresentei para Ismael no Ipiranga.

– Por que não me disse que ele viria? – ela sussurrou. Olhou para a cozinha depois para mim.

— Não sabia, tia — subitamente sussurrei. — Foi uma surpresa e tanto pra mim também.

— Está interessado em você? — ela disse, olhando de relance para a cozinha.

— É meu amigo — eu disse da maneira mais leve possível. — Veio só me visitar.

— E seu pai, já conhece esse rapaz? — Ela apontou sobre o ombro com o polegar.

Eu sabia que isso não iria dar certo. Minha tia com certeza contaria ao meu pai sobre a presença de Raul aqui em São Paulo e talvez a minha vida se tornaria um verdadeiro inferno.

— Não, tia. — Suspirei profundamente. — Nos conhecemos faz pouco tempo, na escola. Ele estuda comigo.

Minha tia olhou para mim, e então sorriu.

— Bom, se ele está aqui, então vamos preparar um café da tarde bem caprichado. Não é sempre que se encontra um garoto tão apaixonado desse jeito.

E, como um interruptor, meu sofrimento se esvaiu, e a felicidade pura brilhou, esperando que ela tivesse razão.

Quem pode saber sobre o futuro?

Eu havia voltado para casa fazia uma semana. Nós nos encontrávamos todos os dias na escola, sentávamos juntos na sala de aula e conversávamos no intervalo em lugares que escolhíamos aleatoriamente. Contei também sobre minha família, a separação da minha mãe de todos nós, e até como meu tio fora cruel quando me trouxera de São Paulo por causa de um garoto que só queria me conhecer. Contei como meu pai era mesquinho, e como sofri com o frio até conseguir comprar o casaco que fazia parte do uniforme da escola.

Descrevi a história em um tom leve, e Raul tentava disfarçar como ficou perturbado ao conhecer o lado ruim da minha vida.

— Acho que ele nunca gostou da minha decisão de estudar — falei com a voz rouca.

— E mesmo assim você enfrentou tudo isso para estar aqui.

— Se não for assim, nunca vou conseguir reencontrar a minha mãe.

Sua imobilidade me forçou a olhar para ele. Franzi a sobrancelha, vendo-o me observar.

— E vai.

Raul falava comigo como alguém que quer muito ficar com você o tempo todo. Ele me contou que era o segundo filho de quatro irmãos, que trabalhava na fábrica de meias Selene e que gostava muito de tocar violão.

— Isso eu sei — ponderei, sorrindo. — E toca muito bem.

— Obrigado — sussurrou e tocou minha mão com os dedos. Por fim, um grande sorriso apareceu em seus lábios.

— Esqueci de dizer como você está linda. — Seus olhos rastrearam meu rosto uma vez mais. Então ele suspirou. — Gosto dessa cor em você. É...

— Azul. — Baixei a cabeça, sem conseguir deixar de sorrir.

— Azul-claro. — Pegou na minha mão. Senti sua pele fria, suada. — Quero pedir ao seu pai para namorarmos sério.

Senti meu coração dar um salto mortal dentro do peito. Olhei para ele sem saber o que dizer. Ele analisava minha expressão, com uma linha séria na sua boca.

— Desculpe, Raul, mas acho que... — Soltei minha mão da dele e fechei os olhos. Eu conseguia ouvir meu coração tão alto como se estivesse perto demais do meu ouvido. As batidas perdidas em meu peito procuravam encontrar o caminho de volta. Eu franzi o cenho. Depois olhei para ele.

— Não quer namorar comigo? — perguntou, com o sorriso sumindo aos poucos.

Analisava o meu rosto com um olhar triste, sincero e profundo.

— É mais complicado do que imagina — sussurrei, na esperança de que minha voz não falhasse. — Não sei se você vai querer enfrentar meus problemas com meu pai.

As mãos de Raul foram para a minha cintura, segurando forte o tecido do meu vestido azul.

— E por que eu não o enfrentaria? Gosto de você. Quero ficar com você.

Ele tomou meu rosto em suas mãos. Quando seus lábios encontraram os meus, não conseguia mais parar. Senti que ele respirou fundo. Sua boca tinha exatamente o gosto que eu imaginava. Dava para notar um resquício do sabor de chocolate em sua língua quando ele abriu a boca e me beijou de volta. Sentia sua língua morna percorrer a minha me fazendo ficar toda arrepiada. Meu corpo todo parecia estar em chamas, nunca havia me sentido daquela maneira antes. Acariciou meu rosto quente, depois se afastou um pouco e me beijou de leve.

— Quer namorar comigo? — perguntou, ainda tão perto que eu podia sentir o seu perfume me invadir.

Eu respirava com dificuldade enquanto tentava me recompor.

— Acho que nem preciso responder. Mas para garantir... Sim.

•

Mal dormi pensando na situação que teria de enfrentar quando contasse ao meu pai sobre o namoro com Raul. Ele era o homem mais indecifrável que eu conhecia. Não tinha ideia como seria a sua reação quando falasse da novidade, muito menos se seria capaz de me expulsar se eu insistisse em lhe dizer que não deixaria Raul por nada deste mundo.

Mesmo assim eu tinha que tentar.

Se minhas duas irmãs conseguiram se casar, por que seria diferente comigo? Ele não tinha motivo algum para me impedir de namorar Raul. Era um bom rapaz. Meu pai não teria argumentos para não o aceitar.

E Raul gostava tanto de mim que até se prontificou a vir aqui, pedir ao meu pai para que pudéssemos namorar sério.

Assim que terminei de me trocar, fui até a cozinha, reunindo toda a coragem que precisava para enfrentar a realidade.

— Bom dia, pai. — Sentei-me na cadeira, aproveitando que ele tomava café, peguei uma xícara para acompanhá-lo.

— Bom dia, Luíza. — Com olhos fixos no jornal, ele nem ao menos olhou para mim para responder.

Pelo canto do olho, pude vê-lo me ignorar. Peguei uma fatia de pão, passando um pouco de manteiga antes de dar uma mordida.

— Pai? — eu pigarreei. Nunca pensei que um pedaço de pão pudesse crescer tanto em minha garganta. — Posso lhe pedir um favor?

Ele ergueu a sobrancelha, desconfiado, e desviou os olhos do jornal para mim. O mesmo olhar que me dirigia quando eu era pequena e lhe perguntava se poderia comprar um sorvete. Exatamente com ar de censura.

— Sabe o filho do Sr. José, que trabalha na Sorocabana? — perguntei. Agora eu podia ouvir o meu coração cambalear dentro do peito.

— O que tem, Luíza? — Meu pai tomou um longo gole de café, desviando os olhos dos meus para o jornal em suas mãos.

— Ele gostaria de vir conversar com o senhor para assumir um compromisso comigo.

Meu pai ficou em silêncio por um instante. Colocou a xícara sobre o pires lentamente e perguntou em seguida:

— Qual dos dois filhos? — Ele mantinha os olhos fixos nos meus.

— Raul. — Senti meu rosto queimar cada vez mais.

— Quem? — ele gritou, e eu dei um pulo na cadeira já que não esperava jamais essa reação. — Aquele *playboy* mulherengo? Nem pensar...

Não acreditei na fúria com que se expressara. Não entendia o porquê de sua reação. Raul não era nenhum playboy como meu pai imaginava, e eu precisava convencê-lo de que estava totalmente equivocado.

— Mas pai, ele é de boa família. Estuda comigo e trabalha na Selene. Não acho que...

— Não tente me convencer... — Ergueu as mãos no ar.

— Mas por quê? — gritei mais alto do que pretendia.

Ele me encarou, com a expressão mais séria que eu jamais havia visto. Desviei o olhar assim que senti a raiva por meu pai me invadir. Por que ele nunca acreditava em mim? Nunca quis que eu fosse feliz?

Droga!

— Quer mesmo saber meus motivos?

Suas palavras tinham um tom de alerta, de ameaça, e aquilo fez meu sangue todo congelar.

— Eu o vi no trem beijando uma rapariga. — Meu pai parecia sentir prazer em me contar o que vira. Parecia gostar de me machucar. — Até pegava em seus seios. É isso mesmo que você quer?

Ri, pois não sabia o que fazer. Eu me virei e vi seus olhos gélidos pousados em mim. Nunca havia o achado tão intimidador quanto naquele instante. Ele era meu pai, mas, além disso, era cruel demais.

— É mentira, pai.

Ele ainda não havia se mexido, mas sua mandíbula ficou rígida.

— Está me chamando de mentiroso? — gritou. Deu um murro na mesa, levantando-se e andando de um lado a outro na cozinha.

Abaixei a cabeça e comecei a chorar.

— Não quero saber desse namoro! — gritou.

Olhei para ele, que agora apontava o dedo em minha direção.

— Trate de se afastar desse aproveitador.

Era o fim.

Eu corri para o quarto, joguei-me na cama e chorei como uma criança aflita. Não poderia ser verdade. Mas e se fosse? O que eu deveria fazer?

Diabos!

•

Por volta das quatro da tarde, Raul assobiou perto da janela de meu quarto, e eu fui me encontrar com ele na esquina de casa. Era uma tarde de sábado fria, com um sol preguiçoso e um vento nada simpático que bagunçava todo meu cabelo.

Raul sorria, mais lindo do que nunca. Porém, ao notar minha expressão séria, seu sorriso foi sumindo aos poucos. Ele usava jeans escuro, camisa xadrez e um sapato social. Seu cabelo parecia molhado, mas eu desconfiava que poderia ser brilhantina.

Pensar nas palavras de meu pai fazia meu coração despedaçar. Como se sentisse o peso do meu coração, ele estudava meu rosto de uma maneira intensa. Por que ele tinha que sair com uma rapariga? Por que tinha que ser justo quando meu pai pegara o trem? Por que Raul tinha que colocar as mãos no seio daquela sirigaita?

Meus olhos se encheram de lágrimas.

Entender que meu pai não aceitaria nosso namoro era duro de aguentar, mas saber que por causa de uma molecagem que acontecera muito antes dele me conhecer, e que isso faria com que não pudéssemos ficar juntos, trouxe outro nível de dor que eu jamais tinha imaginado ser possível.

— Não poderemos namorar — eu fui logo dizendo, antes que ele perguntasse qualquer coisa. Eu não sabia o que fazer e fiquei observando em silêncio o seu olhar explorar meu rosto e ser substituído por uma expressão preocupada.

— Por quê? — a voz aflita de Raul subitamente soou pela calçada, forçando-me a deixar de lado todo o medo que eu sentia quando o acusasse de algo que eu não tinha direito algum.

— Meu pai viu você beijando uma moça no trem. — Comecei a chorar.

Engoli em seco quando nossos olhos se encontraram. Com a mandíbula tensa, seus olhos castanhos estavam fixos em mim. Seu olhar era frio como gelo.

Minha boca ficou seca. Raul deu um passo à frente, seu corpo alto e largo me encurralando. O batimento do meu coração varreu todo o sangue de minhas veias, e seu som delirante rugia em meus ouvidos.

— Posso explicar... — Raul empalideceu, e suas bochechas perderam a cor. Balancei a cabeça. — Isso tem mais de um ano...

— Não tem que me explicar nada. Não tenho o direito de sentir ciúmes. — Respirei tremulamente e continuei. — Mas as coisas não são tão fáceis com o meu pai como são comigo, Raul. Ele nunca vai aceitar você como um bom rapaz para mim.

Raul não se mexeu. Eu podia ver o choque em seu rosto. Era nítido como havia se arrependido do que fizere, mesmo que nada daquilo importasse para nós dois.

— Deixe-me tentar conversar com ele. Aquela moça, ela...

— Ele te viu mexer nos seios dela. — Limpei as lágrimas com raiva. Na verdade, eu sentia ciúmes. Mesmo que não tivesse me traído, foi como me senti.

Raul ficou completamente pálido. Todo o sangue do seu corpo parecia ter sido drenado. Minha cabeça estava a mil, e não entendia mais nada. Dei uma olhada rápida para a porta da loja, me certificando de que ninguém nos via ali na esquina.

— Era sua namorada? — minha voz saiu trêmula.

Raul me segurou pelo braço e tentou me puxar, mas eu me livrei de seu toque e o encarei.

— Ela era uma colega. Fui ao baile em Tietê, bebi um pouco a mais do que o normal e acabei fazendo besteira dentro do trem. Eu não me lembro de ter visto o seu pai naquele vagão. Me desculpe, Luíza. Aliás, eu não me lembro de quase nada daquela noite.

— Mas ele te viu. E se lembrou disso. — Eu tremia de raiva. —Eu preciso ir.

Raul pegou na minha mão com os dedos gelados.

— Não faça isso, Luíza — ele insistiu, aumentando o volume de sua voz, enquanto chegava ainda mais perto de mim. — Não deixe uma besteira acabar com o que temos. Eu gosto de você. Gosto de verdade.

Eu me soltei e o encarei com os olhos arregalados.

— Por favor. Eu nem te conhecia naquela época.

Eu conseguia ouvir a minha pulsação. O que eu deveria fazer? Dar uma chance ou acabar de vez com o que mal havia começado?

— Por favor. Quero muito ficar com você. Eu estava bëbado, acredite. Só me dê uma chance, por favor.

Suspirei. Claro que eu acreditava nele, afinal, se realmente ele não estivesse tão interessado em mim, jamais teria ido a São Paulo me ver. Não podia desperdiçar o que havíamos começado assim, por causa de uma bobagem.

— Tudo bem — sussurrei com a voz completamente aflita. — Só não sei se meu pai vai te ouvir. Ele nunca vai esquecer o que viu naquele trem.

Com o braço ao redor do meu ombro, ele me puxou para perto.

— Deixe-me tentar. Quem sabe eu consigo convencê-lo de que quero muito ficar com você?

Afundei o rosto no seu peito e segurei sua camisa, fechando os olhos com força ao sentir seus lábios pressionarem o topo da minha cabeça.

— Conheço meu pai. Ele quer um marido rico para mim. — Eu tremia. — Não gostou de você, ainda mais sabendo o que você fez...

— Olhe para mim — pediu, baixinho, segurando minhas mãos e me deixando de frente para ele.

Com os olhos preocupados, observou meu rosto por um instante.

— Deixe-me conversar com ele agora.

Eu limpei os olhos com raiva, sabendo que seria bem difícil tentar convencer meu pai de qualquer mudança.

— Está bem, mas não garanto que meu pai vá ceder.

Pude ver uma emoção muito grande em seus olhos, mas fiquei em silêncio, apesar de acreditar que teríamos que enfrentar muita coisa juntos.

— Não se preocupe, vai dar tudo certo — disse Raul, mais para si do que para mim.

Segurei na mão dele e o levei ao encontro do meu pai em sua loja. Ele arrumava o balcão, de costas para a entrada. Apertei a mão de Raul e sorri quando nos aproximamos.

Meu pai, surpreso, me olhou sobre os ombros com ar de recriminação, mas continuou de costas organizando as mercadorias. Raul respirou fundo, tremendo, e dirigiu-lhe a palavra muito educadamente:

— Boa tarde, Sr. Antônio.

Estendeu a mão e esperou a resposta de meu pai, mas ele não replicou. Mal olhou para Raul e continuou em sua tarefa.

Eu fiquei sem graça e tentei amenizar aquela constrangedora situação:

— Pai, este é Raul, filho do senhor José. Ele gostaria de conversar com o senhor.

— Não tenho nada para conversar com ninguém.

Comecei a tremer e me esforcei para segurar o choro. Raul dirigiu a palavra com muita cautela:

— Bom, Sr. Antônio, eu gostaria...

— Escuta aqui. — Meu pai bruscamente virou o corpo e o encarou com fúria. — Eu já disse que não tenho nada para conversar com ninguém, então pega o teu caminho e volta de onde você não deveria nem ter saído.

Jurava que ele poderia a qualquer momento bater em Raul, como fazia com minha mãe quando ela bebia.

Raul engoliu em seco. Olhou para mim, mas dei de ombros e acenei para a porta.

– Tudo bem. Me desculpe pelo incômodo. Uma boa tarde para o senhor.

Muito chateado, Raul continuou segurando a minha mão, enquanto saímos da loja. Viramos a esquina e nos encostamos ao muro. O meu sangue fervia. Minha vontade era falar bons desaforos para o meu pai e dizer toda a verdade sobre meu amor por Raul, que aliás estava com o rosto vermelho de raiva.

Ele respirou fundo e tentou se acalmar. Percebi que nada mudaria, mas era melhor dizer alguma coisa.

– Está tudo bem?

Ele balançou a cabeça. Pude ver que engoliu em seco, mas que a raiva permanecia ali em seu olhar.

– Eu te disse que meu pai era terrível. Tinha certeza que isso aconteceria. – Agora, eu chorava feito uma criança perdida, deixando as lágrimas correrem soltas.

Raul me abraçou.

– Não fique assim. Logo seu pai vai me conhecer e verá que não sou esse monstro que acha que sou. Vamos vencer essa, juntos.

Ficamos ali por um bom tempo, enlaçados em um abraço forte, tentando encontrar um consolo para nós dois.

– Seu pai deve estar de mau humor hoje. Quem sabe não conseguiremos falar com ele outro dia? Vamos esperar com calma.

– Só vou te dizer uma coisa, Raul. Não há nada e nem ninguém que irá nos separar. Eu prometo que ficaremos juntos para sempre – eu disse, enxugando as lágrimas. – Nem que eu passe por cima de todo mundo, você será eternamente meu.

Novidades

— É um menino!

Assim que coloquei o copo no armário, olhei para Alice e logo notei seu rosto vermelho causado pela corrida da estação até nossa casa. Eu ainda me recuperava da tarde desastrosa em que tivemos por causa da discussão do meu pai com Raul. Aliás, eu queria que meu pai tivesse escutado o que ele tinha a dizer. Mesmo assim, eu ainda mantinha uma ponta de esperança de que um dia ele acreditaria que Raul era um bom rapaz.

A pedido do meu pai, Alice tinha ido telefonar para tia Mara para ter notícias de Isabel que estava prestes a ganhar bebê. Meu coração disparou feito um canhão.

— E Isabel está bem? — perguntei, já pegando na mão de minha irmã e a conduzindo para o banco que ficava do lado de fora da cozinha. Nos sentamos lado a lado, enquanto ela recuperava o fôlego e limpava o suor da testa. As crianças, que já não eram tão crianças assim, entraram e fizeram festa quando contamos que agora tínhamos um sobrinho. Paulo e Marli de imediato disseram que gostariam de ir conhecer, mas Geraldo não ficou tão animado em andar de trem.

— Acho que devíamos ir para lá no final de semana — comentou Alice, mas já sinalizando que nenhum dos mais novos iriam. — Talvez Isabel precise de alguma coisa.

— Mas e o pai? Ele vai nos deixar ir? — perguntei, já sentindo o coração apertado.

— Ele não vai negar. — Alice balançou a cabeça agitando os cachos nas pontas do seu cabelo escuro. — Estamos indo visitar nossa irmã que acabou de ganhar um bebê. Não tem motivo algum para nos impedir. E garanto que ele também quer saber sobre Isabel.

Alice deu um sorrisinho.

— Bom, se é assim que você está dizendo, vamos arrumar nossas coisas! — eu disse, um pouco mais animada agora.

Passamos o resto da semana nos preparando para a viagem. Como passaríamos apenas um final de semana fora, não tive que me preocupar com a ausência de Raul por aqueles dias, afinal, nossos finais de semana sempre foram regados de saudades mesmo. Então, não pesaria tanto, ficar longe dele aqui ou em São Paulo.

Meu pai me surpreendeu quando nos deu o dinheiro das passagens e pediu que entregássemos uma carta a Isabel. Talvez estivesse emocionado por ser avô pela primeira vez de um menino. Tentei interpretar a expressão em seu rosto antes de sairmos, mas ele se mantinha neutro como sempre. Era quase tão bom em esconder os sentimentos como o tesouro guardado em um baú esquecido no fundo do mar.

•

— Nosso primeiro sobrinho — Alice disse, emocionada. Olhei para Isabel que mantinha um brilho incrível em seus olhos ao fitar seu bebê nos braços de nossa irmã.

Ela parou ao meu lado.

— Estou tão feliz que vocês estão aqui. — Um sorriso amoroso se espalhou por seus lábios e ela continuou: — Espero que a próxima visita seja em nossa casa nova.

Eu a encarei, admirada. Mas então um calor me preencheu. Eu sempre soube que Isabel seria feliz. Mesmo que estivesse apenas com seu marido e agora com seu filhinho em São Paulo, eu podia ver como uma paz reinava em sua vida.

Meu pai pagou a casa e propôs à Isabel que lhe pagasse o mesmo valor do aluguel até quitá-la. Ela nem questionou, aceitando de bom grado a oferta dele, afinal, não teria outra chance como essa, de sair do aluguel.

– Nossa, Isabel, que bebê lindo. – Adorava crianças e Carlinhos, com seus cabelos loirinhos e a pele macia como um algodão, era o bebê mais fofo que eu havia visto. – Essas dobrinhas do braço dão vontade de morder!

Sorri.

Enquanto Alice ajeitava Carlinhos no berço, contei as novidades:

– Estou namorando escondida do pai.

Na mesma hora, notei o olhar de reprovação da minha irmã. O mesmo olhar que ela me fitava quando eu queria ir ao baile, ou quando passeava com Adelaide e Marisa depois da missa.

– Não me olhe assim. – Exigi, me ajeitando na cama. Alice se acomodou ao meu lado. – Tentei contar tudo, mas ele não aceitou meu namoro. Não vou deixar de ser feliz por causa dos caprichos do pai.

Alice encolheu os ombros.

– E por que o pai não deixou você namorar? – Isabel perguntou sentando-se na cadeira de frente para nós.

– Porque Raul não é rico – sussurrei. Senti meu coração espremer no peito, sabendo que na verdade o maior problema que nos impediu de termos o seu consentimento foi ele ter visto Raul se engraçar com uma mulher no trem.

– Tem certeza de que é só isso? – minha irmã me olhou desconfiada.

Era impossível esconder as coisas dela. Desde pequena, Isabel sempre descobria tudo sobre mim. Até mesmo quando ainda morávamos em Juquiratiba e eu peguei alguns trocados da loja do pai para comprar um doce no bar, foi ela quem contou para minha mãe, que acabou me deixando de castigo. Por dois dias não pude nadar no rio com as minhas irmãs. Mas foi melhor isso do que apanhar de cinta do meu pai por ter roubado o seu dinheiro. Minha mãe sabia o que deveria ser feito e fez.

— É claro que não — disse Alice, rindo com vontade da minha cara de espanto. — O quê? Isabel tem que saber da verdade.

— Alice! — Dei um tapa em seu braço. — Pedi para não falar nada.

Isabel inclinou a cabeça, confusa.

— Dá para vocês duas me explicarem o que está acontecendo? — ela perguntou, cruzando os braços em frente ao corpo. No entanto seus olhos arregalaram-se imediatamente.

— O pai viu Raul pegar nos peitos de uma sirigaita no trem. — Contestou Alice, em tom de defesa, olhando para Isabel.

— É sério? — Isabel soltou uma gargalhada alta que acabou nos contagiando. Rimos juntas da situação bizarra que de tão engraçada deixou de ser trágica por alguns minutos.

— Desculpe, Luíza — disse Alice, cobrindo a boca com as mãos. — Eu não sabia como contar.

Aos poucos, fomos nos acalmando até que ficamos em silêncio por um instante.

Continuei pensando que Raul não teria feito nada se não estivesse bêbado, e em como tinha certeza que ele se arrependera do que fez. Um rapaz tão decidido a enfrentar meu pai por minha causa não teria aquele tipo de atitude se não gostasse de verdade de mim.

Isabel ficou calada e pensativa. Alice balançou a cabeça:

— Ele é um rapaz muito bom. — Olhou para mim. — Trabalhador, de boa família, e parece gostar muito de Luíza...

— Ele me ama. — Interrompi. Eu podia sentir meu coração balançar no peito. — Estou rezando para que o pai abra o seu coração e me ouça ao menos uma vez na vida. Enquanto esse dia não chega, eu vou continuar a namorar escondida — disse olhando para o véu branco que cobria o berço de Carlinhos. — Até que estou curtindo o meu namoro escondido, afinal, tudo que é proibido é mais gostoso.

Isabel ergueu a sobrancelha.

— Só tome cuidado para não fazer nenhuma besteira — ela disse, convencida de que ninguém me seguraria a ser feliz.

– Não se preocupe, não vou engravidar. Mas bem que seria legal ver a cara do pai, ao receber a notícia de minha gravidez. – Comecei a rir. – Imagine o carão que ele faria ao saber. Acho que eu arranjaria até uma máquina fotográfica para registrar a sua careta de espanto.

Olhei para Alice que ria também.

– Luíza... – Isabel me repreendeu.

– Estou brincando, sua boba. – Gargalhei bem alto, fazendo Isabel sorrir também. – Mas que seria engraçado, isso seria.

Meu aniversário de 18 anos – 1965

— Vai à casa dele? — perguntou Alice deitada na minha cama, enquanto eu terminava de me arrumar.

Ela observava o meu reflexo no espelho. Parecia estar gostando do que via. Coloquei meus brincos de pérolas, passava um batom rosa e ajeitava meus cabelos com as pontas dos dedos.

— Sim, vou conhecer a família dele — respondi.

Agora minha irmã parecia espantada, como se não acreditasse que eu e Raul estávamos levando a sério mesmo nosso namoro.

— E se o pai descobrir?

Dessa vez eu me virei para ela. O choque em seu rosto era inquietante.

— Não tenho medo. Aliás, a culpa é dele se não estamos namorando com o seu consentimento. Eu tentei, Alice, mas ele não quis que fosse da maneira certa. Então é da maneira errada mesmo que vamos ficar juntos.

Alice sentou-se com os braços apoiados no colchão.

— E vão fazer o que no dia do seu aniversário?

Olhei para Alice e percebi o nível de preocupação em seu rosto. Meu estômago revirou ao pensar que com tanto medo ela poderia contar ao meu pai sobre o meu namoro escondido, já que percebeu que não tinha mais como eu voltar atrás. Conhecer os pais de Raul era um passo importante que estávamos dando juntos. E eu sabia que Alice notou que eu não tinha mais o que temer. Iria até o fim para ser feliz com a pessoa que eu amava.

— Você sabe bem o que está fazendo, Luíza? — Alice continuou dando-me um sorriso. — A cidade é pequena e alguém pode contar ao pai sobre vocês dois.

Enquanto aquelas palavras escapavam de seus lábios, vi Alice lentamente perder o sorriso. Ela olhou para baixo, depois para cima de novo.

— O que vai fazer se isso acontecer?

Ela mantinha um olhar triste. Tão triste que eu tive que me virar para o outro lado. Eu não conseguia suportar aquela expressão no rosto de minha irmã.

— Luíza? — insistiu Alice.

— Não quero pensar nisso agora. — Virei-me para ela, sorrindo. — E então? Como estou?

Segurei a barra do meu vestido de flanela verde-água balançando o corpo de um lado a outro.

Alice revirou os olhos, sentando-se na beirada da cama.

— Você está linda como sempre! Dá até raiva quando me pergunta como está. Raul vai pirar!

Ouvi o assobio da esquina.

— Vai precisar de mim para colocar os menores para dormir? — perguntei, ajeitando o tecido do meu vestido.

— Não. Pode ir tranquila que não vou precisar de você hoje. — Alice sentou-se na cama. — Rita vai fazer um bolo para comemorar os treze anos de Geraldo. Paulo e Marli vão cantar parabéns pra ele com algumas crianças da escola. Eles voltarão só amanhã do sítio de Armando.

Assenti.

Nós duas nos fitamos, de olhos mareados. Franzi o cenho.

— Eu preciso ir. — Com um olhar final para o espelho, peguei meu casaco preto de lã e me apressei para a porta. Segurei na maçaneta e olhei para ela. — Me deseje boa sorte, Alice!

— Você vai precisar mais do que sorte. Mas se é isso que quer, sinta-se sortuda.

Joguei um beijo no ar para ela.

– Feliz aniversário, Luíza!

Soltei um suspiro longo, como uma espécie de alívio. Depois desse momento eu sabia que podia confiar em minha irmã. Estava claro em seus olhos.

– Obrigada!

•

Assim que avistei Raul na esquina, senti meus pulmões e meu coração pararem.

Tão lindo, usava um jeans escuro, uma camisa azul, por baixo da jaqueta de couro preta e sapatos pretos. Seu cabelo arrumado com um pouco de gel formava um topete bem charmoso na franja. Saboreei o momento em que ele me viu e soltou o seu melhor sorriso, apresentando a covinha charmosa no canto do rosto que eu tanto gostava de ver. Encostado no muro, se afastou assim que me viu aproximar.

Seus olhos brilhavam sob as sobrancelhas escuras e eu pude ver a luz daquela tarde chamejando em seu olhar. Lentamente, rastrearam todo o meu corpo, desde o meu vestido de flanela verde-água de mangas longas, descendo pelas minhas pernas e de volta para a fita preta que coloquei na cabeça para segurar a franja. Suas narinas e pupilas dilataram e eu sabia que ele havia gostado muito do que viu.

Corando sob seu olhar intenso, respirei fundo. O ar frio, denso e saturado não amenizava a tensão que entre nós era palpável. Percebi, naquele momento, como eu gostava de Raul e como ficar longe dele era tão difícil.

– Feliz aniversário! – Ele finalmente quebrou o silêncio entre nós. Me abraçou com carinho, deixando seu perfume invadir meus sentidos, me fazendo esquecer um pouco mais os meus problemas. Eu poderia ficar horas ali em seus braços. Poderia até esquecer de todos os meus dramas. Mas então eu me afastei lentamente, para não parecer que uma ponta de desespero havia surgido em mim.

— Obrigada. — Senti meu rosto corar.

Caminhamos de mãos dadas pelas ruas de Cerquilho até chegarmos à casa dele. Nunca tinha me sentido tão protegida e feliz. A cada dez passos Raul olhava para mim e sorria de maneira carinhosa, como se nosso mundo estivesse perfeito naquele instante.

Meu coração batia acelerado enquanto nos aproximávamos de sua casa. Concentrei-me no chão para acalmar meus nervos e para não cair, como fiz da última vez que o encontrei ali em sua casa. Tinha sido um desastre aquele tombo, e eu jamais queria repetir a dose.

Paramos em frente ao muro e Raul havia aberto o portão para mim. Então, todo o meu nervosismo passou.

Ali estava ele como um anjo, observando-me, esperando que eu entrasse. Sorrindo, entrei em seu quintal. Corei de felicidade enquanto fechava gentilmente o portão e abria a porta da sala para que eu pudesse entrar.

— Está pronta? — sussurrou.

Eu apenas assenti. Assim que pisei na sala, encontramos o pai de Raul sorridente, pronto para me cumprimentar.

— Boa tarde — ele disse, todo solícito e esbanjando simpatia. Era incrível a semelhança entre pai e filho. O formato do rosto, os olhos puxados, a expressão serena e positiva. — Finalmente conhecemos a tão famosa Luíza. Raul só fala de você — disse ele, apertando a minha mão. — Muito prazer, José, o pai.

— O prazer é meu. Estou tão feliz de estar aqui.

Então veio a sua mãe, sorridente, com os cabelos em um corte curto, o vestido reto até os joelhos, limpando as mãos em um pano de pratos.

— Sou Helena — Sorriu para mim e me abraçou. — Que bom conhecer você, Luíza. Raul está tão feliz, que eu fico muito feliz também.

— Prazer em conhecê-la, dona Helena — eu disse. — Obrigada pelo convite.

Eles tinham arrumado uma grande mesa no quintal e dona Helena preparou um almoço bem caprichado. Alcides, o irmão mais velho de

Raul, trabalhava também na Selene como contador. Nilza, a única menina, adorou conversar comigo sobre a cor da roupa que mais usava e o seu traje principal para ir à missa. Apesar da diferença de idade de dez anos entre nós, nos demos muito bem. E, por fim, o caçula Pedro, envergonhado, conversou pouco comigo. Ele apenas me mostrou o seu caminhão de madeira, que Sr. José tinha feito para ele.

Assim que terminamos de comer, ajudei dona Helena a retirar a mesa e lavar a louça. Mas, quando já me preparava para ir embora, veio a surpresa.

– Bolo de aniversário? Não acredito! – Cobri a boca com as mãos, totalmente emocionada. – Nunca tive um bolo como esse. – Consegui dizer por fim enquanto Raul acendia a velinha.

Dona Helena fez um saboroso bolo caseiro com cobertura e recheio de creme de morango, e todos cantaram parabéns para mim. Foi incrível me sentir tão querida por aquelas pessoas maravilhosas. Por um segundo, senti um pouco de ódio do meu pai por ter sido tão cruel com Raul. Por tratá-lo tão mal da maneira que o tratou. Mas, então, a raiva foi substituída pela alegria de estar com pessoas incríveis e que conseguiam me fazer sentir feliz e importante.

– Obrigada por este momento especial em minha vida e por me deixar fazer parte desta família tão maravilhosa.

Raul me abraçou.

– Acho melhor comermos o bolo antes que você alague a cobertura.

Todos riram.

Enquanto comíamos, Sr. José começou a contar suas velhas piadas, e todos se sentaram para ouvi-las.

Por volta das sete horas da noite, me despedi de todos, e Raul me acompanhou até a esquina de casa. Chovia forte e, durante o percurso, debaixo do guarda-chuva dele, eu agradeci:

– Adorei a festa, Raul. Obrigada.

– Esta foi a primeira de muitas outras que virão pela frente.

Nossos olhares se encontraram por vários segundos, então desviei o foco para a minha casa. A luz da sala acesa indicava que meu pai assistia ao telejornal. Raul não tirava os olhos de mim. Ele me encarava, e eu fazia o melhor que podia para ignorar a maneira que respirava. Não sabia se a respiração dele havia acelerado por causa do quanto estávamos próximos ou porque sentia tanto receio de encontrar meu pai quanto eu.

As pontas dos seus dedos tocaram a minha cintura.

A mão toda.

Inspirei novamente e tentei me concentrar em nossa despedida.

Não consegui.

Era incrível sentir seu calor em mim. O toque de sua mão dando a volta em minhas costas, até a minha nuca. Ele encostou a testa em minha cabeça enquanto soltou um suspiro, então apertou meus ombros com as mãos.

Nem sabia como ainda me mantive em pé.

– Sabia que tem um sorriso lindo? – Raul me observava com ar carinhoso. – E estou louco para te beijar desde a hora em que te vi.

Então me conduziu lentamente para trás. Paramos diante do muro da esquina, contra o qual me encostou para me beijar. Sentir os lábios dele nos meus era sentir um mundo de sensações. Vestia um sobretudo comprido para se proteger da chuva e do frio daquela noite. Envolveu meu corpo com o casaco e me abraçou bem forte. Sentir o calor do corpo dele junto ao meu despertou em mim o desejo de abraçá-lo ainda mais. Era como se eu estivesse vivendo e morrendo, tudo ao mesmo tempo. A vontade de tê-lo mais perto foi aumentando, na medida em que a intensidade de nossos beijos aumentava e a nossa respiração se tornou mais ofegante e rápida. Raul me pressionou bem forte ao seu encontro e sua mão acariciou os meus seios. Lembrei-me das palavras de Isabel para que eu tomasse cuidado e senti de repente um medo grande de perder a cabeça, não resistindo à tentação. Retirei a mão de Raul de meu corpo e me afastei rapidamente.

– Me desculpe, Luíza, acho que... Desculpe. – Sua voz firme, dura, indicava que se controlaria para conseguir manter aquela distância entre nós.

— Acho melhor eu ir embora, está ficando tarde. — Eu sorri, tentando disfarçar a vergonha que sentia. Aliás, eu nem sabia por que sentia vergonha, afinal, tínhamos apenas nos beijado de uma maneira intensa.

Raul não disse mais nada. Beijou meus lábios com carinho, mas eu pude perceber sua expressão constrangida. Ao subir a rua, ouvi a voz doce dele atrás de mim:

— Boa noite, Luíza. Feliz aniversário.

Parei e olhei para trás. Raul por entre as gotas, me observava com um sorriso apaixonado estampado em seu rosto. Os pingos da chuva sobre seu cabelo o deixavam ainda mais lindo. O brilho de seus olhos dizia o quanto ele me amava. Não resisti e voltei correndo para os braços dele. Um beijo caloroso e demorado explodiu ali mesmo. Naquele instante, eu descobri o amor. Realmente, amava Raul. Queria ficar com ele o tempo todo e pelo resto da minha vida. Desejava cada vez mais seus beijos e seus abraços e tinha certeza de que seríamos felizes para sempre.

Um namoro sem sentido

Eu não fazia ideia do que era capaz de sentir na presença de Raul. Isso me trazia lembranças maravilhosas dos momentos que passávamos juntos. Suas mãos, boca, o jeito como me tocava... era como se minha reação fosse o motivo de sua existência.

Nunca havia ligado muito para as questões do tempo, nem se ele passaria rápido ou não. Mas agora, eu me incomodava muito. Desejava que cada minuto que ficávamos juntos durasse uma eternidade. Apesar de minhas súplicas, o tempo sempre corria como um flash e cada despedida era algo doloroso e cheio de saudades.

Em casa, meu pai nunca se deu ao trabalho de me perguntar sobre o meu namoro com Raul. Eu não entendia muito bem se ele ignorava a minha relação, ou achava que eu o obedeci e terminei tudo só para manter as suas regras. Na cidade, eu sabia que as pessoas falavam. A maior parte das fofocas era sobre como eu conseguia manter um namoro por tanto tempo escondida de meu pai sem ele notar nada. E eu duvidava que alguém não tivesse comentado algo com ele.

Eu não dava a mínima para aquilo.

Na verdade, eu queria mesmo era o consentimento do meu pai. Namorar Raul sem a preocupação do que seria certo ou errado era o que eu mais desejava. Mas, se não tinha outro jeito, preferia continuar com ele dessa maneira.

Ouvi batidas na porta da entrada enquanto eu terminava de secar a louça do jantar. Naquele domingo eu resolvi não ir à missa.

Precisava terminar um trabalho de Artes e decidi aproveitar a noite fria para estudar.

Meu pai conversava com alguém na sala. Assim que pisei no corredor, ele me chamou. Então, segui até lá e me deparei com um rapaz que me olhava da cabeça aos pés sem nenhum pudor. Não precisava ler seus pensamentos para saber que ele gostou das minhas pernas já que não tirava os olhos delas. E por fim, voltou a olhar em meu rosto.

Ele aparentava ter uns 30 anos, no máximo. Era alto, magro e vestia uma roupa que parecia ser bem cara. Sorria para mim, e eu me senti ofendida quando ele sussurrou que eu era melhor do que esperava.

Olhei para meu pai confusa.

— Luíza, este é o Edson.

Ai, meu Deus!

— Olá. — O rapaz continuava analisando meu rosto como se eu fosse uma obra de arte valiosa.

A voz dele soou tão suave que eu me incomodei. Edson me lançou um breve sorriso e depois se virou para meu pai e sorriu de verdade.

Eu gelei, principalmente por notar o brilho no olhar dele. Não precisava ser um gênio para perceber quais eram as intenções de meu pai promovendo aquele encontro nada agradável para mim.

Edson ergueu a sobrancelha escura e grossa. Muito bonita, por sinal. E ficava num bonito rosto, em uma bonita cabeça, apoiada em um bonito corpo. Num corpo de um cara babaca que não tirava os olhos das minhas pernas.

Maldita hora que resolvi colocar esse vestido curto. Por que não coloquei a calça?

— Luíza. — Meu pai arregalou os olhos, acenando para a mão estendida de Edson na minha frente.

Dei um sorriso forçado e estendi a mão, olhando para meu pai. Sabia o que pretendia. Muito educadamente, o homem a beijou.

— Oi! — Séria, eu tentava não demonstrar a raiva que se apossava dentro de mim naquele momento, mas foi impossível. Eu me sentia como um objeto de leilão, esperando o maior lance.

— Nossa, Sr. Antônio! É uma moça muito formosa.

Revirei os olhos.

Meu pai sorriu para Edson, esperançoso, e afastou-se do sofá.

— Vou deixá-los a sós, para que possam conversar melhor.

Olhei feio para meu pai, mas de nada adiantou. Ele retirou-se da sala com um sorriso bem significativo no rosto. Eu teria que aguentar aquela situação sem contestar, afinal, meu pai não sabia do meu namoro com Raul – pelo menos era o que eu deduzia – e, muito menos, aquele rapaz poderia saber.

— Então você é a Luíza. — Não foi uma pergunta. A maneira profunda que me olhava, me incomodava ainda mais. — Não pensei que fosse tão bonita. — Ele foi dizendo enquanto sentamos no sofá lado a lado. — Você é a filha que o Sr. Antônio mais comenta comigo.

Nem sabia se ele havia percebido o rubor em meu rosto, mas inspirei profundo e olhei para a televisão desligada sobre a mesinha na nossa frente.

— Que bom. — Foi o que consegui dizer. Torci para que ele parasse de me encarar daquela maneira.

— E o que faz? — O sorriso convencido já era o suficiente para que eu entendesse o que pensava sobre mim.

— Sou empregada doméstica; cuido de um menino durante o dia e estudo em Tietê à noite.

Minha cabeça rodava. Edson me olhava de uma maneira que eu não gostava. Parecia que lia, dentro dos meus olhos, meus segredos mais profundos.

— Ah! Você quer trabalhar. — Outra vez não era uma pergunta e claro que eu não gostei.

Sua expressão tinha um misto de curiosidade com um pouco de autoridade e aquilo me deixava apreensiva.

— Pretendo ser professora um dia.

Ele passou as mãos pelo cabelo castanho, bem penteado e ajeitado com brilhantina.

— Se você se casar comigo, não precisará de nada disso. Tenho muito dinheiro.

Não gostei do tom de arrogância, mas entendi por qual motivo aquele moço conquistara meu pai.

— E você faz o quê? — perguntei olhando para as minhas unhas pintadas de vermelho.

— Meu pai tem uma fazenda, e sou veterinário — ele respondeu, ainda estudando meu rosto. Eu podia sentir minhas mãos cada vez mais frias.

Consegui sorrir.

Ele me dava toda a sua atenção, mas desviei o olhar para as cortinas brancas que cobriam a janela. Quando me virei, Edson havia se aproximado um pouco mais, e mantinha o sorriso irritante ali no rosto.

— Então, o que gosta de fazer nas horas vagas?

Acho que vou bater nele se continuar se aproximando de mim. E ainda parecia que tiraria a minha roupa só com aquele olhar profundamente irritante.

— Nada — disse, curta e grossa, enquanto me afastava alguns centímetros sentando um tiquinho mais ao lado no sofá.

Qual o problema desse homem?

— Na minha fazenda, terá muita coisa para fazer. — A maneira presunçosa na qual pronunciou as palavras me irritou. Mas, sinceramente, não estava disposta nem um pouco a discutir qual o tipo de tratamento que ele poderia ou não se dirigir a mim.

— Edson, eu sei que a nossa conversa está só começando, mas eu estou cansada, tenho um trabalho de artes para terminar, então, acho melhor você ir embora.

Levantei-me em um salto. Edson também se levantou.

— Está certo. — Ele suspirou como se eu tivesse acabado com a sua diversão. — Mas eu volto, brotinho.

Fiquei inquieta, porque não gostava do fato de saber que eu teria que me encontrar com ele mais uma vez.

O rapaz endireitou a postura e seguiu para a porta. Antes mesmo que eu pudesse abri-la, ele foi logo se adiantando e saiu sem ao menos me dizer tchau.

Assim que a porta fechou, saí da sala e encontrei meu pai, no corredor.

— E então? — Olhou para mim com uma expectativa em nível dez. Nunca vi meu pai tão curioso em toda a minha vida.

— E então o que, pai? — no fundo eu me divertia com o comportamento dele, como se fosse uma criança esperando a aprovação para alguma coisa.

— Gostou dele? — Virou-se para mim e encostou o ombro no batente da porta, cruzando os braços.

— Edson é educado. — Foi tudo o que consegui dizer. Na verdade, eu poderia listar um monte de coisas que não gostei nele, principalmente o fato de não tirar os olhos de minhas pernas. Mas eu sabia que, para meu pai, minha opinião não valia de nada.

— Só isso? — Franziu a testa enquanto ergueu as sobrancelhas.

Sua postura mudou. A expressão ficou paralisada, como se esperasse algo bem mais profundo em relação ao que eu ia achar do rapaz.

— Só. Boa noite, pai — disse, já me virando para entrar em meu quarto.

Não queria conversar. Na verdade, eu queria sair dali gritando para dizer ao mundo que amava Raul. Não queria rico nenhum em minha vida. Deitei na cama e me senti a pessoa mais angustiada do planeta. Contaria tudo a Raul no dia seguinte, com uma vontade tremenda de acabar logo com aquela besteira. Só não tinha certeza se eu iria conseguir essa proeza.

A situação piorou

Aquela segunda-feira pareceu durar uma eternidade. Quando entrei no ônibus e não avistei Raul, senti meu coração ainda mais apertado. Eu precisava contar sobre o tal Edson o mais rápido possível. Precisava falar sobre a ideia ridícula do meu pai em me arranjar um namorado rico. Então, torci para que o encontrasse na sala de aula, antes que a professora começasse a explicação. Mas, para a minha decepção, não o encontrei lá.

Sentei em uma cadeira perto da janela, ajeitei minhas coisas sobre a mesa e esperei angustiada pela chegada de Raul. Cada segundo que o relógio se arrastava, eu me sentia ainda mais aflita. E o pior, foi quando a professora começou a aula.

Cadê você, Raul?

Eu não conseguia ouvir uma palavra sequer do que ela dizia. Olhei no relógio pela centésima vez. Vinte minutos de atraso.

Onde é que você se meteu?

E se ele não vier hoje? Droga!

Prestes a começar a chorar, ouvi o som da cadeira atrás da minha sendo arrastada.

Era ele.

Graças a Deus!

— Oi, Luíza — frisou, com um sorriso no rosto... — Fiquei preso na fábrica. Fechamento do mês.

Ele ajeitou suas coisas sobre a mesa.

— Precisamos conversar — sussurrei.

— O que foi? — Parecia preocupado agora. — Você está pálida. Está com dor de estômago novamente?

Balancei a cabeça.

— Não, Raul, não sou eu. Meu pai...

— O que tem ele?

A professora olhou para mim ainda segurando o giz na mão. Notei que todos os alunos da sala olharam para mim. Senti o rosto queimar.

— Desculpe, professora. — Abaixei a cabeça.

Impaciente, Raul cutucou meu ombro:

— O que tem seu pai, Luíza?

Eu me virei para trás e olhei em seus olhos cheios de expectativas.

— Ele me arranjou um namorado.

— O quê? — Raul gritou.

Todos da sala olharam para ele. A professora fez uma careta, desaprovando sua atitude.

— Se vocês não pararem com essa conversa, vou ter que pedir para se retirarem da sala.

Eu me levantei e saí correndo, chorando. Raul veio atrás, desculpando-se com a professora.

— Com licença, é um problema de família.

Eu me encostei na parede do corredor, sem conseguir parar de chorar. Raul me abraçou.

— Que história é essa de namorado?

Afastei a minha testa do seu peito e olhei em seus olhos.

— Meu pai é um idiota. — Balancei a cabeça. — Acha que não tenho sentimentos e me trata como um objeto. Você acha, Raul, me arranjar um namorado? Por que não me pergunta se eu quero isso mesmo? Ele não tem nenhum respeito por mim.

Raul não se mexeu. Senti a tensão dele aumentar.

— E o que esse cara tem de tão especial que eu não tenho?

Dei um passo para trás me afastando um pouco dele.

— Infelizmente... ele tem dinheiro.

Com os olhos estreitos, notei sua respiração rápida e intensa. Raul deu um passo à frente e veio até mim, agarrando meu rosto e me obrigando a olhar para ele.

Seus olhos agitados, demonstravam o quanto sentia medo. Seu olhar percorria meu rosto. Os dedos encostavam levemente nas minhas bochechas de um jeito protetor e bom, e eu odiava ver a tristeza estampada ali em sua face.

— Quer ficar com ele? — perguntou, parando os olhos nos meus procurando a verdade.

— Não! Claro que não — praticamente gritei. — Sabe que eu te amo, Raul, e não há dinheiro no mundo que me faça deixar você.

Fechou os olhos e expirou, aliviado. Me abraçou com força e encostou a testa na minha.

Ficamos ali por um bom tempo, até que finalmente falou:

— Vamos resolver isso juntos.

— Resolver o quê, Raul? — bruscamente me afastei. — Como vou dizer ao meu pai que não quero namorar aquele homem horroroso? Que amo outra pessoa? Ele é capaz de me bater se souber que eu amo você.

Raul respirou fundo.

— Não consigo competir com esse cara. Não sou rico, e muito menos tenho o apoio de seu pai.

Fechei os olhos com força, pois a confusão e a aflição na sua voz eram insuportáveis. Balancei a cabeça cheia de medo dele desistir de nós dois por uma luta desleal que meu pai trilhava. Também balancei a cabeça porque não queria que me deixasse sozinha. Olhei em seus olhos e percebi que como eu, ele também sofria naquele momento.

— Você quer que eu me afaste por um tempo?

— O quê? — Eu o encarei. — Não, Raul! Eu não acredito que estou ouvindo isso de você. Está desistindo de nós?

— Não me entenda mal. Não é isso que eu quero. É que seu pai é... Tenho medo que ele descubra sobre nós e mande você para outra cidade. Daí sim eu ficaria louco com a sua ausência. Com a distância entre nós.

— Ele não vai fazer isso. — Balancei a cabeça. — Já tenho 18 anos.

— Eu sei, Luíza, mas ele pode transformar sua vida em um inferno. — Alertou baixinho. — Brigar o tempo todo com você. Precisamos tomar cuidado.

— Não sei se vou aguentar ficar com aquele homem tão perto de mim. Um ser arrogante e petulante. Além de tudo, vai querer me beijar, e pensar nisso me dá até náuseas.

Percebi que Raul enrijeceu.

— Não tinha pensado nisso.

Virei o rosto na direção do seu no instante em que alcançou a minha boca. Agarrei sua jaqueta preta e o puxei para mim, sabendo exatamente o que teríamos que enfrentar. Sei que Raul vai sofrer com o ciúme, enquanto eu vou sofrer com a repulsa e a revolta por ter sido obrigada a fazer algo que não queria.

Ele parou de me beijar e olhou seriamente em meus olhos.

— Vai ser mais difícil do que eu imaginava.

Eu assenti de uma forma bem sutil.

— Está mais calma?

Fiz que sim, mas não estava. Nossos lábios se encontraram mais uma vez. Eu queria dizer que o mundo poderia explodir que eu não daria a mínima, pois eu não o deixaria em hipótese alguma. Mas, ao mesmo tempo, sabia que enfrentar o mundo do meu pai era mais difícil do que podíamos esperar. Enquanto eu e Raul não estivéssemos formados, estaríamos nas mãos dele, como duas marionetes, fazendo o que ele mandasse. Ou, simplesmente, o senhor Antônio seria capaz de me colocar na rua, como fez com minha mãe quando achou que ela o havia traído? E eu não duvidava disso.

Liberdade

Era noite. Eu tinha acabado de voltar da missa com Alice.

Normalmente, domingo era um dia cheio de expectativas para mim, já que na segunda-feira eu me encontraria com Raul depois de um final de semana inteiro sem nos vermos. Porém, eu só conseguia sentir raiva. Raiva por saber que Edson devia estar na minha casa, com aquele sorriso que eu tanto odiava e seu jeito de olhar que quase me matava de desespero.

Não fazia ideia do que esperar dele, nem de como me trataria em nosso segundo encontro depois de uma semana longe.

Eu sabia que não deveria estar fazendo isso, pois tinha pensado demais em como me livrar dele. Eu guardava tanta raiva dentro de mim que me sentia até mal. Raiva do meu pai, raiva de Edson, raiva por não conseguir me livrar dele da maneira mais simples possível.

Alice entrou pela porta dos fundos, para verificar se meus irmãos menores haviam terminado de jantar antes de irem para a cama, enquanto abri a porta da sala, e meu pai foi o primeiro a olhar para cima. Ele me cumprimentou com a cabeça.

Os olhos de Edson percorreram meu corpo inteiro, e fiz o máximo para não revirar os meus.

Idiota!

Como eu queria poder dar um soco naquela cara bonita.

— Boa noite. — Levantou do sofá, pegou minha mão e a beijou. — Senti uma saudade tão grande de você.

Qual é a dele? Espero não ter que partir para cima usando meu lado violento.

– Boa noite, Edson.

– Vou deixar vocês sozinhos – disse meu pai, já saindo da sala apressado. Acho que ele queria mesmo era se livrar de mim, já que me empurrava para o cara mais atrevido que eu havia conhecido em toda a minha vida.

Soltei a bolsa na poltrona vazia da sala e disse para mim mesma que eu teria que ter paciência. Tentei não pensar que eu poderia estar me comprometendo com alguém que temia não ser uma boa pessoa. Ou ainda, que não conseguisse sair dessa situação como havia planejado a semana inteira. Senti que ele se aproximava de mim, e meu coração acelerou.

– Você está tão linda hoje – ele disse, estendendo o braço ao meu redor na direção das minhas costas. Senti um toque na minha lombar, e imediatamente olhei para ele. Assim que me virei, sua mão pousou em minha cintura. Ele mantinha o olhar fixo no meu enquanto dava mais um passo em minha direção. – Não via a hora de te ver de novo. – Seu rosto agora estava a menos de 30 centímetros do meu.

Odiava o fato de ele achar que eu também tinha algum interesse nesse relacionamento. Ou por sua fazenda. Ou por seu maldito dinheiro, como meu pai.

– Bem, para me ver, não precisa tocar. – Tirei suas mãos de mim.

Então, tirei a bolsa da poltrona, e me sentei ali, obrigando-o a se sentar longe de mim, no sofá grande. Edson olhou para o chão e depois para mim, dando um sorrisinho descarado e sedutor.

– Gostaria de saber se você quer namorar comigo.

Uau! Direto e reto.

Eu arregalei os olhos, respirei fundo e disse mais rápido do que pretendia:

– Olha, acho melhor não.

Ainda olhava fixamente para mim.

– Mas por quê? Temos tudo para dar certo. Você é linda, inteligente e seu pai gosta muito de mim.

Droga! Aquilo me matava...

— Eu sei, mas quero estudar e ter uma carreira antes de assumir qualquer compromisso. — Menti. Claro que queria estudar. Mas assumir um compromisso com ele não fazia parte dos meus planos. Jamais!

Edson abriu um sorriso cínico.

— Que bobagem. — Sua mandíbula se contraiu, e ele não se afastou nem desviou o olhar. Na verdade, deu um passo para perto de mim, apoiando a mão no braço do sofá, sem deixar de fitar meus olhos. — Estudar pra quê, broto? Tenho muito dinheiro, e poderá comprar o que quiser. — Ele provocou. — Além do que, você não precisará ser professorinha, pois quando nos casarmos...

— Espere um pouco. — Com o sangue fervendo e, sem mais aguentar, me levantei da poltrona em um salto. — Primeiro, não vou me casar com você. — Apoiei as duas mãos na minha cintura. — Segundo, jamais deixarei de estudar, muito menos de trabalhar. — Soltei um suspiro longo e cheio de ódio. — E, por último, gosto de outra pessoa.

Meu coração disparou. Eu me sentia aliviada e ao mesmo tempo culpada por ter contado o meu maior segredo. Eu juro que tentei não dizer nada sobre meus sentimentos, mas Edson tocou no ponto mais forte de minha vida. Eu o odiei. Principalmente pela maneira que dava em cima de mim.

E agora, eu via meu pai na porta.

Merda.

— O que está acontecendo aqui? — perguntou, observando o impasse.

Ele me olhava como se estivesse preocupado, mas eu sabia que, no fundo, a preocupação maior era se eu de alguma maneira decepcionei Edson.

O rapaz ficou de pé, deu um passo para trás e se virou para ficar na direção do meu pai. Seus olhos continuavam fixos nos meus.

— Ele só quer uma mulher, pai — Minha voz saiu de forma brusca. — Não quer uma pessoa para fazer feliz.

Passei por ele, que parecia não ter entendido nada.

— Ah, e tem mais. Não estou à venda.

Corri para meu quarto. Eu sabia que meu pai tratava meu namoro com Edson como um ótimo negócio, com bons lucros para o futuro e aquilo me deixava aflita, indignada e horrorizada. Queria sair dali e me encontrar com Raul para viver um amor de verdade. Queria que meu pai entendesse que nem tudo na vida era dinheiro e negócios. Mas achava que aquele coração de pedra nunca entenderia o que era o verdadeiro amor.

Nunca mesmo.

•

Na manhã seguinte, me levantei antes de todos os meus irmãos, preparada para enfrentar a fúria do meu pai, e disposta a não aceitar qualquer tipo de acordo que ele fosse me propor. Claro que meu pai jamais aceitaria a minha recusa em querer namorar Edson por causa de Raul. Sabia também que eu jamais teria o consentimento dele para namorar quem bem eu quisesse, ainda mais depois do que eu havia feito com Edson. Mas, mesmo assim, nada disso me impediu de tomar uma atitude.

Fui ao banheiro me lavar e não gostei nada do que vi no espelho. Uma imagem horrível com os olhos vermelhos, inchados, o cabelo todo bagunçado, parecendo um ninho de pássaros.

— Nossa, não tem como ficar pior — disse, balançando a cabeça.

Tratei logo de me arrumar e levantar o astral. Penteei os cabelos, fazendo um rabo de cavalo no alto da cabeça, passei um batom rosa e uma sombra suave no tom de azul para dar um pouco mais de vida ao meu rosto pálido e escolhi um vestido confortável, já que logo eu iria trabalhar.

Abri a porta do banheiro, atravessei o corredor e entrei na cozinha. Sentado na cadeira da ponta da mesa, meu pai tomava o seu café da manhã. Ao me ouvir entrar, lançou-me um olhar condescendente de desaprovação.

— Bom dia — disse, enquanto peguei a xícara no armário e coloquei o café que para a minha sorte parecia estar bem forte. Minha intenção era de que ele pudesse me acalmar. Olhei para o pão sobre a mesa e para o bolo ao lado da xícara dele. Eu sabia que não conseguiria comer nada.

— Luíza, o que aconteceu com você ontem à noite?

Eu o vi balançar a cabeça, mas ignorei e me sentei na cadeira de frente para ele.

— Ontem à noite? — perguntei sem encará-lo.

Coloquei a xícara na mesa e fiquei observando a fumaça do café se espalhar no ar até desaparecer.

— Você brigou com o Edson. — Ele respirou fundo, como se tentasse se controlar para não gritar comigo. — Ele é um ótimo partido, mas você parece que não quer ser feliz — resmungou, cruzando os dedos sobre a mesa. — Não dá para te entender, Luíza.

Levantei a cabeça e vi que meu pai olhava para mim mais sério do que nunca. Seus olhos brilhavam, enquanto esperava ansioso por minha explicação.

— O senhor esperava que saísse daquela sala casada com o Edson? Meu Deus, pai. Ele não está nem um pouco interessado que eu seja feliz. Ele só quer uma mulher para exibir para os amigos ou algo do tipo.

Meu pai levantou-se, agora com raiva.

— Mas que absurdo. Você poderia pelo menos tentar ficar com ele — gritou, alisando os cabelos grisalhos para trás. — Achei que fosse mais inteligente e pudesse aceitar melhor um marido capaz de realizar seus sonhos.

Dei risada, pois sabia que meu pai só se interessava pelo dinheiro do Edson. Ele não tinha o menor direito de dizer o que era melhor para mim. O meu maior sonho era ficar com Raul e isso Edson jamais poderia realizar.

— E quais foram os sonhos da minha mãe que o senhor realizou? Porque se o problema é dinheiro, ela era casada com um dos homens mais ricos da cidade e olha a vida que teve. — Nem tentei mais me segurar para não levantar a voz. – Então, se o senhor está esperando que eu me case com um homem só porque ele tem dinheiro, pode esquecer.

Sustentei o olhar, sentindo que minha mão começava a tremer. Sabia que ele poderia me bater a qualquer momento, mas continuei firme.

Meu pai pousou as mãos nos quadris, olhando para mim com uma expressão insensível. Eu sabia o que ele pensava, e foi nessa hora que eu me afastei da cadeira, lavei minha xícara na pia e sequei minha mão no pano de prato. Virei-me para voltar para o meu quarto, prestes a terminar de me arrumar, quando ele disse, atrás de mim.

– Se não sabe gostar do Edson agora, aprenda a gostar. É um rapaz bom.

Eu me contive para não explodir. Claro que ele havia ignorado tudo o que eu dissera. Não seria fácil ganhar essa briga, afinal, Edson tinha as melhores qualidades para meu pai. Respirei fundo, criando coragem para responder o que eu menos queria, mas o que a situação pedia. Até que finalmente eu disse:

– Vou pensar, pai.

Procurando uma solução

Assim que Raul entrou no ônibus, indo para o Colégio, eu fui logo atropelando as palavras sobre o que havia acontecido na noite passada. Ao contrário da aparência forte que tentava demonstrar para ele, perdi completamente o controle quando disse que meu pai quer que eu dê uma nova chance a Edson. Era muito para mim.

— O que pretende fazer? — Devolveu ele, com uma expectativa ainda maior.

— Não sei. — Limpei os olhos mais uma vez e dobrei o lenço apertando-o com a minha mão. — Não tenho a mínima ideia de como vou sair dessa situação.

— Quer que eu fale com seu pai?

Achei graça em sua inocência. Sorri e segurei seu rosto com as duas mãos.

— Amor, meu pai é um monstro e não vai te aceitar nunca. Quer um homem rico pra mim. É uma briga com a realidade. Ou continuamos escondidos, ou...

— Ou vai desistir de mim?

Olhando para a rua, consegui um fôlego curto e respondi:

— Claro que não, Raul. — Fitei seus olhos, um pouco mais tristes agora. — Vamos sair desta, mas temos que ter paciência. Prometo que não vou namorar esse tal de Edson. Meu coração é seu. Vou dar um jeito de convencer meu pai que não será bom pra mim namorar ninguém.

— Vou confiar em você... parece que não tem muito mais que eu possa fazer.

•

No dia combinado da visita, decidi falar toda a verdade sobre os meus sentimentos. Quando chegou, senti até um mal-estar repentino, precisando tomar um pouco de água para melhorar. Sentamos no sofá, olhando um para o outro. Eu totalmente irritada, louca para sair dali a qualquer custo, mas me segurando ao máximo para não gritar.

Ele quebrou o silêncio.

— Vou pedir sua mão ao seu pai e quero ter certeza de que nada dará errado.

Juro que senti vontade de vomitar. Será que o Edson não entendia que eu não queria nada com ele? Se não ouviu nem o que eu disse no início do namoro, imaginei como seria após um tempo juntos.

— Espero que você tenha pensado melhor na minha proposta, Luíza. — Senti a tensão em seu maxilar aumentar um pouco mais. — Eu vou fingir que não ouvi as palavras que me disse, da última vez.

Eu me virei para ele, mas os palavrões que queria gritar ficaram presos em minha garganta. Juro que usei de todo o meu bom senso para me segurar. Eu não engolia o cinismo dele e aquilo me matava aos poucos.

— Então, quer namorar comigo, ou não? — Edson perguntou, enfim parando os olhos nos meus enquanto procurava saber o que eu realmente sentia.

Apertei a barra da minha saia com as mãos, disposta a me controlar para não dar as costas e correr para o meu quarto. Eu tinha que ser forte para tentar consertar as coisas.

— Estou esperando — insistiu.

Inspirei em busca de ar.

Meu corpo inteiro ficou tenso.

— Nem pensar! — gritei, já me levantando do sofá. — Vamos parar por aqui. Não aguento mais esse teatro todo. Não sou uma bonequinha para você mandar e desmandar. Eu gosto de outro rapaz! É isso mesmo: não gosto de você e não tem chance alguma comigo.

Meu pai entrou na sala.

Respirei fundo, pedi licença e saí.

•

Não tinha ideia do que fazia, mas não conseguia parar de correr. Seguia pelas ruas escuras de Cerquilho, naquela noite fria de domingo, sem pensar que talvez, quando voltasse, meu pai me colocasse para fora de casa. Eu não queria mais me aproximar de Edson, que me sufocava além do que eu poderia aguentar.

Parei em frente à casa de Raul, tentando recuperar meu fôlego.

— Raul — chamei. — Raul, sou eu!

Escutei a porta da sala se abrir, e me senti um pouco mais aliviada. Quando o vi se aproximar de mim, cada parte do meu corpo exalou alívio, inclusive o meu coração.

Lágrimas remanescentes marcavam o meu rosto, e os dois segundos que ele demorou para chegar até mim e me puxar para um abraço pareciam demorar uma hora.

— O que aconteceu? — perguntou.

Eu o abracei, e ele estendeu o braço para fechar o portão e começou a seguir como que fosse entrar em casa.

— Prefiro ficar aqui — disse, parando na varanda.

Não queria que ninguém da família de Raul me visse naquele estado. Muito menos queria explicar que eu chorava porque meu pai não aceitava Raul como meu namorado e acabou me arranjando um homem rico. Eu morreria de vergonha em dizer isso para a família dele que me acolheu tão bem.

— Meus pais saíram. Podemos ficar na sala. — Então, entramos e nos sentamos no sofá. — Você fez o melhor que pôde. Foi uma guerreira.

Inspirei e expirei, tentando me acalmar.

— Eu tinha que colocar um fim naquela palhaçada toda. Aquilo estava me sufocando. Só que agora estou achando que meu pai vai me colocar para fora de casa. Ele me viu gritar com o Edson e dizer que gosto de outra pessoa. Ficou claro que nunca te abandonei como ele imaginou. Com certeza está furioso depois de descobrir a verdade sobre nós.

Ele desviou o olhar, e eu sabia que a raiva o consumia.

– Por que tem que ser assim?

Fechei os olhos. Meu coração batia tão acelerado que me passava a impressão que voaria para fora da sala a qualquer momento.

– Não tenho para onde ir, Raul. Eu preciso acalmar meu pai. Se ele resolver me expulsar de casa...

– Nós podemos nos afastar por um tempo, até que as coisas se acalmem.

Meus olhos encheram de lágrimas. Eu não acreditava que Raul queria se afastar de mim quando eu mais precisava dele.

– Quer terminar comigo? – choraminguei.

O silêncio me deixou arrasada. Levantei e me distanciei do sofá, indo até a janela. Tentava entender. Tentava achar algum sentido, mas não fazia sentido algum.

– Tenho medo do seu pai, das coisas que ele pode fazer. Não imagina como é difícil para mim me controlar para não ir até a sua casa e acertar as contas com ele, por ser tão injusto com a gente. Só não quero que você fique pior do que está.

Imediatamente me virei para ele. O ar demorava para entrar em meus pulmões e eu ofegava cada vez mais.

– Ficarei pior se você me deixar, Raul. Sem você, fico totalmente sem chão. Temos que lutar juntos. Temos que ter paciência e rezar para que as coisas melhorem.

Ele respirou fundo, se levantou do sofá com calma e se aproximou de mim. Colocou os braços ao redor da minha cintura e apoiei o rosto no seu peito. Eu o abracei com força. Então, me senti muito mais calma do que me sentia alguns segundos atrás.

– Luíza – disse, e levantei o rosto para olhar em seus olhos. – Só quero que você seja feliz. Que fique bem.

Suas palavras não apenas me acalmavam como me deixavam muito mais aliviada. Agora eu sabia que Raul não desistiria de nós dois.

Eu me afastei dele. Dei alguns passos até a porta antes de me virar.

— Ah, Raul...

— Acha que está preparada?

Ergui lentamente a cabeça, olhando para ele com tudo de mim.

— Se estiver comigo, nada vai me abalar.

Ele balançou a cabeça.

— Preciso ir.

— Vou te acompanhar.

— É melhor não.

Olhei com cautela para ele, me perguntando se devia mesmo ir para casa sozinha. Talvez fosse melhor conferir se meu pai não me receberia com uma surra já no portão. Ou com minhas coisas jogadas na rua. Raul me puxou para um abraço e me soltou.

— Se acontecer alguma coisa, venha para cá.

Ele me abraçou com mais força, e senti os batimentos mais forte em seu abraço. Quando se afastou, enxuguei as lágrimas sorrindo.

E assim, voltei para casa.

•

Quando abri a porta de casa, dei de cara com meu pai sentado na cozinha, diante de uma xícara de café.

— Você está se encontrando com aquele *playboy* ainda? — seus olhos gélidos fitaram os meus, como se fossem me fuzilar a qualquer momento.

Sua voz fez meu corpo inteiro enrijecer. Arregalei os olhos, à espera de que me desse uma boa surra, como fazia com minha mãe quando chegava bêbada em casa. Porém não foi o que aconteceu.

Ele inspirou profundamente enquanto se levantou e foi direto para seu quarto, fechando a porta atrás de si.

Meu pai ficou dias sem olhar para mim. Conversar então, nem pensar. Eu sabia que ele não aceitaria nunca a situação de eu ter largado Edson para continuar com Raul, mas de uma maneira ou de outra ele tentava me ignorar. Sabia que eu me encontrava todas as noites no Colégio com Raul e seria impossível me proibir de estudar. Mesmo assim, nunca me perguntou nada.

Eu acreditava que se afastar de mim foi a sua maneira de lidar com a situação sem que precisasse tomar qualquer outra atitude mais rígida. Talvez, ele até pudesse aceitar Raul, mas eu não tinha mais coragem alguma de perguntar nada, muito menos de tocar nesse assunto outra vez. Tentava não pensar na situação com o meu pai, mas os pensamentos apareciam mesmo assim. Então, acabei me acostumando com o fato dele me ignorar por completo. Eu tinha que tocar minha vida, afinal, foi uma decisão dele não aceitar as minhas escolhas. E isso, com certeza, não mudaria tão fácil.

Noivos

Já havia se passado seis meses desde o incidente com Edson, e meu pai se manteve distante, colocando apenas algumas regras para que eu cumprisse. Alguns horários para chegar em casa e nenhuma palavra dirigida a mim. No domingo, a caminho da missa, me surpreendi com Raul me esperando na esquina de casa. Ele nunca ia à missa comigo, por ter medo de que alguma beata, amiga do meu pai, contasse que me encontrei com ele, e eu pudesse sofrer algum tipo de castigo.

— Que bom que vai à missa — disse, dando um abraço apertado nele.

Raul tinha um cheiro de loção pós-barba e xampu de flores.

— Na verdade, vim te buscar para um passeio — afirmou, olhando-me fixamente nos olhos. — Como tem hora marcada para entrar em casa, achei melhor te desviar da igreja e levá-la ao caminho do pecado.

Eu ri.

— Ai, que medo! — Tentei fazer uma cara de espanto, mas tudo o que consegui foi rir. — O que vai fazer comigo?

— Nada que você não queira.

Havia um certo ar brincalhão na voz dele que eu conhecia muito bem, algo de que eu gostava muito.

Ergui uma sobrancelha.

— Humm! Gostei da proposta. Mas não posso me atrasar.

— Pode deixar que, às nove em ponto, estará em casa. — Raul mantinha seu tom de voz firme, forte e claro. Mas percebi nele um toque de ternura. De algo delicado. Afetuoso. Virei o rosto e não disse nada enquanto nossos olhos se encontraram.

Viramos para a esquerda e de novo para a direita, entramos em uma estrada rural e curta. Meus olhos a cada dez passos voltavam para ele. Pensei em como era verdadeiramente bonito. Eu me deixei imaginar qual seria a aparência dele daqui a alguns anos, com os ombros mais largos, com os cabelos mais compridos. E como estaríamos nós dois?

Rezei para que estivéssemos juntos e felizes. Era tudo o que eu mais desejava.

Andamos dois quilômetros no sentido leste e chegamos ao lugar mais alto da cidade, isolados de tudo e de todos. Não senti medo de alguém nos ver sozinhos, ou de alguém contar ao meu pai sobre meu encontro com Raul às escondidas. Cada vez mais envolvida pela situação, me deixei levar pelo desejo de ficar à vontade com meu amor, sem me preocupar com qualquer coisa que me fizesse aborrecer.

Deslumbrei-me com a paisagem perfeita naquele ponto da cidade. Os últimos raios de sol desciam as montanhas do horizonte, transmitindo uma paz incrível. O lago refletia a imagem da árvore e o colorido do céu de inverno. O canavial dançava ao balanço do vento em um ritmo delicado e tranquilo. A atmosfera vermelha, prenunciando o frio rigoroso da noite, alegrava o entardecer, transformando o ambiente em um cenário romântico, porém real. Raul estendeu um lenço grande e quadrado no chão para eu me sentar.

– Roubou o lenço de sua mãe? – perguntei em tom brincalhão.

– Não vá contar nada, senão eu apanho da dona Helena.

Eu me acomodei ao seu lado.

– É lindo. Esse lugar é perfeito!

– Adoro vir neste horário. Sempre que quero pensar um pouco na vida, fico aqui e espero o sol se pôr até escurecer. Eu sabia que você iria gostar.

Sorriu para mim e se aproximou para me beijar. Quando seus lábios tocaram os meus, senti o coração disparar, as mãos suadas e o desejo de abraçá-lo aumentou. Ele acariciou minha nuca, chegando ainda mais fundo com a língua na minha boca. Raul colocou a outra mão em minha cintura e me deitou sobre o lenço. Meu desejo de fundir o corpo ao dele foi aumentando. Eu não pensei em mais nada, sentindo o seu peso sobre mim, deixando minha mente fora do comando. O frio da tarde se dissipou com o fogo daquela paixão.

Assim que ele parou de me beijar eu abri os olhos.

— Eu te amo, Raul.

Os lindos olhos castanhos dele sorriram, juntamente com seus lábios.

— Eu também te amo muito.

Uma serenidade pousou sobre mim. Um deslumbre enquanto Raul encostou sua testa na minha e nossa respiração suave se misturava.

— Você será meu para sempre.

— E você já é minha para sempre.

Em seguida, colou sua boca na minha outra vez, me fazendo estremecer. Nunca tinha sentido nada parecido. Observei seus olhos, porque me olhava como se esperasse algo de mim que eu não sabia o que era. Afastou a boca da minha e beijou meu pescoço.

— Raul... É melhor pararmos — pedi, mas não reconheci minha própria voz, que soava grave e rouca. Minha boca secou de repente.

Ele me beijou mais uma vez, levando os lábios para cima dos meus. Todas as partes do meu corpo que ainda não haviam derretido na presença dele, agora não passavam de um monte de líquido, assim como todo o resto de mim. Tentei me lembrar de alguma vez que senti algo tão mágico e forte assim. Sua língua deslizava por cima dos meus lábios, depois entrou, sentindo meu gosto, preenchendo-me, tomando-me como se não pudesse mais parar.

Mas que boca gostosa!

Inclinei a cabeça para sentir mais o gosto dela, e ele inclinou a dele para sentir mais o gosto da minha. Sua língua tinha uma textura maravilhosa, me deixando cada vez mais intensa. Ele abaixou a mão e a apoiou em minha cintura, enquanto agarrou a parte de trás da minha cabeça com força, fazendo nossos lábios se encontrarem por completo agora. Minhas mãos agarraram o tecido da sua jaqueta, na tentativa de me fazer controlar o que eu sentia. Impossível!

Soltei um gemido baixinho, e o barulho fez com que ele pressionasse ainda mais o corpo contra o meu, o que me deixou completamente atordoada.

— Temos que ir — sugeri em um sussurro sem conseguir me afastar dele. — Já está quase escurecendo.

Ele levantou a cabeça e eu pude notar seus olhos mais escuros, seus lábios inchados e vermelhos por causa dos beijos.

— Não sei por quanto tempo vou conseguir manter uma distância entre nós. Você mexe demais comigo.

Ele me observava silenciosamente. Inspirou profundamente, mas tentou disfarçar. Meu coração parecia prestes a explodir a qualquer momento.

— Será que ajudaria se eu te pedisse em noivado? — perguntou com um sorriso forçado.

— O quê? — Meu coração absorveu suas palavras no momento do impacto.

Encostei a testa na dele tentando recobrar o fôlego para que meus sentimentos não trasbordassem.

— Aceita ser minha noiva?

•

Depois de duas semanas, finalmente o dia do noivado chegou.

A família de Raul transformou o quintal em um ambiente bem acolhedor para todos os convidados. Uma mesa grande, com uma toalha de renda foi colocada no centro com pão, frango desfiado, Tubaína e vinho tinto. Além do bolo confeitado, que Alice fez para nós.

Não esperava nada disso quando ele disse que iríamos ficar noivos. Eu esperava que ele fosse apenas oficializar o noivado com a família dele, mas, para a minha surpresa, chamou também minhas irmãs Alice e Rita, que trouxeram os pequenos, Geraldo, Paulo e Marli. A princípio, ficaram acanhados, no canto, só observando as pessoas. Mas, depois de serem apresentados, já começaram a se enturmar com os irmãos de Raul. Nilza e Pedro dividiram os brinquedos que o Sr. José construiu. Carrinhos de madeira, perna de pau e até uma bola feita de meias. Em pouco tempo, a casa virou mesmo uma verdadeira festa.

— Ai, minha irmã — Rita sorria para mim —, nem acredito que está noiva!

Ela me abraçou com muito carinho.

Sua barriga anunciava que em breve eu seria tia mais uma vez. Dentro de seis meses, conheceríamos o mais novo integrante da família.

— Obrigada, Rita — falei, alisando com carinho a barriga. — E o bebê está bem?

— Está ótimo! — Ela desviou os olhos para o marido do outro lado do quintal. Raul e seu irmão mais velho, Alcides, estavam com ele, e todos riam de alguma piada que o Sr. José acabara de contar. — Eu é que não estou nada bem. Fico muito enjoada e com tontura quase todos os dias. Não vejo a hora de passar essa fase.

— Dizem que não demora muito. Logo ficará boa, e é só aproveitar a gravidez. Estou muito feliz em saber que você e Isabel estão grávidas.

— Isabel já está quase para ganhar, acho que o nascimento do bebê será em janeiro. — Bebeu um longo gole do seu refrigerante. Olhou para os lados, parecia procurar algo. — Mas não convidou o pai para seu noivado?

Suspirei. Sinceramente eu não queria preocupar minha irmã com os assuntos referentes ao meu pai. Ou com o que ele pensava sobre Raul, já que esse foi o maior motivo de não aceitar o nosso relacionamento.

A ausência do meu pai não mudaria em nada a nossa festa. Todos se sentiam alegres, felizes por nós dois, e isso era o que mais importava. Claro que se ele tivesse de acordo, a minha opinião seria outra.

Perguntei-me, no entanto, como meu pai, quando soubesse do meu noivado, poderia mudar as coisas entre mim e Raul. Acho que foi uma das razões pela qual eu não havia contado à minha irmã sobre os meus problemas. Nada nem ninguém mudaria o que temos juntos. Nem mesmo ele.

– O pai não aceita meu namoro com Raul. Sequer sabe que estamos namorando, quanto mais que estamos noivos.

– Puta merda! – Ela ergueu as sobrancelhas. Arregalou os olhos.

Rita e eu nos entreolhamos.

– Pois é – disse, olhando para a minha sogra que agora ajeitava os copos sobre a mesa. – Mandarei um convite de casamento pra ele. Se decidir ir, será muito bem recebido.

– Credo,! – protestou ela, franzindo a testa. – Que horror.

– Diz isso porque o pai não foi contra o seu namoro com Armando. Foi tudo muito fácil para você se apaixonar e se casar com o homem que queria. Você e Isabel tiveram sorte. Infelizmente, eu não.

Rita olhou por sobre os ombros para mim, como se pedisse desculpas. Não disse que não havia motivos para ter mal-estar. Até aquele momento, eu me sentia feliz por estar vivendo com Raul e todos os segundos que passamos juntos.

– Estou noiva, Rita – afirmei. – Não vou deixar de ser feliz por causa do nosso pai. O que posso fazer?

– Não sei. – Rita franziu o nariz, enrolando uma mexa do seu cabelo na ponta do indicador. – Talvez tentar fazer com que ele mude de ideia, ou... talvez você esteja certa em querer tocar a sua vida.

Ela me encarou.

– Deixar de ser feliz por causa dele é que não vou. Só me resta acreditar que um dia o pai vai aceitar que eu não irei abandonar meus sonhos por sua causa.

– Está pronta para aceitar a frieza dele?

Balancei a cabeça, certa da minha resposta.

– Vou sobreviver, como sobrevivi até hoje.

A formatura

O ônibus balançava ao passar pelas ruas esburacadas de Tietê. Estávamos terminando o ano letivo e os alunos já começavam a se despedir dos estudos, dos amigos e dos tempos bons do colégio. Eu e Raul voltávamos da escola e, por sorte, conseguimos um banco vago para nos sentarmos lado a lado. Coisa rara de acontecer.

— Posso te fazer uma pergunta? — Raul mais quieto naquela noite, demonstrava algo que o incomodava, bem ali, dentro dos seus olhos.

— Claro — respondi sem hesitar.

— O que aconteceu com a sua mãe?

Olhei para ele, surpresa com a pergunta. Era o tipo de assunto que eu nunca havia falado com Raul. Por mais que eu quisesse rever minha mãe, eu tentava não pensar na distância que nos separava, e nos motivos que nos impediam de nos encontrarmos, e por isso sempre evitava falar dela com as pessoas. Inclusive com minhas irmãs. Por um bom tempo, nenhuma de nós citou o nome de nossa mãe em nossas conversas. Talvez fosse uma maneira que encontramos de não sofrermos.

— Se você não quiser falar, vou entender... — Os olhos dele brilhavam.

— Tudo bem — eu dei um sorriso triste. Meus olhos inspecionaram o chão do ônibus, tentando organizar as palavras. — Minha mãe é alcoólatra. Ela bebia tanto quando eu era pequena que nem sabia ao certo onde estava, e muito menos o que fazia. Por esse e outros motivos, quando eu tinha onze anos separou-se de meu pai. Na verdade, ela foi expulsa de casa, por ele achar que o traiu. Ele rejeitou minha irmã caçula alegando que fosse de outro homem. Hoje, minha mãe mora com meu avô em Piracicaba.

Uma longa pausa. Esperei para ver o que Raul tinha a dizer, mas ele não disse nada. Em vez disso, olhou para a janela do ônibus, observou a estrada escura, e voltou a me encarar. Eu achava que procurava algum sinal de mentira em mim. Quando não encontrou nenhum, pegou em minha mão e apertou com carinho.

Então, continuei. Falei da proibição, dos planos do meu pai de impedir os filhos de vê-la e dos meus planos de encontrá-la novamente

Enxuguei as lágrimas que brotavam nos olhos, soltei a mão dele e levantei a cabeça, suspirando profundamente. Cheguei em um ponto em que não sabia se Raul aceitaria ou não meus planos. Talvez ele não quisesse me acompanhar nessa luta. Talvez, trazer minha mãe para morar comigo, quando já estivéssemos casados, fosse algo que ele não quisesse compartilhar.

E esse era o momento que eu mais temia.

– Não precisa passar por isso comigo – afirmei. – Não precisa...

Ele assentiu.

– Eu te amo – confessou, exalando as palavras como se estivessem sendo sufocadas ali, dentro dele por milhões de anos. – Quero fazer isso com você. Sempre vou estar ao seu lado.

Ele colocou o braço ao redor da minha nuca e puxou minha testa contra seus lábios. Deu um beijo longo e forte, antes de encostar os lábios nos meus com carinho.

– Vamos conseguir, Luíza. – Raul sorriu e foi como se eu pudesse sentir parte do peso sendo tirado de cima de mim. – Prometo.

Ele me puxou para si e me abraçou fortemente.

– Então, vamos falar de coisa boa. – Sugeriu, um pouco mais animado. – Você já está preparada para a nossa formatura?

Fiquei olhando para ele. O fogo da decepção que ficava em meu estômago voltou à vida. Balancei a cabeça com tristeza, negando.

– Eu não vou à formatura.

Ele me encarou por um minuto. O seu sorriso sumiu aos poucos, ao mesmo tempo em que a tristeza invadia meu peito.

— Por quê? — perguntou, chegando mais perto de mim.

— Não tenho dinheiro para tanta extravagância — dei de ombros, analisando a sua expressão preocupada. — Eu preciso visitar a minha mãe. Se gastar o dinheiro com a formatura, vou ser obrigada a adiar mais uma vez essa visita.

Os olhos de Raul brilhavam. Isso fez com que eu me sentisse ainda pior.

— Vamos fazer o seguinte. — Ele parecia pensar em algo importante. — Pago a minha formatura e você será minha madrinha, assim nós dois poderemos participar juntos. O que acha?

Eu fiquei totalmente chocada.

A tristeza de não participar da formatura e a preocupação com minha mãe saíram voando de meus ombros. Eu daria o meu melhor para sermos felizes juntos. Faria isso por ele. Éramos nós. Era o nosso baile. Achei que fosse flutuar direto para o céu.

•

No dia da formatura, sentia-me como uma princesa de contos de fadas ao colocar o vestido azul-turquesa longo, emprestado de Adelaide. Aliás, eu tive que me arrumar na casa dela para que meu pai não desconfiasse de nada. Nem sabia se ele me proibiria ou não de participar do meu próprio baile de formatura, então, decidi não arriscar ter que passar por mais uma briga por algo tão importante para mim.

Prendi meu cabelo em um coque alto e fiz uma maquiagem bem leve. Adelaide sorriu diante da minha imagem no espelho. Tomei isso como sinal de que fiquei perfeita para o baile. Com um abraço apertado, ela me desejou sorte antes de eu sair.

Fui para a esquina, onde encontrei Raul me esperando.

Senti meus pulmões pararem enquanto meu coração acelerava ainda mais.

Vestia um terno preto, camisa branca e uma gravata azul-turquesa do mesmo tom do meu vestido. Seu cabelo ajeitado com brilhantina o deixou ainda mais atraente. Saboreei o momento em que ele olhou para mim. Vi ali um brilho faiscante em seu olhar, descendo pelo meu corpo e de volta para meus olhos. Sua covinha logo se destacou quando um sorriso iluminou seu lindo rosto.

— Nossa, você... você está linda! — Beijou meu rosto com carinho.

Corando sob seu olhar intenso, respirei fundo.

— Obrigada. Você também está muito bonito.

Raul beijou meus lábios delicadamente. Seguimos caminhando lado a lado até a praça central da cidade, onde um ônibus levaria todos os formandos para o salão. Raul olhou para trás, antes de segurar a minha mão. Eu o acompanhava, e meu coração batia acelerado enquanto caminhávamos pelas calçadas de Cerquilho. Eu me concentrei no chão para acalmar os nervos e não passar pelo vexame de cair e acabar estragando todo o vestido, arruinando o nosso baile. Quando chegamos ao ônibus ele me ajudou a subir, então todo o meu nervosismo passou.

Raul olhou para mim, assim que se sentou ao meu lado no banco.

— Uma moeda por seus pensamentos.

Eu ri mais um pouco. O balanço do ônibus fez eu me ajeitar melhor no banco.

— Eu consegui. — Sorri mais uma vez. — Consegui me formar. Finalmente vou poder lecionar como eu sempre sonhei.

Suspirei, me encolhendo.

— Isso é incrível.

Neguei com a cabeça.

— Não. Você não está entendendo. Ser professora, para mim, é mais do que incrível. Desde a primeira série eu sofro com a bendita Matemática. A professora quebrou a régua na minha cabeça, e isso não me fez aprender nada. Pelo contrário, só me encheu de traumas e bloqueios.

Ele ficou em silêncio. Senti que tentava não demonstrar piedade.

— Está tudo bem, porque isso, para mim, foi uma inspiração. Eu vou ser uma professora e jamais repetir aquele ato cruel que a minha professora fez comigo. Nunca vou desamparar meus alunos, nunca vou colocar medo neles para apreenderem algo. Isso não se faz com uma criança, como fizeram comigo. — Suspirei. — Agora, eu tenho a chance de ensinar com amor e atenção o que eles precisam com respeito. Eu vou lecionar porque quero ajudar as pessoas a terem um futuro melhor. É minha paixão. Sempre foi meu sonho ser professora, e finalmente estou realizando.

— Que lindo — comentou. — Será a melhor professora do mundo. Não tenho nenhuma dúvida de que todos os alunos serão felizes com você.

— Espero mesmo que sejam, pois se depender de mim, todos levarão um sorriso para casa, com as melhores memórias da escola.

•

Ao chegar no salão, fiquei surpresa com a beleza do lugar, todo decorado com flores brancas e fitas de cetim lilás. De vez em quando, eu olhava para o grande espelho na parede próxima ao bar, só para ter certeza que era mesmo eu ali segurando a mão de Raul no nosso baile de formatura.

Sentamos em uma mesa com alguns amigos, observando enquanto casais flutuavam até a pista de dança. Finalmente, Raul perguntou se eu queria dançar.

Nunca mais tinha dançado com ele, desde aquele baile em que nos conhecemos. . Colocou os braços ao redor da minha cintura, eu coloquei os meus ao redor de seu ombro e nós nos juntamos à massa de casais indo para lá e para cá lentamente. Seu perfume me embriagou, e a sensação era maravilhosa.

— Estou tremendo — eu disse, olhando em seus olhos puxados, que agora tinham um brilho mais do que especial.

— Quer parar de dançar? — ele perguntou, embora não tivesse me soltado.

— Não. — Balancei a cabeça. — Estou feliz. A partir de hoje, vamos ter uma vida nova. Ainda não acredito que eu consegui terminar o curso.

Ele buscou meus olhos, então mirou os músicos no palco, então seu olhar voltou para o meu.

— Você é uma heroína.

Minha cabeça pendeu para o lado, e um sorriso nostálgico surgiu em meus lábios.

— Você me deu essa noite, acreditou em nós dois.

— Agora vamos para uma nova fase, e isso inclui uma visita à sua mãe. Confie em mim.

Por um tempo, não consegui me mexer, e Raul riu. Riu quando eu o abracei bem forte, sentindo nossos corações pulsarem. Meu anjo perfeito, o amor da minha vida. Escorregou a mão nas minhas costas e me apertou, como sinal de uma promessa que cumpriríamos juntos.

Eu admirava a perfeita arquitetura de seu rosto, sem saber o que dizer. E só nesse momento, percebi que chorava. Era como se um sonho começasse a se tornar real.

— Obrigada por entrar na minha vida — falei.

— Estou com você.

Senti seu carinho até os dedos dos pés.

Dançamos várias músicas lentas, mas então, o ritmo mudou. Os casais se separaram e começaram a se balançar ao som dos Beatles. Eu e Raul ficamos meio perdidos na pista de dança. Ele pegou minha mão e me levou para perto dos fotógrafos. Os flashes pararam depois de mais uma foto de um casal feliz que aproveitava o baile. O fotógrafo tirou mais uma preenchendo o espaço com a luz. Tinham dito que a foto seria vendida no Colégio a partir de fevereiro.

Então, lá estávamos nós, lado a lado, prontos para sermos fotografados juntos de mãos dadas. Dei um suspiro de alegria.

— Olhem para a câmera, por favor — pediu o fotógrafo.

Levantei a cabeça e vi não apenas dois olhos, mas os de todos os formandos cravados em mim. E aquilo me encheu de orgulho. Essa era a nossa conquista registrada em uma fotografia que guardaria para sempre.

E o melhor, finalmente teria uma foto com meu noivo.

— Essa eu faço questão de te dar — ele afirmou.

Sorri com aquele afeto todo só para mim, e tratei de aproveitar o resto da noite com ele.

Mudança de vida

Duas semanas depois do baile, fui sozinha buscar o diploma no Colégio. Raul não tinha como sair mais cedo da fábrica e a escola não estava funcionando no período noturno. Eu ainda não havia recebido nenhuma proposta de trabalho para começar a lecionar, mas eu pretendia prestar concurso público em alguma cidade da região e precisava pegar o certificado para fazer as inscrições.

Chegando à estação de trem de Tietê, encontrei Tânia na catraca e conversamos rapidamente antes de eu seguir em direção ao Colégio.

— Que ótimo te encontrar aqui,. — Ela me deu um abraço rápido. Como sempre, Tânia corria contra o tempo. Até para falar ela era acelerada. — Eu ia mesmo passar na sua casa hoje à tarde. Recebi uma proposta de trabalho como professora e acho que você vai se interessar também.

Pude notar que tentava não soar empolgada, mas um pouco de sua impaciência acabou ficando evidente.

— Tem uma escola em Barueri que está precisando muito de professores. E a diretora de lá gostaria de levar pessoas daqui de Cerquilho para trabalharem com ela. Faz questão de ajudar seus conterrâneos.

Arregalei os olhos.

— Mas em Barueri? Não é um pouco longe?

— Uns cem quilômetros.

Fiquei olhando para ela em silêncio, desencorajada com a distância e apreensiva ao pensar em Raul. Como ficaria longe do meu noivo?

Por outro lado, seria uma excelente oportunidade para começar minha carreira como professora.

— Vou ver — disse a ela, ainda sentindo um pouco de medo do que poderia me acontecer. — Até quando posso dar uma resposta?

— O mais rápido possível. Precisa ser antes do início das aulas.

Eu não conseguia dizer nada. Era a minha chance de arranjar dinheiro para começar minha vida e trazer minha mãe para morar comigo. Ao mesmo tempo em que eu me angustiava com a ideia de ficar longe de Raul.

— Pelo amor de Deus, Luíza. — Tânia segurou minhas mãos e olhou bem em meus olhos. — Não pode perder essa chance.

— Eu...

Ela me abraçou mais uma vez na tentativa de me encorajar. Tânia me conhecia muito bem ao ponto de saber que eu me sentia apavorada. Então, se afastou de mim e ajeitou a bolsa sobre o ombro.

— Olhe, não se preocupe, viu? — Segurou em meus ombros com as mãos quentes. — Vá para casa, converse com seu noivo e amanhã você me dá uma resposta. Acho que vai ser a melhor chance de sua vida.

Fiz que sim com a cabeça. O que mais eu poderia fazer?

●

Durante a volta para casa, pensei em todos os pontos positivos e negativos em aceitar a proposta que Tânia havia me ofertado. Era uma oferta bem tentadora, pois eu ganharia o triplo do salário que recebia como empregada doméstica e, além de tudo, daria para começar a pensar em um encontro com minha mãe e até no meu casamento com Raul. Na verdade, eu não me preocupava tanto com o dinheiro, mas naquele momento, ele seria muito bem-vindo. A documentação para nos casarmos custava caro, e queríamos fazer uma festinha para a família e amigos depois da cerimônia. Eu imaginava que não demoraria muito para juntar a quantia necessária assim que eu tomasse a decisão, mas esse era o meu maior medo. Só de pensar em ficar tanto tempo longe de Raul, me partia o coração. Eu precisava de ajuda para me decidir.

Já escurecia quando resolvi ir direto para a casa dele. Assim que o encontrei no portão, Raul me abraçou com vontade. Ficamos em pé na entrada da sua casa por um longo tempo, balançando nossos corpos lentamente, de um lado para outro, enquanto tudo dentro de mim se retorcia.

– Está tudo bem? – ele me perguntou assim que nos afastamos um do outro. Seus olhos me fitavam com uma ponta de preocupação.

Balancei a cabeça, com um não.

– Vamos entrar. – Segurou minha mão, me levando para a sala, onde sentamos no sofá. – O que aconteceu, Luíza? – perguntou, ainda olhando para o meu rosto na tentativa de decifrar o que de fato acontecia comigo.

Suspirei.

– Encontrei a Tânia na estação de Tietê e ela me fez uma proposta ótima para eu começar a lecionar.

Os olhos dele ainda focados em mim, parecia me puxar para dentro de si, como sempre fazia.

– Que legal! E onde fica essa escola?

– É aí que está o problema...

– Problema? – Arregalou os olhos.

– Bem... – fiz uma careta, fungando levemente. – O emprego é em Barueri.

Raul desviou o olhar. Passou as mãos pelos cabelos. Dava para notar sua respiração acelerada. Ele pensava no que iria me dizer, mas havia algo muito diferente em seu olhar. Em vez da expressão ficar mais centrada, a confusão aos poucos ganhava espaço. Minha aflição aumentou quando o vi naquele estado, parecendo perdido. Eu me senti culpada. Minha intenção era que ele me ajudasse a decidir, não o preocupar.

– Eu sei que não vai ser fácil – sussurrei. – Que vamos ficar longe um do outro por um bom tempo.

Era assustador saber que viveríamos separados, mas ele sabia da urgência que eu tinha de acertar as coisas entre nós, e principalmente ficar perto da minha mãe.

Seus olhos procuraram os meus. Se Raul procurava uma segurança, não encontraria em lugar algum. Ele era a única certeza em minha vida.

— Não.

— O quê? — perguntei sem entender muito bem o que significava aquele "não".

Aquela palavra foi um tapa direto em minha cara.

— Não posso deixar você ficar tão longe de mim.

Ele passou as mãos nos cabelos de novo, como se tentasse tirar todos os pensamentos ruins sobre nós dois da cabeça.

— Entendo a sua preocupação. Mas... É a nossa maior chance para nos casarmos. — Coloquei a mão sobre o coração acelerado dele. — Vou ganhar três vezes mais do que ganho hoje, e dará para guardar o dinheiro para planejarmos nosso futuro juntos. — Soltei um sorriso encorajador, esperando uma nova reação dele. Precisava entender que naquele momento a nossa melhor opção era esse emprego.

Raul permaneceu calado, para meu desespero.

— E então, o que acha? O que devo fazer?

Se acha mesmo que o melhor é eu dizer para Tânia que não devo ir, vou entender.

Ele levantou-se do sofá. Andou de um lado a outro da sala, depois parou na minha frente e olhou para mim.

— Tudo bem, meu amor. Não tenho nenhum direito de te impedir, mas confesso que estou bem apreensivo. — Ele se sentou ao meu lado e pegou em minhas mãos. — Acho que é a melhor coisa a se fazer nesse momento — respondeu ele, levantando a cabeça, me olhando fixamente.

— Pretendo vir todos os finais de semana para te ver. Prometo — respirei fundo de maneira dramática.

Senti que uma parte de Raul se rendeu. Então olhou bem em meus olhos mais uma vez.

— Vou estar aqui, morrendo de saudades.

•

Quando cheguei em casa, encontrei meu pai jantando na cozinha. Ele ainda se recusava a conversar comigo por causa do episódio de meu namoro com Edson. Assim que entrei, mal olhou para mim.

— Oi, pai.

Ele não respondeu. Continuou a mastigar a comida como se nada tivesse acontecendo. Como se eu não estivesse ali. Era incrível como meu pai conseguia ser tão frio, insensível e demostrar seu coração feito de pedra.

Respirei fundo, criando coragem para continuar perto dele e não correr até o quarto, com a intenção de fugir de sua insensibilidade.

— Vou trabalhar em Barueri como professora. Recebi uma proposta, e vou morar lá.

Ele continuou intacto como se eu não estivesse ali. Seus olhos foram até o azulejo azul da cozinha e depois voltaram para o seu prato. A expressão que havia nele fez com que eu sentisse pontadas de culpa na barriga. Precisava me lembrar de que foi ele quem escolheu isso. Não precisava sentir culpa de nada, mesmo que estivesse interpretando essa minha mudança como uma rebeldia ou algo do tipo.

— Não vai dizer nada? — perguntei, sentindo um peso estranho em meu peito.

Algo crescia dentro de mim, como se fosse explodir a qualquer momento. Eu precisava saber a opinião dele, até porque, antes de qualquer coisa, ele era o meu pai.

Observei-o mastigar a comida lentamente, como costumava fazer quando eu ainda era pequena e o esperava terminar para comer os ovos cozidos que ele deixava em seu prato.

Mas a resposta não veio. Olhei para baixo e fiquei imaginando até quando ele aguentaria ficar sem falar comigo. Era melhor nem pensar.

Então, dei de ombros e fui para meu quarto, contar a novidade para Alice. Contei todos os detalhes sobre a mudança em minha vida, a decisão mais importante de todos os tempos e, claro, meus planos para o futuro com Raul.

— Não acredito, Luíza. — Olhei para minha irmã, que dobrava algumas toalhas e as colocava com cuidado sobre a cadeira do quarto explicando para Marli como se fazia aquilo. Assim que colocou a última peça por cima do monte de roupas, ela se sentou ao meu lado na cama. Foi engraçado quando a pequena sentou ao lado dela imitando seus gestos. — Vamos ficar longe uma da outra. E quem vai me ajudar a cuidar desses pestinhas? — Alice apontou Marli, que deu risada, e para a porta onde, no outro quarto, se podia ouvir Paulo e Geraldo conversando.

— Tenho certeza de que vai dar conta, Alice — afirmei. — Além do mais, não são mais tão pequenos assim. Geraldo está com dezesseis anos, já cuida de si muito bem. Até está ajudando o pai na loja e ensina tudo para o Paulo. E nossa pequena mocinha. — Apontei Marli, que voltou a sorrir. — Doze anos e te ajudando em tudo, que eu sei.

Ela encheu os olhos de lágrimas. Abracei minha irmã e chamei Marli para o abraço.

— Não fique assim... — falei, já com meu coração apertado. — Virei todo final de semana e mataremos a saudade. Pense que vou ganhar dinheiro para trazer nossa mãe para morar comigo — sussurrei. — Poderão nos visitar quando quiserem.

Alice baixou a cabeça com tristeza. Saí do quarto para chamar Paulo e Geraldo, que entraram sentando-se de frente para mim na cama ao lado de Alice e Marli.

— Bem, meninos. — Olhei para eles. — Quero que cuidem da Alice e da Marli para mim.

— Para onde você vai, Luíza? — perguntou Geraldo, colocando uma mexa do seu cabelo castanho atrás da orelha.

Contei sobre a proposta de trabalho.

— Mas, por que você vai para tão longe? — Paulo perguntou. Suas sardas em volta do nariz se destacavam, principalmente no verão.

Três pares de olhos curiosos me fitavam. A tensão era quase tangível.

— Eu preciso trabalhar. Em breve, vamos visitar nossa mãe.

Marli deu alguns pulinhos e abraçou Alice, que agora chorava muito. Essa pequena se parecia muito com minha mãe, principalmente o jeito de olhar para as coisas e admirar o que era belo.

Geraldo apenas concordou com a cabeça e fez uma cara triste. Seus olhos tinham o mesmo formato dos olhos de meu pai e eu rezava para que ele pudesse ser mais amável do que eu costumava presenciar. Ou seria a cópia perfeita dele. E isso não era nada bom.

Eu não conseguia acreditar que eles já estavam tão grandes daquele jeito.

Meus irmãos me abraçaram e eu sabia que sentiria falta daquele calor, cheiro e aperto todos os dias. Mas eu tinha certeza que iria valer muito a pena.

●

Assim que Tânia abriu a porta da frente da sua casa, vi o largo sorriso que ela costumava me abrir quando tirávamos boas notas no Colégio. Penteara o cabelo em um rabo de cavalo alto e vestia um de seus horríveis vestidos coloridos.

— Sabia que você iria aceitar a proposta — ela disse, abrindo o portão.

— Como sabe que vou aceitar? Ainda não disse nada.

De repente o sorriso ficou tenso, cheio de expectativas.

— Nem precisa. Só o brilho dos seus olhos já fala por você.

Concordei com a cabeça.

— Você é fogo, Tânia. — Respirei fundo. — Nem dá para fazer suspense. Acho que é uma ótima oportunidade para eu conseguir trazer minha mãe para morar comigo.

— E seu pai, aceitou numa boa?

— Ele não disse absolutamente nada. Está bravo comigo porque não quero namorar um fazendeiro idiota que me apresentou. Ele nem sabe que estou noiva do Raul.

Tânia se retraiu, mas assentiu com a cabeça.

— Sinto muito.

Fechei os olhos e respirei fundo para me acalmar. Ele nunca mais falaria comigo. Mas era uma escolha dele, não minha. Por mais que eu quisesse que aceitasse as minhas escolhas, eu tinha que entender que meu pai era o cara mais turrão que já havia conhecido em minha vida. E que nada e nem ninguém o faria mudar de ideia. Na verdade, nem mesmo eu sabia por que dava tanta importância à opinião dele sobre o que iria fazer da minha vida.

— Vou ficar bem, Tânia. Eu nunca vou saber quem é o meu pai de verdade. Ele sempre será um mistério para mim.

O começo de uma nova vida

No dia 1º de março de 1970, iniciei uma nova vida. Comecei a lecionar em uma classe de alfabetização de adultos no período da noite e, pela manhã, lecionava para uma classe de 2ª série do primário.

Ruas sinuosas, com subidas e descidas, marcavam a cidade de Barueri. A escola ficava na Aldeia indígena, distante uns três quilômetros da pensão em que morava.

Com o passar dos dias, senti na pele o cansaço de levantar cedo e dormir muito tarde. Durante o dia, estudava para um concurso público de São Paulo que Raul também iria prestar. Fizemos planos de morar próximos de minha irmã Isabel no bairro do Itaim Paulista, mas Raul só trocaria de emprego se fosse por um cargo efetivo.

Não consegui cumprir o combinado de voltar a Cerquilho nos fins de semana. Achei que seria melhor administrar a saudade de Raul, de meus irmãos e economizar, para que nós pudéssemos nos casar o mais rápido possível.

Só consegui voltar para casa em maio. Meus irmãos fizeram a maior festa para me receber e eu fiquei admirada de ver como Geraldo, Paulo e Marli haviam crescido, mas ainda eram os meus irmãos pequenos de sempre.

Meu pai, quando me viu, saiu apressado de casa e foi direto para a loja.

— Alguma vez ele perguntou por mim, Alice?

— Não. — Balançou a cabeça. Seu olhar era um misto de tristeza com agonia. — Em todas as cartas que escreveu, eu sempre tentava mostrar para o pai como você estava feliz, mas ele nunca falava nada. Não perguntava, nem se interessava em ler.

Alice olhou com atenção para meu rosto e então sorriu.

– Rita ganhou neném. Um menino.

Sorri também.

– Mais um sobrinho! Estou adorando essa história de ser tia. Quando eu me casar com Raul, quero ter cinco filhos. Gosto de casa cheia.

– Acho que não vou me casar. Só se eu encontrar o homem perfeito, igual ao Francisco Cuoco – Alice soltou uma gargalhada.

– Ah, Alice! Acho que está pedindo demais – eu disse.

Ela fez uma pausa, olhando para o presente embrulhado sobre a cama.

– Sei, mas se não for com ele, não quero nenhum homem na minha vida. – Apontou. – Para quem é esse presente?

– Para o vô Alfredo. Comprei ontem, em Barueri.

Minha irmã sentou-se ao meu lado, na cama. Segurou em minhas mãos.

– Vô Alfredo faleceu tem uma semana.

Senti as lágrimas deslizarem em meu rosto. Meu coração ficou pequeno e frágil.

– Depois que vó Mercedes morreu, ele ficou solitário e infeliz. Tio Josué fazia de tudo para animá-lo, mas acho que sentiu falta das doideiras da mulher. Bem ou mal nossa avó alegrava o ambiente por onde passava.

Minha irmã abriu os braços para que eu me aconchegasse. Também chorava

– Sei que está em um bom lugar. Tenho certeza de que nosso vô está sorrindo agora com a vó louca ao lado dele.

Eu me deixei abraçar, apoiando a cabeça contra o peito de minha irmã.

– Nunca se esqueça do quanto ele foi bom para a nossa mãe – ela fez um carinho em meu cabelo.

— Ele também foi bom para todos nós. Aprendi muito com ele. Só gostaria de lhe ter dito isso. Isso e um milhão de outras coisas — fechei os olhos. — Mas agora é tarde.

— O vô sabia. Sempre soube como você é especial.

•

Assim que cheguei na casa de Raul ele abriu o portão e enroscou os braços em volta do meu corpo. Eu desmoronei, encostando o rosto em seu pescoço, sentindo o cheiro e o calor que me faziam tão bem. Como senti falta de tudo aquilo em mim.

Ele olhou para mim e um riso desenfreado saltou de sua garganta. Eu o puxei para mais perto, e andamos lentamente para a varanda de sua casa.

Sem perder tempo, ele me colocou contra a parede, posicionando as mãos em torno do meu rosto e juntando nossos lábios. Meus olhos se fecharam enquanto a pele quente de suas bochechas esquentava sob a palma de minhas mãos. Meu peito arfava enquanto nossos lábios se beijavam, lenta e profundamente.

Os olhos dele se abriram. Vendo como ele continuava lindo, sorri.

— Oi, meu amor, quase morri de saudades — disse ele, acariciando meu rosto com seus dedos quentes. — Amo você — sussurrou. — Que saudade.

Meu coração quase explodiu.

— Também amo você.

— Eu senti tanto a sua falta. Cheguei à conclusão de que se eu não passar nesse concurso, vamos ter que dar um jeito de nos casarmos mesmo assim.

Olhei para Raul, incrédula.

— Se chegou a essa conclusão, temos um sério problema.

Ele balançou a cabeça, inclinando-se para me abraçar novamente.

– Sabia que isso iria acontecer – ele disse. – Não aguento mais ficar longe.

– Tenho tanta coisa para te contar – disse, meu corpo todo tremendo.

Ele se afastou sorrindo para me olhar, quando me beijou.

– Depois – sussurrou, puxando-me para o canto do quintal. – Antes, vamos matar um pouquinho dessa saudade.

O reencontro

Naquele domingo de maio, eu e Raul nos encontramos na estação antes do nascer do sol. Comentei que não voltaria para Barueri sem visitar a minha mãe.

—Irei com você — ele disse.

Claro que não reclamei. A companhia me faria bem, e assim ficaríamos juntos o domingo inteiro. Levei uma sacola com várias coisas que meus irmãos haviam preparado para entregar à minha mãe. Há um mês eu havia escrito uma carta ao meu avô Cardoso, avisando que a visitaria.

Eu me aconcheguei em seu ombro e fiquei olhando a paisagem familiar passar por nós. Era um dia frio de maio e o sol preguiçoso surgia entre uma nuvem e outra, mas não espantava o frio. A cada mudança de paisagem, eu ansiava pelo momento do nosso reencontro, com a expectativa gritando cada vez mais alto dentro de mim. Na metade da manhã, estávamos bem próximos de Piracicaba, vendo a água do rio de relance, ou avistando casas encardidas isoladas no meio dos pastos.

Chegamos à estação cinzenta, deixando para trás o verde da paisagem. Perto de reencontrar minha mãe, eu nem sabia o que diria para ela. Planejei tanta coisa, mas, por um instante, tudo sumiu de minha mente.

Caminhamos alguns quarteirões, em silêncio. Segurava na mão de Raul e notei que a cada dois passos, ele olhava para mim, mas sem dizer uma só palavra.

Raul olhou para o papel e conferiu o número da casa.

— É aqui.

A casa azul de meu avô Cardoso, diante de uma calçada larga e arborizada, me trazia um certo nervosismo aparente. Subimos o degrau de pedra, bati palmas e aguardei impaciente, trocando o peso do corpo de um pé para o outro.

Mesmo antes de eu voltar a bater palmas, meu avô abriu a porta da frente com tudo. Ficou olhando para nós por alguns segundos, mas logo veio com os braços abertos e me deu um abraço forte e caloroso.

— Que bom que vieram...

Então, se afastou para olhar para o meu rosto. Ele tinha os cabelos brancos e um bigode bem discreto e escuro.

— Esse é meu noivo, Raul.

Ele se virou para Raul e estendeu a mão.

— Muito prazer, meu jovem. — Respirou fundo e olhou para mim, novamente. — Meu Deus, como você está bonita. Na última vez que te vi, ainda era uma menininha...

Eu sorri.

— Minha irmã Janete está aqui também? — perguntei.

— Não, minha querida. Sua irmã está morando com Maria em Botucatu.

Olhei para Raul. Depois para meu avô e assenti, um pouco preocupada com os motivos que levaram meu avô separar minha mãe de minha irmã. Talvez seus problemas tenham sido bem piores do que imaginei.

— Entrem, entrem, vocês dois — ele riu. — Sua mãe está esperando na cozinha.

Raul pegou a sacola da minha mão. Apressei o passo atrás do meu avô.

— Vá ver sua mãe. Vou conversar um pouco com Raul aqui na sala.

Olhei para Raul, que sorriu para mim. Ele me encorajava só com o seu olhar.

Passei pela sala comprida até a portinha estranha no final do corredor. De lá, parei e fiquei olhando a mulher de cabelos escuros até o ombro lavar a louça de costas para mim. Usava um vestido de flanela com flores na altura dos joelhos. Meu coração se encheu de alegria e meus olhos lacrimejaram. Foram anos de espera, anos de saudades, anos de agonia.

Fiquei observando minha mãe fechar a torneira e virar a cabeça para olhar fixamente o meu rosto. Seus olhos procurando os meus e prendendo-se neles como se ela estivesse me avaliando. Então, pude ver que os olhos dela eram também os olhos de Paulo e de Alice – cortantes, límpidos e escuros. E, quando sorriu para mim, eles ficaram enrugados no canto, iguaizinhos ao de Isabel. Não conseguia me mexer, muito menos falar. Só conseguia respirar ofegante de tanta emoção.

– Luíza!

Corri para os seus braços e choramos por um bom tempo. Como esperei por esse momento! Como senti saudades desse abraço gostoso. Como queria ficar ali para sempre.

– Ficou bonita, filha – minha mãe sussurrou, sorrindo para mim. – Achei que nunca mais fosse ver nenhum de vocês.

Sentamos nas cadeiras e ela segurou minha mão com força. Eu sorri, olhando de relance para a porta da cozinha.

– Espero que esteja se sentindo melhor – falei da maneira mais suave que pude.

– Alguns dias são bons e outros são ruins. Mas ainda tenho vida aqui dentro, e o seu avô para tomar conta de mim. É mais do que muita gente tem por aí, acho. – Piscou, contendo as lágrimas. – Principalmente os que estão no manicômio.

– Fiquei sabendo que a senhora não bebe mais.

– Bom, tinha que me curar, ou eu morreria. Foi um tratamento muito doloroso. – Suspirou profundamente. – Estou viva, é o que importa.

Ela fez uma pausa, olhando para o nada, e então sorriu.

– A única coisa que eu queria era rever todos os meus filhos. Já comecei por você. É o primeiro passo.

— Sendo assim... — Enxuguei uma lágrima teimosa. — Quero te dar um presente bem legal. Pode escolher o que a senhora quiser... não, não adianta discutir, mãe. Vou te dar uma lembrança em nome de todos os filhos. Só dizer o que gostaria de ganhar.

Minha mãe beijou a minha testa e olhou em meus olhos.

— Uma coisa que eu sempre quis para mim e para minhas filhas. Uma boneca.

— Uma boneca, mãe? — eu disse, dando risada.

Ela fez que sim com a cabeça e sorriu.

— Sim, uma boneca grande e bonita.

— Bom, então, se é uma boneca que a senhora quer, vou trazer a boneca mais linda que eu encontrar.

O rosto da minha mãe radiava alegria.

— Você se tornou uma boa menina. Só de te ver assim já sinto orgulho, minha filha.

Ela se inclinou para beijar o topo da minha cabeça.

— Tornei-me professora, mãe.

Um sorriso iluminado surgiu em seu rosto.

— Professora? Meu Deus!

Nos abraçamos mais uma vez.

— Agora vou poder te ensinar a ler e escrever também.

— Que orgulho...

Olhei para ela. Notei seus olhos cheios de lágrimas. Ela merecia todo o meu sucesso e muito mais.

O concurso

Andava de um lado a outro na esquina de casa, sob a sombra da árvore grande, atenta, à espera de Raul. Passava as férias de janeiro em Cerquilho, esperando pelo resultado do concurso para professor da prefeitura de São Paulo. Nós havíamos combinado que só nos casaríamos se pelo menos um de nós dois fosse aprovado nesse concurso. Fiquei pensando o que seria de mim se não conseguíssemos, já que meu pai ainda me ignorava e eu acreditava que talvez ele nunca mais fosse falar comigo.

Desde que visitamos minha mãe e meu avô em Piracicaba, nunca mais voltei lá. Não falei nada sobre ela vir morar conosco assim que nos casássemos. Queria contar a surpresa pessoalmente, e levar a boneca que havia me pedido. Mas só poderia voltar lá quando tudo estivesse arranjado.

Foi quando Raul chegou.

– Oi...

– O que foi? – Eu o encarava, com as mãos suadas. – Não faça esse suspense, Raul, conte de uma vez.

Pegou em minha mão e me levou para a praça central da cidade em silêncio. Lá, sentamos em um banco cinza de concreto.

– Nossa, sei que está nervosa. – É algo que não deveria ser tão difícil, mas, você vai ter que confiar em mim.

– Não passei, né? – perguntei, os olhos cheios de lágrimas.

Sua mão, que tirava a franja de meus olhos, congelou.

— Não, Luíza. Eu sinto muito.

Meu estômago ficou oco. Os olhos dele buscavam algo nos meus, antes que seu rosto torcesse de dor. Grandes lágrimas rolavam por minha face, que queimavam. Raul, mais pálido, me deixou preocupada. Seu peito estremecia, enquanto olhava bem em meus olhos.

— Mas e você? — perguntei, mesmo sem querer ouvir a resposta. Senti meu coração fisicamente se rasgar com aquele suspense todo quefazia. — Diga, por favor — implorei.

Ele pegou a minha mão e colocou sobre o seu coração.

— Vamos nos casar. — Sorriu. — Eu passei!

Ele me puxou para si, abraçando-me com força. E nós dois choramos, bem ali no meio da praça de Cerquilho. Eu chorei até meu estômago doer e ficar com dor de cabeça. Eu me sentia tão feliz, tão aliviada de finalmente conseguir o que mais queria, mesmo não sendo comigo. Nós iríamos nos casar e eu não tinha mais que carregar aquela culpa de estar namorando escondido do meu pai. Muito menos de não poder levar a minha mãe para perto dos filhos. Não precisava mais me preocupar com mentiras, nem com o desconforto de estar incomodando. Afinal, Raul cuidaria de mim, como sempre fez.

Finalmente, paramos de chorar. Ele tirou um lenço do bolso, secou os olhos, o nariz e se ajoelhou diante de mim.

— Amo você. Quero amar pelo resto da minha vida. Quero que seja minha para sempre. Você... quer se casar comigo? — disse, segurando a minha mão.

Pisquei, e as lágrimas escorreram mais rápido pelo meu rosto. Respirei fundo e em meio à onda de emoção que me invadia eu consegui responder:

— É claro que quero.

Ele sorriu aliviado. Eu me joguei em seus braços e nos beijamos de joelhos no meio da praça, os dedos em seus cabelos. Beijei com vontade seus lábios, sabendo que sempre seria sua, e ele sempre seria meu. Eu podia jurar que meu mundo se encheu de borboletas coloridas em nossa volta, como se fosse um arco-íris pintado à mão. Era o começo de uma nova fase e tudo seria melhor.

Luiza

PARTE V

O grande dia

16 DE JULHO DE 1972

Diante do espelho, mal acreditava no vestido de noiva, na maquiagem, no que estava por vir.

— Luíza... Minha nossa, você está linda. — Alice usava um vestido azul com pedras nas mangas e um discreto cinto combinando com os sapatos.

— Tem certeza de que está tudo em ordem? — perguntei, ainda sentindo o coração dar voltas em meu peito.

— Perfeito. Aliás... Você entregou o convite ao nosso pai?

— Ele ainda não está falando comigo. Nem quis pegar o convite. Deixei em cima da mesa e ele continuou a comer sua comida sem olhar para mim. Até quando vai fazer essas coisas?

Ela deu de ombros e se colocou na minha frente, na ponta dos pés, para melhor olhar meus olhos, e pegou meus pulsos com as mãos frias.

— Não vamos pensar nisso agora. É melhor partirmos para a Igreja ou Raul vai pirar achando que você desistiu.

Respirei fundo, tentando me recompor.

Mas, quando abri a porta do quarto de Alice, dei de cara com o meu pai. Ele arregalou os olhos e seu rosto ficou vermelho em um instante.

— Então... você conseguiu. — Ele quebrou o silêncio de meses que estava mantendo.

Dei um suspiro.

— Isso mesmo.

Fitei seus olhos com coragem, mas não consegui obter nada neles. Fiquei com vontade de recuar, mas tinha medo de tropeçar em meu coração.

— Vai se casar com aquele playboy sem vergonha?

Seu tom de voz não me trazia nenhuma pista que me ajudasse a encontrar a confiança de que eu precisava naquele momento. Inspirei fundo, criando coragem para dizer o que era preciso.

— Pai, por favor... não quero discutir com o senhor agora. Raul é um homem maravilhoso. Pena que o senhor não se deu a oportunidade de o conhecer.

— Para quê? Para saber tudo o que já sei sobre ele?

— Pai...

— Chega, Luíza. — Ele ergueu as mãos no alto. — Não pode esperar que eu aceite tudo isso. — Balançou a cabeça. — Não pode ir embora de casa, se casar sem o meu consentimento e esperar algum tipo de tratamento especial... — ele usava o mesmo tom de voz que usava para brigar com minha mãe, impertinente, meio cantada e maliciosa, e eu sentia uma explosão de raiva diante das armadilhas que preparei para mim mesma. — Se quer ser estritamente independente, então teremos que manter as coisas separadas. É isso! Sei que vai morar em São Paulo, perto da casa de Isabel, e sei que trabalha por lá também. Não venha mais aqui me ver.

— Não faça isso, pai, por favor. — Balancei a cabeça, negando.

— Sei que foi visitar sua mãe sem a minha autorização. Sabia que eu não queria que ninguém fosse atrás dela. Sabe muito bem que sua mãe me traiu.

Dei um passo para trás enquanto meu pai continuava a me encarar com a fúria explodindo nos olhos.

— Pai?

Minha voz estava fraca em comparação ao silêncio robusto.

— Você fez muitas coisas que me desagradaram, Luíza.

Balancei a cabeça, mas as lágrimas não pararam. Em algum lugar lá no fundo, senti algo endurecer. Algo que já foi completamente líquido se congelou, e foi nesse momento que criei coragem para despejar tudo o que sempre quis dizer para ele.

— Peço desculpas por tudo, mas não me arrependo de nada do que fiz. Vou prometer uma coisa para o senhor. Uma coisa que minha mãe sempre me desejou e está longe do senhor reconhecer. — Respirei fundo e encarei seus olhos cheios de fúria. — Serei muito feliz, e vou levar minha mãe para morar comigo em São Paulo. — Sentia meu coração disparar em meu peito. — Se teve problemas com ela, não deveria nos castigar e nos deixar sem mãe. Peço que Deus o perdoe por isso.

Apesar da pose firme, minhas mãos tremiam.

Ele riu, aquela irritante e falsa risada que sempre surgia em seu rosto quando ficava nervoso. Ele meneava a cabeça lentamente e seus olhos brilhavam.

— Não pode levar aquela bêbada para morar em São Paulo.

— Ela não bebe mais...E tem mais uma coisa, pai... — Mordi os lábios e engoli em seco. Olhei para a minha imagem no espelho, me lembrando de que esse seria o dia mais feliz da minha vida. E só dependia de mim para não mudar o meu humor. — Quer saber? — Olhei para ele. — Não vou dizer mais nada. Preciso ir. Em poucos minutos me casarei, e preciso de paz de espírito para isso.

— Volte aqui, Luíza! — ordenou.

Um palavrão se formou em meus lábios, mas não consegui pronunciar. Em vez disso, articulei as palavras sem som de costas para ele, olhei aliviada para Alice que ria do que eu havia feito e continuei andando em direção ao carro que me esperava para me levar à igreja, zonza de alegria e com medo do futuro.

•

O casamento foi lindo.

Tudo tão perfeito que eu nem me lembrei dos problemas que tive com meu pai antes da cerimônia. Nada me abalou nem me afetou. Os olhos de Raul brilhavam a cada passo que eu avançava para o altar. A cerimônia mais parecia um espetáculo cheio de emoção, com todas as pessoas que nos apoiaram e nos prestigiaram presentes. Mamãe e meu avô não apareceram, talvez por medo de encontrarem meu pai.

A festa seguia animadíssima. Servimos um almoço bem caprichado antes dos convidados começarem a dançar com a música ao vivo. Em meio àquele monte de gente, Raul me puxou para fora do salão e me levou até o carro de meu cunhado Alcides.

— O que está fazendo, Raul? Temos que voltar para a festa...

Mas ele calou minha boca com um beijo demorado. Em seguida, afastou-se de mim e sorriu.

— Quero que saiba que hoje é o segundo dia mais feliz da minha vida.

Eu pisquei várias vezes, balancei a cabeça e sorri.

— E quando foi o primeiro?

Ele sorriu de um jeito maroto que mexeu com meu coração.

— O primeiro foi quando eu te conheci naquele baile, dançando como uma princesa. Era tão dona de si, que meu mundo ficou completo só em ver o seu sorriso. E quando você aceitou meu convite para dançar, aquele momento foi mágico.

Então, abriu a porta do carro e tirou uma caixa comprida, embrulhada em um papel vermelho e cheio de corações coloridos.

— Esse é meu presente de casamento para você.

— Presente?

— Abra.

Rasguei o papel com as mãos já tremendo e, quando consegui tirar todo o embrulho, ali estava ela, com os cabelos pretos amarrados em um rabo de cavalo, usando um vestido vermelho florido, meias brancas e um sapato preto.

— Não acredito... Uma boneca — Gritei, chorando de alegria. Aquele presente era a coisa mais inesperada que poderia me acontecer em meu casamento. — Como ... Como conseguiu pensar em um presente assim?

— Sabia que você iria gostar. Você finalmente pode dizer que não é mais a menina que nunca teve uma boneca na vida.

Eu olhei para ele com o cenho franzido, meneei a cabeça.

— Não consigo nem dizer o quanto gostei. Obrigada. — Eu o abracei com força.

Seremos três

Como em todos os finais de semana, ficávamos até tarde na cama para aproveitarmos o pouco do tempo que nos sobrava. Morávamos em uma casa alugada de dois cômodos, mas não me importava com o seu tamanho. Éramos felizes ali. Mesmo sabendo que ainda não dava para minha mãe vir morar conosco, eu me sentia confiante de que em breve tudo estaria perfeito. Havia começado a faculdade de Artes e agora lecionava em uma escola perto de casa. Aguardava ansiosa a chamada do concurso público, e estava feliz por Raul ter sido efetivado em dois cargos de professor.

Fazia algum tempo que eu havia acordado, e ao sentir que ele se moveu, abri os olhos e sorri.

— Acho que vamos ter que mudar de casa — sugeri.

— Vamos sair do aluguel em breve. Estou quase fechando negócio em uma casa de dois quartos.

Abri um sorriso, sem me virar.

— Estou grávida, Raul.

Ele arregalou os olhos, sorriu e segurou minha mão debaixo do lençol.

— Não acredito! — Os olhos de Raul brilharam. — Vou ser pai!

— Vai ser o melhor pai do mundo!

— Ai, meu Deus! Precisamos mesmo de uma casa nova. Segunda-feira eu vou fechar esse negócio.

Eu me ergui em um braço, me inclinei e o beijei.

– Eu vou ficar gorda – resmunguei.

– E daí?

– Você não vai reclamar?

– Jamais.

Depois de um tempo, falou:

– Caramba, de todas as coisas que imaginei que pudesse me perguntar, essa nunca me passou pela cabeça!

Ele olhou nos meus olhos.

– Nem eu – concordei. – Nem eu.

E começamos a rir.

Minha boneca

Caroline nasceu no dia 23 de agosto de 1973. Pequena, saudável, com 3 quilos e 750 gramas. Para mim, era a garotinha mais linda que eu havia visto em toda a minha vida. Tinha certeza que sacrificaria o mundo por ela, ao mesmo tempo em que confiava que nunca precisaria passar por tal situação.

A mudança de casa e a compra do carro me deixavam cada vez mais ansiosa para trazer minha mãe para morar conosco. Passei as noites seguintes tentando não demonstrar essa ansiedade para Raul. Pensava nisso até quando trocava Caroline, cozinhava para nós, mas não tinha certeza de nada sobre o futuro de minha mãe morando aqui.

Faltavam poucos meses para o Natal, e já tínhamos combinado uma visita em Cerquilho para a apresentação de Caroline aos parentes. Mas será que minha mãe queria mesmo se mudar para cá? E se ela voltasse a beber? Eu jamais me perdoaria.

Na semana seguinte, se Raul parecia mais preocupado do que eu, não disse nada. Cumpríamos nossas rotinas diárias, sem comentar sobre a viagem para o interior. Até o dia em que eu não conseguia mais me segurar.

– O que foi, Raul? – perguntei assim que colocamos Caroline para dormir no berço e fomos para a sala de jantar.

– Não foi nada.

– Parece preocupado.

Nós dois nos sentamos.

— Não acho que sua mãe vai gostar daqui. Ela nunca veio para a capital...

Nunca esperei que Raul pudesse ser tão direto comigo.

— Preciso perguntar uma coisa. — Minhas mãos já começavam a suar.

Ele fechou os olhos.

— Não, Luíza, por favor. Não vamos brigar.

— Você nem sabe o que é. — Balancei a cabeça.

— Sei, sim — respondeu ele com a voz trêmula. — Sei porque te conheço melhor do que imagina.

De repente, comecei a sentir falta de ar.

— Não quer que ela venha? — perguntei e minha voz não passou de um sussurro.

— Na verdade, acho que a casa não está preparada para receber a sua mãe. Nós nem pintamos o quarto, nem compramos a cama, nem o guarda-roupa...

— Isso não é desculpa — repliquei.

Ele me olhou, aflito.

— Como não, Luíza? Sua mãe tem que se sentir bem em nossa casa. Não podemos a tirar de Piracicaba e simplesmente não a acomodar como merece. E sabe que gastamos todas as nossas economias para comprarmos essa casa. Não podemos contratar ninguém para fazer a pintura, muito menos comprarmos móveis novos para o quarto.

Peguei em suas mãos.

— Não se preocupe com isso — eu disse, implorando. — Até lá, daremos um jeito.

Ele me deu um abraço apertado.

— Talvez dê certo...

— Vou escrever uma carta para meu avô dizendo que buscaremos minha mãe em dezembro.

Ele assentiu.

Claro que eu não podia ignorar as chances de ela não se adaptar à nossa vida. A distância nos fizera viver em mundos diferentes.

Tentei acatar o conselho de Raul. Afinal, ele era inteligente e sabia muito sobre mim. Era aquilo que fazia dele o amor da minha vida. Mas era difícil. Agora tínhamos uma casa para acomodá-la da maneira que ela merecia, mas eu me preocupava pelo fato que ela poderia não se adaptar à nossa vida e até mesmo voltar a beber.

Três semanas depois, recebi a carta de meu avô em resposta.

Querida Luíza.

Como está?

Estamos todos bem aqui em Piracicaba.

Contei à sua mãe que você quer a levar para São Paulo e ela está empolgadíssima com a ideia. Até comprei uma mala para ela arrumar suas coisas e lidar um pouco com a ansiedade. Parece uma criança quando ganha um brinquedo novo. Ana disse que não vê a hora de conhecer Caroline e cuidar dela para você poder trabalhar tranquila. Acho que essa nova mudança fará muito bem à sua mãe. Ela precisa desse contato com vocês, e só Deus sabe como está feliz. Acho que seu sonho de viver perto dos filhos finalmente será realizado.

Mande um abraço para Raul e diga que estou muito feliz por vocês. Não vejo a hora de conhecer minha bisneta.

Esperamos por vocês no Natal.

Com amor, seu avô.

Cardoso.

Reli a carta duas vezes, com as mãos tremendo.

— O que foi? — perguntou Raul, correndo em minha direção pelo quintal.

Àquela altura eu já chorava. Tudo o que consegui fazer foi passar a carta para ele. Eu o observava enquanto lia. Seu rosto ficou iluminado e sorridente.

— Muito bem. Vamos comprar uma boneca para a sua mãe. Uma igual à que eu te dei de casamento.

Limpei as lágrimas e o abracei.

— Não, Raul. Vamos fazer diferente. Vamos deixar que minha mãe escolha a boneca que ela quer. O que acha?

Ele me olhou e sorriu.

— Acho que ela vai adorar fazer isso.

Tudo pronto

Fazia uma semana que eu me preparava para a viagem. Viajamos às vésperas do Natal. Passei o último mês preparando o quarto para minha mãe. Comprei a tinta para pintar as paredes usando uma economia que fiz durante dois meses. Isabel deu a cama e o criado-mudo, e Rita comprou o guarda-roupa. O tom pastel ficou lindo no quarto.

Quando chegamos à casa de minha sogra, ela veio até o portão, beijou Raul nas bochechas, então afastou-se para olhar para Caroline em meu colo.

— Barbaridade! — Dona Helena alisava os cabelos lisos de Caroline com carinho. — Que linda. Ela é enorme. — Virou para me olhar e me deu um beijo no rosto. — Que maravilha ver vocês! — Respirou fundo, provavelmente arrebatada por nossa presença. — Meu Deus, mas que saudade senti. Vamos entrar, que o almoço já está pronto.

Eu me virei para ver o quanto Raul se sentia feliz. O brilho em seus olhos trazia um turbilhão de sentimentos dentro de mim. Eu queria mais, e mais de cada momento de felicidade como aquele. Saber que em menos de vinte e quatro horas eu estaria ao lado de minha mãe, me deixava ainda mais empolgada. Enquanto entregávamos os presentes de Natal, contamos sobre a novidade de ela vir morar conosco.

— E que dia a buscarão? — dona Helena perguntou com um sorriso nos lábios.

— Amanhã. Sairemos daqui e vamos direto para Piracicaba.

Ela levantou a cabeça. Havia alegria em seus olhos cansados.

– Tomara que dê tudo certo, minha querida.

Eu a abracei.

– Vai dar, dona Helena! Com certeza, vai dar.

Passamos um Natal bem tranquilo e alegre, confraternizando sem que Caroline estranhasse a casa da vó Helena. O Sr. José estava orgulhoso pela primeira neta, e a carregava no quintal, conversando o tempo todo com empolgação.

Fiquei pensando como era bom ser feliz. Ao lado de Raul, meu mundo era perfeito.

Virando-se rapidamente para sorrir para mim, pegou minha mão enquanto esperávamos dona Helena servir a sobremesa. Naquele momento, toda a agonia que eu sentia em não conseguir adaptar minha mãe aos nossos costumes se dissipou.

Eu estava segura com minha família. E queria ficar assim para sempre.

•

Havia uma movimentação estranha de alguns parentes em frente à casa de meu pai. No portão, encontrei Rita com os olhos vermelhos e inchados de tanto chorar, além de alguns vizinhos parados ali também.

Alice veio me abraçar.

– Fique calma, minha irmã. – Ela expirou de maneira controlada e constante enquanto se afastou um pouco para me olhar.

Olhei para ela, depois para Rita, e entreguei Caroline a Raul. Paulo também chorava. Geraldo, mais centrado, só falava algo a ele como se o consolasse.

Mesmo sem saber o que de fato havia acontecido, comecei a chorar e a tremer, antecipando a notícia ruim:

– O que foi? – Peguei nas mãos de minha irmã. – Me diga, Alice, pelo amor de Deus, o que aconteceu? Alguma coisa com... o pai?

Alice respirou fundo e, quando ia abrir a boca, foi interrompida pela chegada de Isabel, que eu nem sabia que viria para o interior. Gritava e chorava com desespero e entendi que ela havia acabado de chegar de São Paulo. Meu nervosismo foi só aumentando cada vez mais. Alice buscou um copo com água para me dar antes de contar.

— Beba, Luíza, e tenha calma. — Sussurrou com a voz completamente aflita.

— Não quero água, quero que alguém me conte o que está acontecendo. — Meu desespero era tanto que minha voz começou a falhar.

Alice suspirou.

— Nossa mãe foi atropelada. —Murmurou, olhando para o chão.

Fiquei totalmente paralisada. Então, olhei fixamente para ela. Suas mãos estavam sobre meus ombros, massageando, tocando meu cabelo. Eu mal conseguia respirar.

— E como ela está? — perguntei, aflita, olhando em volta, como se pudesse encontrar minha mãe de repente. — Diga, Alice. — Senti minha irmã endurecer do meu lado, fazendo-me olhar para sua direção. Ela observava meu rosto com expressão de pena e tristeza ao mesmo tempo. Meu estômago revirou ainda mais.

Alice engoliu em seco, enxugou as lágrimas e disse:

— Está em coma.

— O quê? — sussurrei, em choque. — Ai, meu Deus.

Entrei em desespero. Impotente diante da situação. Eu só conseguia chorar. Raul entregou Caroline à Marli e me abraçou com força. Eu me afastei dele, e olhei para a minha irmã, limpando as lágrimas que teimavam em não parar.

— Como foi, Alice? *Quando* foi? Conte, por favor — implorei.

— Recebemos a notícia ontem à noite. Decidimos não contar a você porque sabíamos como se sentiria. Está amamentando Caroline e poderia secar o leite — Alice suspirou. — Ela voltava do culto de Natal. Quando descia do ônibus, veio uma kombi e a atropelou. Ela está internada no Hospital Municipal de Piracicaba.

Encarei minha irmã. Pela primeira vez na vida eu senti raiva dela por não ter me contado antes. Ela sabia que eu estaria na casa dos pais de Raul. Sabia o quanto minha mãe era importante para mim, e o quanto me machucou não ter me contado o que de fato aconteceu com ela na noite anterior. Eu me sentia nauseada com o tanto de agonia que corria em minhas veias.

– Luíza – minha irmã disse suavemente, colocando a mão em meu ombro.

Eu me livrei de sua mão, virando-me para Raul em uma fração de segundos.

– Eu quero ir até ela.

•

Chegando ao hospital, notei que se parecia mais com uma casa antiga. Vi médicos apressados logo na entrada, enfermeiras andando de um lado a outro, pessoas sentadas na recepção esperando serem atendidas, ou mesmo esperando a hora da visita. Assim que caminhei para o balcão da recepção exalei o ar dos meus pulmões como se tivesse segurando a respiração durante a viagem inteira. Deixei Caroline com Raul no carro e lá estava eu perguntando sobre minha mãe para a moça de olhos grandes, expressivos e com um batom vermelho rubi.

A atendente mexeu em algumas fichas e me observou, atenta.

– É filha dela?

Fiz que sim, e ela pediu meus documentos.

Entreguei a identidade, sentindo minha garganta começar a se fechar. A atendente fez o registro, sem olhar para mim. Então, largou a caneta sobre o papel no balcão e finalmente olhou para meu rosto.

– Demora muito? – perguntei.

– O médico quer conversar com a família. Acompanhe-me, por favor.

Segui em direção a um corredor largo e branco que parecia não ter mais fim. Esperei alguns segundos até a chegada do médico. Era um homem alto, grisalho, dono de uma voz suave e expressão serena e tranquila. Vestia um jaleco branco, uma calça social escura e uma gravata preta.

Seus olhos azuis pareciam tristes e aquilo me fez estremecer por um momento.

Notei que Raul se aproximou de mim com Caroline nos braços. Então peguei minha filha, na tentativa de me sentir um pouco mais segura.

— Muito bem. Vou ser breve. — O médico alisou os cabelos grisalhos. — O estado de saúde de dona Ana é bastante grave. Ela chegou à unidade com politraumatismos na cabeça, no tórax, nos braços e nas pernas.

— Oh! Meu Deus. — Segurei Caroline bem firme em meus braços e chorei no ombro de Raul que logo me abraçou forte.

— Foi operada assim que chegou, e está respirando com a ajuda de aparelhos. Vocês podem vê-la, só que um de cada vez.

Olhei para trás e vi que meus irmãos estavam todos ali. Nem sabia como haviam chegado ao hospital, mas o importante é que minha mãe não estava sozinha.

Deixei meus irmãos irem primeiro e fui a última a entrar na Unidade de Terapia Intensiva. Deixei Caroline nos braços de Raul e, quando abri a porta, vi minha mãe com os olhos fechados. Havia tantos tubos ligados nela que não conseguia contar. Senti uma tristeza imensa em vê-la naquele estado. Cheguei bem próximo dela e disse em voz baixa:

— Oi, mãe, estou com saudades. Trouxe sua netinha para você conhecer, ela está lá fora com o Raul, mas posso trazê-la aqui se você quiser. A minha boneca. A boneca que eu sempre quis. A boneca que meu pai não me deu. Eu consegui, mãe.

Permaneci ali, observando aquele corpo entubado, sem vida, que um dia me deu tanta alegria. Sua pele estava cinza. Seus olhos fechados. Queria que ela acordasse para me ver. Para falar comigo. Para conhecer a sua neta. As lágrimas lavavam meu rosto diante da minha mãe em estado de coma.

– A senhora se lembra das bonecas que fazia para nós brincarmos quando éramos pequenas? – perguntei, como se ela pudesse me ouvir e responder a qualquer momento. – Que tempo bom... Não tínhamos nada, mas tínhamos uns aos outros, e éramos felizes à nossa maneira.

Beijei a testa fria dela. Uma lágrima escorreu dos seus olhos e ela piscou. Aquilo me encheu de esperança. Sorri, o coração acelerado.

– Mãe, está me ouvindo? – sussurrei. – Fale comigo.

Lentamente ela abriu os olhos e esboçou o que eu poderia chamar de um sorriso, mesmo que não conseguisse se mexer como gostaria. Com muito esforço, disse:

– Oi, minha filha! – sua voz estava rouca e quase não saía.

Emocionada, encostei a cabeça no peito dela e senti seus dedos alisarem meus cabelos.

– Deixe-me ver a sua pequena. – Ela pediu. Eu mal podia acreditar que minha mãe finalmente falava comigo.

Em dois passos, abri a porta e não consegui falar nada para Raul. Apenas peguei Caroline de seus braços e rapidamente a levei para o quarto. Minha garotinha, linda, rechonchuda e esperta, dormia. Deixei que minha mãe olhasse para ela. Vi um brilho especial em seu olhar. Era como se fosse um momento só nosso, de tudo o que poderíamos ter vivido e, por um lapso do destino, fomos separadas, sem nunca desejarmos ficar longe uma da outra.

– Parece uma boneca de porcelana – minha mãe disse, com a voz rouca, a boca parecia seca, os olhos mal se abriam.

– É a minha boneca de verdade, mãe. – Percebi que minha mãe se cansara. Eu não queria ir embora. Eu não queria deixá-la ali, sozinha.

O barulho constante das máquinas fazia um zumbido dos equipamentos, como se fosse um som interminável e abafado, fazia meu coração ficar ainda mais apertado.

Não tinha muita certeza do quanto eu poderia ficar ali com ela. Mas, ao mesmo tempo, eu sabia que não era um lugar próprio para a minha bebê ficar. Foi então que me dei conta de que o que eu mais queria era ver minha mãe viva e longe daquele leito.

– A hora da visita acabou – a enfermeira avisou, assim que abriu a porta.

– Tenho que ir, mas volto para te ver – disse, por fim, antes que eu começasse a chorar. Não queria transmitir meu desespero à minha mãe. – Vou te levar para morar comigo em São Paulo, como combinamos. Ainda seremos muito felizes.

Com lágrimas escorrendo em seu rosto, minha mãe repuxou o canto dos lábios, numa tentativa de sorriso, e fechou os olhos.

Saí do quarto aos prantos em direção a Raul. Ele me abraçou enquanto Caroline continuava adormecida em meus braços.

– Eu queria acreditar que ela vai ficar bem, Raul. Mas tive a sensação de que foi nossa despedida – disse, soluçando, enquanto o abraçava ainda mais forte.

Como é a vida

Dois dias depois, minha mãe faleceu.

Foi tensa, dolorosa e cruel a nossa despedida, mas tentava me agarrar aos momentos que conseguimos conquistar juntas. Foi uma vitória ela rever todos os filhos e conhecer todos os netos, mesmo que fosse dentro de um leito de hospital.

Depois do enterro, voltamos para São Paulo em silêncio. Rezei pela minha mãe o caminho todo e apenas me conformei com a sua morte ao considerar que ela, afinal, cumprira sua missão ao me trazer ao mundo e me permitir encontrar meus próprios caminhos em busca da felicidade. Deus abreviou a sua vida repleta de sofrimento e tristeza, fazendo com que a morte a levasse para o lado Dele.

Jamais pensei em uma despedida como aquela. Sentia-me traída pelo destino. No auge dos seus quarenta e nove anos, cheia de energia, ela não pôde continuar a sorrir. Pensei em tudo o que tentei fazer por ela. O quarto pronto para recebê-la, com a cômoda e o guarda-roupa de portas brancas, o quadro com a foto de Caroline na parede e o enfeite com flores cor-de-rosa sobre o criado-mudo. Pensei também na boneca que ela nunca teria, na boneca que nunca escolheria e que nunca pentearia os cabelos.

Eu nunca mencionei para Raul sobre as expectativas que alimentava em relação ao nosso futuro longínquo, mas ele sabia sobre a minha esperança em sermos felizes juntos, como uma família que minha mãe sempre desejou ter. Almejava estarmos unidas por um longo tempo, em um amanhã no qual eu me via cuidando dela na velhice.

O sorriso surgiu em meu rosto de forma inesperada, quando o céu cinzento tentava confundir a minha mente. Minha mãe tinha um jeito especial de fazer todos felizes, como se não houvesse tempo ruim. Parecia estar sempre pronta para encarar os problemas, tal como uma guerreira cheia de vida. Mas, em outros momentos, a fraqueza a dominava, levando-a a fazer uso de outras armas para buscar respostas.

Aprendi tanto com ela, que mal acreditava que não mais estaríamos juntas. Viver sem minha mãe seria a maior de todas as lutas. Nem as constantes lágrimas conseguiriam amenizar o meu sofrimento. Muito pelo contrário, chorar era a forma de expressar minha dor.

Ela partiu tão de repente, que nem tive oportunidade de dizer mais uma vez o quanto a amava e o quanto foi e continuaria sendo importante para mim. O que me consolava era saber que alguém especial como ela encontraria um lugar melhor do que aqui, recebendo merecidas honras por tudo o que plantou.

Agora, eu seguiria o meu caminho, levando à minha filha tudo o que ela me ensinou. Sendo forte e guerreira, para que, de onde ela estiver nos olhando, possa continuar tendo orgulho de mim.

Te amo, mãe.

Sinto saudade.

Agradecimentos

Agradeço a Deus por todos os milagres que acontecem em minha vida. Concluir esse livro, com certeza, fez parte dos planos Dele.

Agradeço a toda a equipe da Editora Livros Prontos - Grupo Editorial Coerência, que me recebeu com tanto carinho e fez desse trabalho mais uma realização dos meus sonhos. Mal posso esperar para ver a reação dos leitores. Vocês são excelentes!

Agradeço aos meus pais, por serem tão especiais e me presentearem com a sua linda história de amor. Sem vocês eu jamais conseguiria escrever esse livro, muito menos conhecer a minha própria história. Amo vocês para sempre e sempre.

Agradecimentos especiais aos meus filhos, Pedro Henrique e Caroline, por me inspirarem a continuar. A cada conquista de vocês, sinto que vamos mais longe. Amo vocês incondicionalmente.

Agradeço com muito carinho ao apoio e à torcida de todos os amigos que, longe ou perto, sempre me ajudaram a avançar em minha carreira. Vocês são incríveis.

Sou grata, com todo o amor do mundo transbordando em mim, ao meu marido Pedro. Te amo sempre e para todo o sempre.

E, por último, mas não menos importante, agradeço a você, leitor, que chegou até aqui comigo nesta jornada literária.

Muito obrigada!

Siga-me:

Instagram: @lyagalavote
Fanpage: Nem nome tem 1
Facebook: Lya Galavote

Cerquilho, 1973

Primeira turma em Barueri

Primeiro baile de Luíza

Casamento de Luíza e Raul

Grupo Editorial
coerência

Esta obra foi composta na fonte ITC Legacy Serif,
tamanho 11,5 pt, e impresso em papel pólen soft 70g/m².
São Paulo, setembro de 2020

www.ingramcontent.com/pod-product-compliance
Lightning Source LLC
LaVergne TN
LVHW012045160826
845678LV00014B/2703